U0660253

探索有故事的河北

劲听河北

EXPLORE STORICAL HEBEI

河北省文化和旅游厅
河北广播电视台　主编

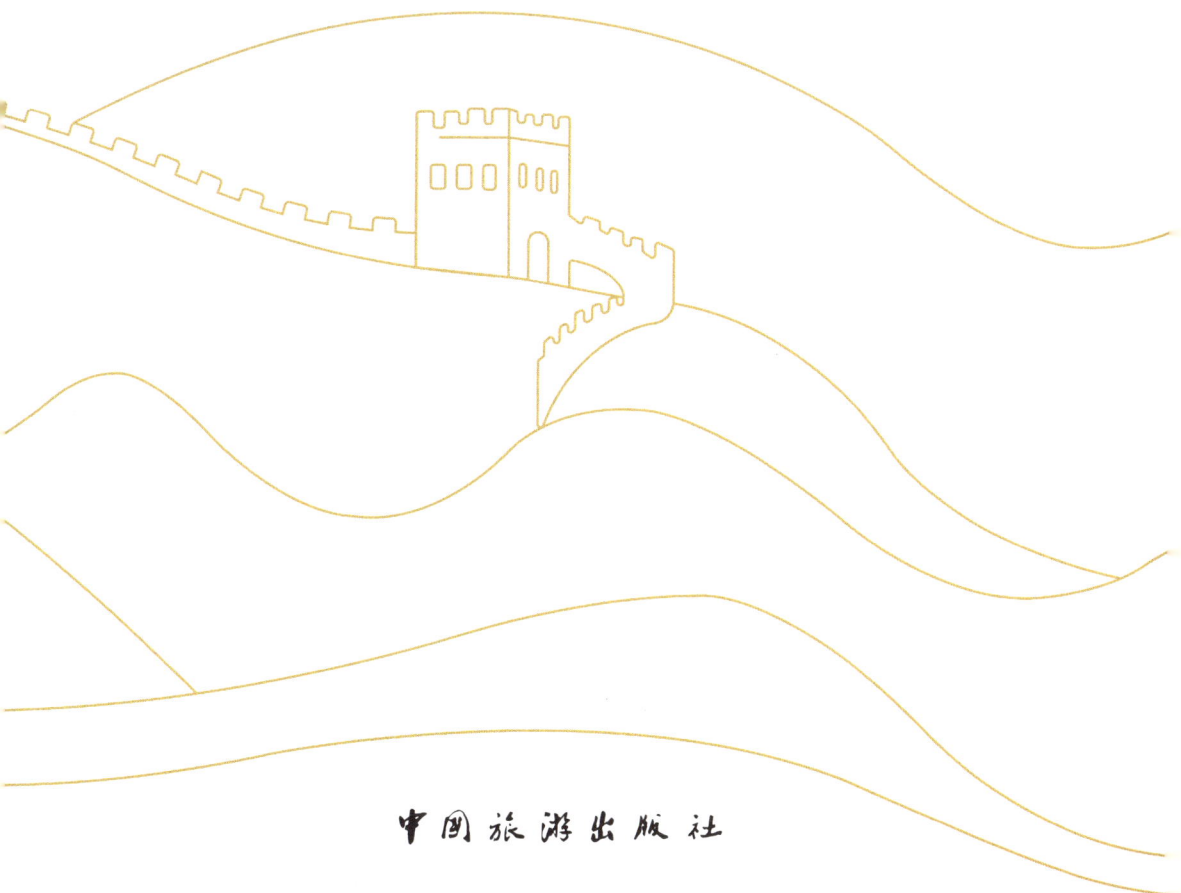

中国旅游出版社

责任编辑：李志忠
责任印制：孙颖慧
封面设计：周　洋　中文天地

图书在版编目（CIP）数据

动听河北 / 河北省文化和旅游厅，河北广播电视台
主编 . — 北京：中国旅游出版社，2021.7
　ISBN 978-7-5032-6700-0

Ⅰ. ①动… Ⅱ. ①河… ②河… Ⅲ. ①民间故事—作
品集—河北 Ⅳ. ① I277.3

中国版本图书馆 CIP 数据核字（2021）第 080294 号

书　　　名：动听河北

作　　　者：河北省文化和旅游厅，河北广播电视台主编
出 版 发 行：中国旅游出版社
　　　　　　（北京静安东里 6 号　邮编：100028）
　　　　　　http://www.cttp.net.cn　E-mail: cttp@mct.gov.cn
　　　　　　营销中心电话：010-57377108，010-57377109
　　　　　　读者服务部电话：010-57377151
排　　　版：北京中文天地文化艺术有限公司
印　　　刷：北京金吉士印刷有限责任公司
版　　　次：2021 年 7 月第 1 版　2021 年 7 月第 1 次印刷
开　　　本：710 毫米 ×1000 毫米　1/16
印　　　张：28
字　　　数：400 千
定　　　价：78.00 元
I S B N　978-7-5032-6700-0

《动听河北》

编 委 会

编 辑 部

致 谢

感谢各位专家学者、受访嘉宾对本系列节目的无私帮助，感谢一路相伴的听众、网友、媒体同仁，感谢我们充满故事、美丽富饶的家乡——河北。

《动听河北》节目的制作播出及图书出版同时得到了石家庄市文化广电和旅游局、承德市旅游和文化广电局、张家口市文化广电和旅游局、秦皇岛市旅游和文化广电局、唐山市文化广电和旅游局、廊坊市文化广电和旅游局、保定市文化广电和旅游局、沧州市文化广电和旅游局、衡水市文化广电和旅游局、邢台市文化广电和旅游局、邯郸市文化广电和旅游局、定州市文化广电和旅游局、辛集市文化广电体育和旅游局、雄安新区公共服务局等单位（排名不分先后）的大力支持，特别致谢！

《动听河北》编辑部

序　言

　　有人问英国著名登山家乔治·马洛里"为什么要爬山？"他的回答是："因为山在那里"。所以，如果您要问我们"为什么要办《动听河北》这么一档节目"或者"为什么要编《动听河北》这么一本书"的话，我们就只能告诉您："因为故事在那里！"

　　《动听河北》，不听不知道，原来我国古代四大爱情故事，其中两个的发源地在河北；不听不知道，河北是我国唯一兼有海滨、平原、湖泊、丘陵、山地、高原等地貌的省份；不听不知道，东方人类从河北走来，中华文明从河北走来，新中国也从河北走来。

　　无数动人的传说，从河北诞生，如"大禹治水""女娲补天""牛郎织女""孟姜女哭长城""背水一战""赵匡胤千里送京娘"；无数巍峨的景色，在河北矗立，如"天下第一关"山海关、"华北明珠"白洋淀、全国独一无二的大理岩峰林地貌白石山、"中国最美长城"金山岭、沙地变林海的塞罕坝；无数震撼的历史，在河北留痕，如中国现存占地面积最大的古代帝王宫苑避暑山庄、满城中山靖王刘胜墓、规模宏大的古代皇室陵墓群清东陵和清西陵；无数民间的绝活，在河北传承，比如享誉全球的沧州吴桥杂技、世界级非物质文化遗产蔚县剪纸、国家级非物质文化遗产武强木版年画等。

　　身在河北，热爱河北，河北的故事，让我们共同去挖掘、传播与传承。

　　2020 年年初，新冠肺炎疫情不期而至，每天面对新增病患的数字，隔离抗疫的人们不免心生焦虑，外面的世界很精彩，但一时之间却望尘莫及，如何携手同心，共克时艰？如何迎难而上，助力旅游业可持续发展？考虑到人们虽足不出户，但耳朵和眼睛却可以翱游；景区虽不能开门，但故事却可以传播！旅游人和媒体人迅速联手行动，连夜创意策划，于是便有了此次河北14地、百家重点景区、100位旅游讲述人的精诚合作，把历史、文化、美景汇成动人的故事通过电波和新媒体传播出去，既提振旅游业信心，又满足大众精神文化需求，就这样，《动听河北》应运而生。

这100期故事分为8大类型，涉及历史文化、山川湖泊、康养度假、红色研学、美丽乡村、海滨休闲、科技创新、园林艺术等诸多内容，包罗万象，各有千秋。一个个动听的故事，充盈了一段段难忘的时光，温暖了一颗颗隔膜的心，这份赤诚值得被留存，这份努力应该被记录，所以我们决定把《动听河北》这个特别节目编辑成书，给自己也给那些有缘通过电波和网络紧密相连的人们送上一份特殊的礼物。

如果您是外来客，看完这些故事，一定会惊叹河北竟是如此人杰地灵、物华天宝；如果您就是河北人，看完这些故事，也一定会惊叹家乡竟是这般可爱迷人、令人自豪！

不畏将来，不恋过往。以梦为马，随处可栖。与读者诸君共勉！

《动听河北》编辑部

石家庄篇 SHIJIAZHUANG PIAN

承德篇 CHENGDE PIAN

张家口篇 ZHANGJIAKOU PIAN

廊坊篇 LANGFANG PIAN

保定篇 BAODING PIAN

沧州篇 CANGZHOU PIAN

衡水篇 HENGSHUI PIAN

邢台篇 XINGTAI PIAN

邯郸篇 HANDAN PIAN

定州篇 DINGZHOU PIAN

辛集篇 XINJI PIAN

雄安新区篇 XIONGANXINQU PIAN

记者手记 JIZHE SHOUJI

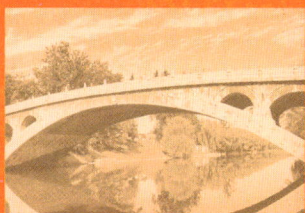

石家庄市是河北省省会，是全省政治、经济、科技、金融、文化和信息中心，地处华北平原腹地，临近北京、天津，西依巍巍太行，素有"京畿之地""燕晋咽喉"之称，地理位置优越，交通便利。

石家庄市旅游资源丰富，现有国家级重点文物保护单位 39 家，省级以上文物保护单位 141 家，国家 A 级旅游景区 35 家（5A 级 1 家，4A 级 25 家，3A 级 6 家，2A 级 3 家）。西柏坡、赵州桥、正定古城、八百里太行……石家庄市，古建艺术精妙绝伦、历史文化厚重辉煌、自然风光秀丽壮美，先后获得"中国优秀旅游城市""中国旅游竞争力百强城市""全国优秀生态旅游城市""中国最佳文化旅游城市"等称号，是红色旅游、研学旅游、生态旅游的好地方。

石家庄篇

荣国府
——遥想"宝黛初相会"

——讲述人——
牛立影
石家庄正定荣国府景区导游

精彩聆听，
请扫描二维码

图片来源：由荣国府景区提供

大家好，我是正定荣国府景区导游牛立影，下面我将带您感受这里的"红楼梦中人"。

"金门玉户神仙府，桂殿兰宫妃子家"

一说起荣国府，大家肯定熟知一句话"金门玉户神仙府，桂殿兰宫妃子家"。它是为配合1987年版电视剧《红楼梦》的拍摄，根据古典文学名著《红楼梦》的描绘，并遵循《中国大清会典》严格设计修建的府邸。这里为你还原了原汁原味的红楼故事，能让你邂逅久久不能忘怀的"红楼梦中人"。

这里是一座具有明清风格的仿古建筑群，分为荣国府和宁荣街两部分。荣国府共有房间212间，游廊102间，分为东、中、西三路，各路均为多进四合院格式。宁荣街全长200米，参照"乾隆南巡图"设计修建，由51家店铺组成，街上旗幌招展、牌匾齐全，

荣国府古牌楼

再现了康乾盛世的景象。

石家庄正定荣国府景区 1984 年破土动工，1986 年建成。荣国府落成后，1987 年版《红楼梦》电视剧在此拍摄了近两个月，共拍摄了 2000 多个镜头，其中的重场戏"元妃省亲""秦可卿出殡"都是在这里拍摄完成的。

荣庆堂取"荣华富贵，吉庆有余"之意，是《红楼梦》中贾母的住房，贾母是府中辈分最高的人物，儿孙们在这里早请安、晚问好，女眷们整天陪着老太太吃喝玩乐，所以"荣庆堂"是红楼人物活动的中心之一，同时也是"宝黛初相会"的地方。

宝黛初相会

《红楼梦》当中有很多让人难忘的故事，其中最为经典的就是"宝黛初相会"，它就发生在贾母院的荣庆堂里，宝玉和黛玉的初次见面发生在书中的第

荣国府内宅院

三回。

　　林黛玉的母亲去世后，贾母心疼自己的外孙女，便派人接了过来，黛玉是一个自尊心非常强的人，她来到这个大家族之后，不敢多说一句话、多走一步路，时刻小心谨慎。

　　林黛玉入贾府当天，众人等皆早早见过，唯独宝玉回来得晚，最后压轴出场。书中描写黛玉见宝玉，"面若中秋之月，色如春晓之花，鬓若刀裁，眉如墨画，面如桃瓣，目若秋波。虽怒时而若笑，即嗔视而有情"。立时心想："好生奇怪，倒像在那里见过一般，何等眼熟到如此！"

　　而宝玉见了黛玉后更是觉得"与众各别"，"闲静时如姣花照水，行动处似弱柳扶风"。直接单纯的宝玉张口便说"这个妹妹我曾见过的"，更在贾母质疑后笑道："虽然未曾见过，然我看着面善，心里就算是旧相识，今日只作远别重逢，亦未为不可。"在他眼里，这个妹妹如仙女一般，娇柔可人、娴静如水，双目含情、惹人怜爱，是那么的"与众不同"。此时二人心里，便埋下了爱情的种子。

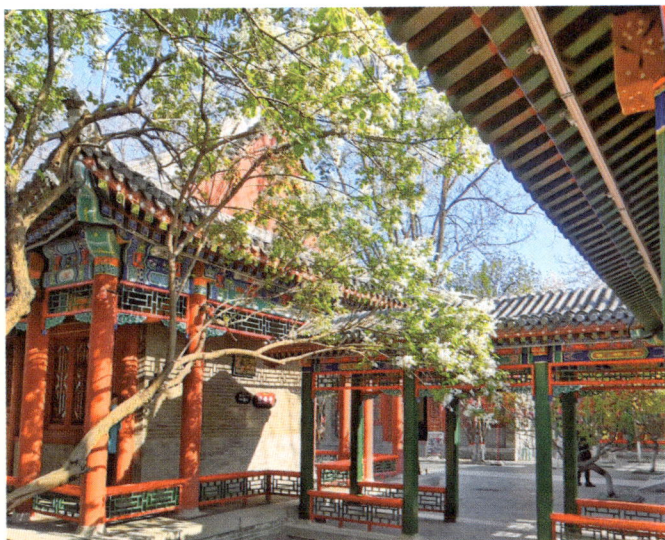

荣国府贾母院

一个是阆苑仙葩、一个是美玉无瑕

《红楼梦》第一回预置的绛珠仙子还泪给神瑛侍者的神话故事，就已经说明了贾宝玉和林黛玉爱情故事的前世宿因。

据说神瑛侍者原为女娲炼石补天时余下的一块灵石，没有派上用场，只好到处逍遥自在。往昔在赤霞宫中时，常以甘露浇灌西方灵河岸三生石畔的一棵绛珠草，久而久之，这棵绛珠草吸收天地之精华，复得灵石甘露之助，幻化出了人形，成了一个女儿身。幻化成人的绛珠仙子，时常有感恩报答之念，曾说："自己受了他雨露之惠，我并无此水可还。他若下世为人，我也同去走一遭，但把我一生所有的眼泪还他，也还得过了。"后来神瑛侍者思凡下界，绛珠仙子也便跟着转世到了人间，他们就是宝黛的前世，此世成了表兄妹。这便是宝黛初见，两人都感觉似曾相识的原因，不过这前世宿因也为他们优美凄惨的爱情悲剧埋下了伏笔。

本期的《动听河北》云旅游带您走进了荣国府，重温了"宝黛初相会"的故事。待到疫情过后，欢迎再到荣国府景区邂逅红楼的种种情愫。

5

赵州桥

——"神桥"传说知多少

—— 讲述人 ——

姚宏志

石家庄赵县文化广电
体育和旅游局党组副
书记、副局长

精彩聆听，
请扫描二维码

图片来源：由赵县文
化广电体育和旅游局
提供

大家好，我是石家庄赵县姚宏志，下面我来给您来讲讲"故事里的赵州桥"。

赵州桥，距今已有 1400 多年的历史，是中国现存最早、保存最完整的古代单孔敞肩石拱桥。2015 年，赵州桥荣获"石家庄十大城市名片"之一的殊荣，它称得上"中国第一石拱桥"，在漫长的岁月中，虽然经过无数次洪水冲击、风吹雨打、冰雪侵蚀，却安然无恙，巍然挺立在洨河之上。

赵州桥号称"神桥"，那它是怎么建造的呢？今天给您讲一讲。

李春建桥成佳话

在唐代名相张嘉贞的《石桥铭序》中写到，"赵郡洨河石桥，隋匠李春之迹也，制造奇特，人不知其所以为。"文中既点明了李春是赵州桥的建造者，又点

赵州桥

明了赵州桥建造技艺的高妙，为赵州桥蒙上了一层神秘色彩。李春的生平事迹在史书上没有多少记载，但这并不能掩盖李春的伟大功绩。

相传，他生长在洨河畔，家中世代以摆渡为生，时常目睹家乡一遇大雨便水患成灾、舟船难渡、商贾滞留、驿使踟蹰的情形。因此从小便立志学习研究水利知识，掌握先进造桥技术，以解决当地水患和渡河之苦。据说，他小时候就通读了《禹贡》《汉书·地理志》《水经》及《水经注》等书籍，后来在参与工部的工程建设时，又走访调研了全国各地的桥梁情形，对桥梁技术有了深入研究。隋朝统一全国后，急需加强南北方的统治，而赵州作为北达涿郡、南到洛阳的一个关口显得格外重要，而洨河又是不得不逾越的天险，于是朝廷便派他去建设洨河桥，可以说，天遂人愿，天时地利人和皆备。

他喜不自禁，造福乡里的心愿终于有机会达成了！但到底造一座什么样的桥才经久耐用呢？梁桥有跨度限制，石墩桥经不住洪水冲击，木桥耐腐蚀性

李春雕塑

差，又不能载负过重，圆拱桥太陡，不宜行车走马。思来想去，仍是没有好的答案。一天大雨过后，弯弯的彩虹挂在空中，顶接云霞，脚接大地，很是壮观美丽。他茅塞顿开，要建一座彩虹一样的石桥！

说干就干，他跑到家里开始设计，河多宽、水多深，在哪建、地基如何？他心里早就有底了。一开始，他设计成实券，但想到已倒塌的桥梁大都是实券，不免悲从中来。这时，一阵微风吹来，放在桌上的《道德经》无意中翻开了，"道可道，非常道。名可名，非常名……道生一，一生二，二生三，三生万物"。莫不是天意，大券生小券，券上加券，他自言自语，豁然开朗，坦弧敞肩石拱桥！就这样，一个影响世界桥梁史的天才创举诞生了！

设计难，施工更难。为了减小施工阻力，他选在冰封河面时建桥，并且通过冰河运送石料又省力又快捷。在修桥过程中，他充分贯彻了天人合一的思想，为了便于后期维修，他命令工匠运用并列砌筑法把 28 道拱用九根铁拉杆、六块勾连石、800 块腰铁紧紧融合在一起，使它们形成一个既有强度又有韧性的整体，能够抵御更大洪水的冲击。

赵州桥

大架落成，四周修金刚墙以护桥基，又命工匠在桥下正中印制了手掌印作为修桥中心支撑点标志，雕蚣蝮用以镇水，刻饕餮用以避险，绘栏板望柱游龙以惊神灵，留驴迹、车辙印以分车马，每侧 99 朵莲花寓为久久平安，至此大桥落成，南北沟通，而李春却不知所踪，成就了众多传说神话。

修桥、护桥故事多

有建就有修，历史上的赵州桥经历过九次大修，其中著名的是唐代刘超然补石修桥；宋代怀丙和尚化铁固石正桥；明代张时泰、张居敬、张居仁父子三人倾囊接力修桥；清代王元治倾资修桥等。有修就有护，唐朝武则天时期，青龙护桥吓退十万突厥兵的故事大家一定有所耳闻。

"安济石桥日月留，蟠龙踞虎汶河洲。无楹自夺天工巧，有窍能分地景幽。"当然，千年石桥建桥、修桥、护桥的故事还有很多，我先讲到这里。疫情过后，万顷梨花竞开时，赵州古桥，等你来瞧！

滚龙沟
——歌唱二小放牛郎

—— 讲述人 ——
高笑
石家庄平山南滚龙沟
自然风景区经理

精彩聆听，
请扫描二维码

图片来源：由南滚龙
沟景区提供

大家好，我是南滚龙沟自然风景区的高笑，很高兴由我带领大家了解这里的故事，感受英雄的气概。

南滚龙沟自然风景区属于石家庄平山县宅北乡的滚龙沟村。在抗战时期，晋察冀日报社在此驻扎，是抗日少年英雄王二小的故乡。如今的这里，已成为红色旅游景区，森林茂密、植被丰富，是都市人研学休闲度假的好去处。

说到滚龙沟名字的由来，就不得不提汉光武帝了。相传，汉光武帝刘秀曾在此落马滚下山崖，之后被人救起。他称帝后，就敕封山下的村庄为"滚龙沟"。

二小英雄故事永流传

创作于1942年秋的歌曲《王二小放牛郎》曾经唱响了晋察冀边区，唱遍了全中国，并一直传唱

南滚龙沟刘秀泉

南滚龙沟王二小雕塑

至今。

歌中小英雄"王二小"的原型之一叫阎富华，他是南滚龙沟村的儿童团团长，因为他在家排行老二，因此人们习惯叫他"孩子王，二小"。

1939年夏天，暴雨成灾，庄稼颗粒未收。第二年春天，阎富华的父母和哥哥先后因病去世，无依无靠的王二小开始了逃荒的生活。这年5月的一天，阎富华因饥饿昏倒在了路边，被好心人搭救，后来他被安排以放牛谋生，定居下来。

当时晋察冀军区一分区独立师老一团的骑兵连就驻扎在这一带。阎富华喜欢马，常到骑兵连去玩，和八路军战士混得很熟。就在那时阎富华加入了儿童团。除了放牛，他们这一群小孩子更重要的"工作"，就是为村里站岗放哨，查看陌生路人的"路条"。

1941年的9月16日，阎富华与小伙伴史林山一边放牛，一边在村边的三道壕处站岗查路条。忽然，他们看到不远处东山顶上的信号树向西侧倒下了。

"有敌人从东面进山了！你快去村里通知同志们转移！"阎富华告诉小伙伴。"那二哥你呢？"面对小伙伴的疑问，阎富华说，他必须马上把牛赶到地势低洼的山沟里，防止敌人把牛抢走。同时，他会监视着敌人的行踪，防止敌人靠近《晋察冀日报》的所在地。

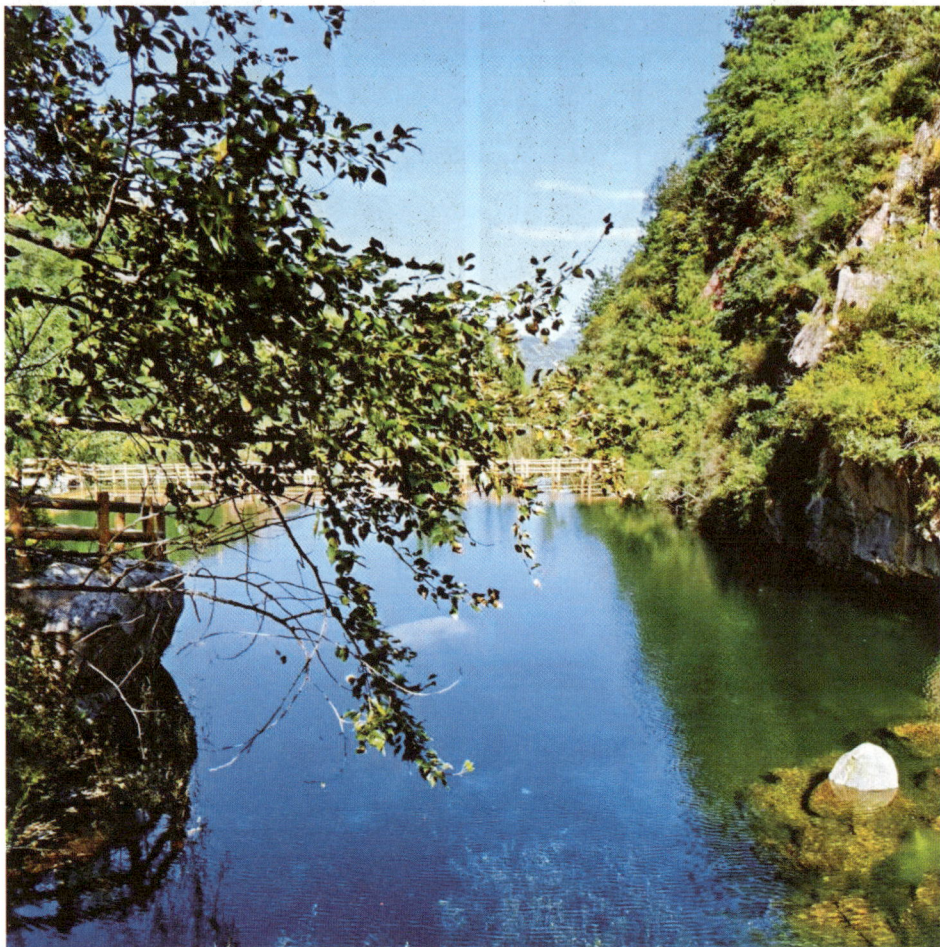

南滚龙沟御龙泉

史林山一路小跑去通知大家立刻转移，但仍不放心阎富华。三四个小时过去了，他终于看到了从山底走来的阎富华，但他又看到，在阎富华的身边，是成群结队的日本鬼子。一名鬼子用刺刀紧紧地顶着阎富华的后背。

随着阎富华距离自己越来越近，史林山又意识到，阎富华正在带着鬼子向名为二道泉的山顶走去，因为在那里，正是我军的埋伏圈！

阎富华和一群鬼子，登上了二道泉的山顶。也许是想到已经没有路了，阎富华做出了人生中最重要的决定，他忽然抱住身边一个鬼子的大腿，好像是要和敌人一起跳崖！可惜他的力量太过弱小了，一把冰冷的刺刀迅速从他的身后刺了过来。就在一瞬间，阎富华被鬼子挑下了20多米高的悬崖！

山上的战友，都看见二小壮烈牺牲，不由地义愤填膺、血灌瞳仁。在指挥员"打、给我狠狠地打！"的命令下，所有武器一同开火，给鬼子打了个措手不及，把这群无路可逃的鬼子狠狠地消灭了。直到傍晚，史林山和村民才从崖底找到了阎富华的尸体，并将其安葬。当时崖底的河水，真真切切被染成了红色。

因为阎富华的奋不顾身，使得从那时一直到抗战胜利，鬼子再也不敢来围剿晋察冀日报社了。拥有今天幸福生活的我们，应当永远铭记我们的英雄少年"王二小"！

峰林秀美南滚龙沟

如今的南滚龙沟，是红色旅游融生态旅游为一体的旅游胜地。这里有晋察冀日报社展室、王二小旧居、晋察冀印刷厂旧址、情缘石公园、刘秀泉、栈道、大象峰、通天洞等景点，风光旖旎、空气清新。欢迎更多的朋友们，来感怀英雄故事，欣赏秀美山林。

苍岩山
——千古奇景,《卧虎藏龙》

—— 讲述人 ——
陈丽杰
石家庄井陉苍岩山管
理处

精彩聆听,
请扫描二维码

图片来源:由井陉县
文化广电体育和旅游
局提供

大家好,我是苍岩山管理处的陈丽杰,下面请跟我一起走进"故事里的苍岩山"。

石家庄苍岩山,是电影《卧虎藏龙》的取景地之一。《卧虎藏龙》曾获第73届奥斯卡金像奖最佳摄影奖,这项奖项的获得与苍岩山的美景也是息息相关的。

苍岩山上有三绝

一绝"桥殿飞虹"。桥凌驾于百仞峭壁之间,桥上建楼,楼内建殿,形制同赵州桥的敞肩拱式,仰视蓝天一线,俯首万丈深渊,真是"千丈虹桥望入微,天光云影共楼飞",现为我国三大悬空寺之一。这便是《卧虎藏龙》取景地,是最后玉娇龙纵身一跃的地方。

二绝"碧涧灵檀"。檀林如海,其间几不盈尺;

苍岩十六景之虚阁藏幽

流水潺潺，亭榭掩映其间，别致独到，叹为神工。檀树树根裸露，盘抱巨石，没皮没心，奇姿异态，有的形似鸳鸯、有的形似盘龙、有的形似卧虎……许多树龄在百年以上，最古老的有千年树龄，为檀树之王，其树枝延伸周围 10 米，其树干中空能容一人，令人叹为观止。大大小小的檀树布满苍岩山涧，远看檀林如海，遮天蔽日，实为避暑的绝好去处。

三绝"古柏朝圣"。上万棵千年生的崖柏、沙柏、香柏生长于悬崖峭壁之上，千姿百态。无论矗立、侧出、倒悬，不分南北东西，都朝着南阳公主祠的方向生长。

名人名剧同倾心

苍岩山是很多影视剧的取景地，除了《卧虎藏龙》外，《西游记》《白龙剑》《木乃伊 3》《花木兰》《大国医》《战火中的青春》等都曾在这里取景。在这里影视剧将故事与风景美妙结合起来，向世人展示了一部部佳作！

桥楼殿建造有乾坤

桥楼殿是苍岩山的标志性建筑，这座金碧辉煌、气势恢宏、雄伟壮观的悬空寺与山西恒山悬空寺、云南西山悬空寺并称我国三大悬空寺。因苍岩山悬空寺建筑时间最早、悬空度最高而名列首位。

站在谷底仰视桥楼殿感觉与天一线，立于桥上俯视涧底万丈深渊，更是壮阔雄美。

桥楼殿凌空飞架于深涧之间，形势奇巧，工艺高超。建造这样的桥必须从下面顶托，俗称"搭牛"才能施工。古代没有机械设备的情况下如何在十几丈高的深渊上顶托呢？一直是个谜。

当地流传着这样一则传说：当时建造者已经备好了材料，但"搭牛"成了难题，能工巧匠各抒己见，终是没有可行的方案。正在众人一筹莫展之时，不远处有一慈眉善目的老者，牵着一头牛走来，口称"卖柴牛"。众人光想着如何建桥，哪有心思买牛，就没有搭理他。可卖牛的老者却说："我已经走了好多地方都没人买我的牛，我就把这头柴牛捐赠给你们吧，算我对建桥的捐献。"

苍岩山桥楼殿

说罢就不见了踪影。

看着眼前的"柴牛",想着棘手的搭牛,一字之差,一字之加——"搭柴牛",突然工匠们有了灵感。于是就召集了数百人,充分利用山里的柴草、积土和泉水,并利用冬季的严寒,从谷底开始铺就一层树枝杂草,填一层土,再用水浇灌成冰,而后再铺树枝杂草、一层土,再灌水成冰。就这样一层层连续施工,一直搭到适当的高度,终搭成冰状的"柴牛",解决了搭牛的难题。

不过这个传说被近代专家提出了质疑,认为这只是一种猜想。理由是用树枝柴草堆积工程量很大,恐怕冬去春来也达不到相应高度,即使柴牛能建成,恐怕也难以承受数百吨石料的压力,造成"牛背"下沉,无法施工。

如今,桥楼殿真正是如何建造的,恐怕当时的情形已难以复现。但无论如何,在 500 年前的明代,在没有任何先进设备的条件下,一座凌空飞架深涧之间、望如长虹的桥楼殿得以完工,确是古代建筑史上的一件伟大创举和奇迹。

漫步在苍岩山的绝佳风景间,聆听着这里流传千载的故事,不由让人领悟:天人合一,物我感应,和谐共存,相辅相成,正是世间的大道至理。

苍岩山风光

西柏坡
——"红与绿"的乡愁情缘

——讲述人——
范浩天
石家庄平山西柏坡纪念馆五星讲解员

精彩聆听，
请扫描二维码

图片来源：由西柏坡景区提供

大家好，我是西柏坡纪念馆五星讲解员范浩天，与您聊聊革命圣地西柏坡的故事。

望山、看水、记乡愁

"红与绿"是西柏坡给世人的标签。红：西柏坡是红色革命根据地，党中央曾在此指挥作战。绿：它因满坡翠柏而得名。这里一面临水，三面环山，风光秀丽，水土肥美。

行走在西柏坡，能看到屋舍俨然、阡陌纵横、游船点点、鸟儿翩翩，可以说这里风景美如画。

而庄严的纪念馆、精致的农家院、来来往往的游人和安然自得的村民……这个静谧小山村的每一个元素都在诉说着革命往事，让这里成为"缅怀革命历史，见证峥嵘岁月""望得见山、看得见水、记得住乡愁"的好地方。

西柏坡纪念广场

　　毛泽东主席在西柏坡办公的日子里，运筹帷幄，决胜千里。他指挥"武战"发起"文战"，在与国民党反动派的斗争中留下了许多光辉历史和惊险故事。下面，我们一起来回味发生在解放战争三大战役期间的一则故事。

毛泽东巧设空城计　吓退蒋傅十万兵

　　西柏坡位于石家庄市平山县中部，1947 年 5 月到 1949 年 3 月间先后有党中央工委及党中央迁至此集中办公，在此期间召开了全国土地会议，明确了耕者有其田；指挥了震惊中外的辽沈、淮海、平津三大战役，解放战争取得了决定性的胜利；召开了具有伟大历史意义的中共中央七届二中全会，描绘了新中国的宏伟蓝图。有"新中国从这里走来""中国命运定于此村"的美誉，是我国的革命圣地。

　　在 1948 年 10 月，辽沈战役激战正酣，我军节节胜利，捷报频传，国民党军陷入了穷途末路。就在这时，当时在北平的一位地下党员刘时平递送给了党中央一份重要情报——傅作义即将偷袭石家庄。

　　原来蒋介石为了能在战场上重新夺取主动权，命令傅作义调集 10 万精锐部队，对外宣称"援晋行动"，实际目的却是奔袭石家庄，夺回石家庄后，再

19

西柏坡七届二中全会旧址

一举捣毁我军总部西柏坡。当时我军华北主力几乎都在察绥一带作战，石家庄实际上是一座空城，保卫党中央的部队只有不到 1000 人。从北平到石家庄，最快只需要两到三天时间，这 10 万大军一旦到达，后果不堪设想。

面对蒋介石、傅作义的精锐部队，毛泽东同志在调兵遣将组织防御的同时，还通过新华社撰写发表了 3 篇颇具震慑力的述评：《蒋傅军妄图袭击石家庄》《华北各首长号召保石沿线人民准备迎击蒋傅军进扰》《评蒋傅军梦想偷袭石家庄》。这 3 篇文章，对蒋介石的偷袭阴谋和傅作义的战略部署进行了淋漓尽致的揭露。连敌军的出兵背景、兵力装备、部队番号，甚至军师长姓名及主攻路线等都揭露得一清二楚，把我军的迎击准备，也讲得条理有序。

文中警告："整个蒋介石的北方战线，整个傅作义系统，大概只有几个月就要完蛋，他们却还在那里做石家庄的梦！"这时的傅作义部队刚刚走到保定一带，傅作义看到这 3 篇述评后犹如当头棒喝。他认为，这时再向石家庄进发，必然会走进我军的重重包围，只怕是"有去路，无回路"。当即下令撤兵回守北平，蒋介石的阴谋也由此落空。在西柏坡留下了"毛泽东巧设空城计，

纪念馆序厅：中共七大 77 位中央委员和候补中央委员群像雕塑

吓退蒋傅十万兵"的佳话。

"两个务必"的诞生

1949 年 3 月 5 日，三大战役胜利后，党中央在西柏坡这个小山村里召开了具有伟大历史意义的七届二中全会。面对伟大的胜利，毛泽东始终保持着清醒的头脑和洞悉世事的深邃，他在会上谆谆告诫全党：夺取全国胜利，这只是万里长征走完了第一步，如果这一步也值得骄傲，那是比较渺小的，更值得骄傲的还在后头。……中国的革命是伟大的，但革命以后的路程更长，工作更伟大，更艰苦。故此，他向全党提出了著名的"两个务必"：务必使同志们继续地保持谦虚、谨慎、不骄、不躁的作风；务必使同志们继续地保持艰苦奋斗的作风。

古人云：以史为鉴可以知兴替。西柏坡的这段历史饱含着毛泽东等一代伟人对艰苦创业的深刻总结，对民族未来的凝望与思考，值得我们久久回味。

欢迎朋友们在疫情之后来到西柏坡，让我们一起踏青赏景，重温历史。期待与您相遇在红色圣地西柏坡。

驼梁
——"山水红楼"因梦起

讲述人
焦子洧
石家庄平山驼梁景区
副主任

精彩聆听，
请扫描二维码

图片来源：由驼梁景区提供

大家好，我是驼梁景区副主任焦子洧。驼梁景区位于河北省平山县境内，晋冀两省交界处，是西柏坡通往五台山途中最具观赏价值的中转景区，距五台山约 36 千米。因山顶状似驼峰而得名。春季，这里有杜鹃花海；盛夏，这里有云顶草甸；秋季，这里有满山红叶；冬季，这里有银枝冰挂。下面我将带您领略这里的山水情缘。

"山有多高　水有多长"

相传当年五台山开宗立派高僧，云游到此，见此处峰顶状如佛台，高不露尖，且景色秀丽，云雾缭绕，禅意悠悠，疑为天降佛地遂有在此建寺修庙之想。后向北遥望，见五台山五峰平托，建寺之地比此处更为开阔，于是移驾五台山，遂创五台圣境。因而当地留传"一台不如五台"之说。此处曾为五台山朝

驼梁山

圣者最后一个重要的息足之地。

在驼梁云顶草原有一处山泉，名为马趵泉，是驼梁最高的山泉，也是河北中南部海拔最高的清泉。在海拔如此高的山上，还有山泉，真正印证了山有多高，水有多长之说。

"山水红楼梦"

这里是河的源头、林的海洋、花的世界、瀑的舞台、云的故乡，以凉、静、野、幽、翠著称。驼梁四季景色亦梦亦幻，"人人游山山各异，次次登山山不同"，被誉为一部意境深邃的"山水红楼梦"，而这部"山水红楼梦"需要广大游客慢慢翻阅和细细品读。

一缕春梦归驼梁。春暖驼梁，和风微寒。五颜六色的鲜花，漫山遍野地争相斗艳，竞相开放在雪峰之下。此时的主角是杜鹃花，红、黄、紫等各色花朵，或点缀在浅绿的草甸之上，或偎依在晶莹的冰川之旁。阳光下冰光花色互相辉映，五光十色，绚丽夺目，形成独特的"杜鹃映冰"奇观。

千山万瀑夏驼梁。夏的火热多少使人有烦躁的感觉，然而这里却是云雾水的清凉胜境。云来山更佳，云去山如画。掬一捧清凉，宛如一段绸缎滑过肌肤，说不出的细腻，这是盛夏的一杯清茶，道不尽的清香，没有了燥热，除却了烦恼。

遍地秋日红驼梁。驼梁秋早，它处仍然溽热未退，这里却是秋高气爽，天蓝如碧，五彩缤纷，水醇如酒，野果飘香，融身此等秋色之中，何尝不会陶

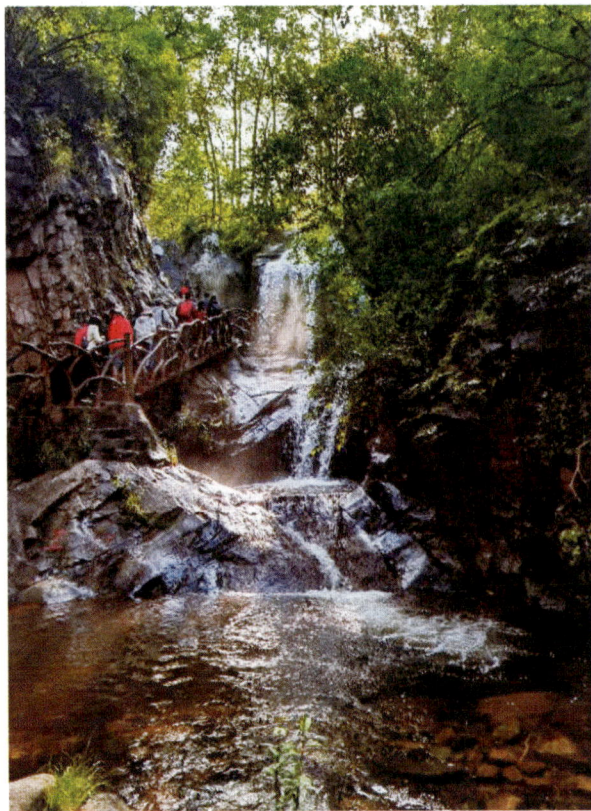

驼梁三叠泉

醉。山上树种繁多，有的树叶红艳欲滴，有的树叶金黄醉人，陈毅元帅诗句
"霜重色愈浓"是对其形象的生动描述。进入深秋，这时的驼梁才露出它灿烂
的笑容，层林尽染，壮观恢宏。

冰雕玉砌凝驼梁。古诗有云："忽如一夜春风来，千树万树梨花开"。冬季
的驼梁充分证实了这一点，瑰奇壮丽，皑皑白雪铺满了山峦沟壑，起伏的群山
顿时如玉龙飞舞，峰峰晶莹明澈，漫山玉树琼枝，到处冰瀑凝涛，在阳光映射
下流光溢彩，似魔幻又如光影，宛若步入一个银梦世界。

驼梁春山如梦，夏山如滴，秋山如醉，冬山如玉。欢迎广大游客来驼梁
做客。

驼梁云顶草原

25

黄金寨
——缘起传说渐成谜

——— 讲述人 ———
赵瑞利
石家庄平山黄金寨景
区接待部讲解员

精彩聆听，
请扫描二维码

图片来源：由黄金寨
景区提供

大家好，我是黄金寨景区接待部讲解员赵瑞利。黄金寨景区涵盖了黄金谷、藏龙谷、百花谷、百态步游路、百态麒麟园、天下第一鼓等自然人文观光景点，还有悬壁火车、管式滑道、麒麟山索道、丛林穿越、七彩滑草等游乐体验项目，以及集山寨观光、民俗展示、全国名吃、工艺售卖、特色民宿等功能于一体的特色品质小镇——黄金寨酒店。

黄金寨起名有玄妙

听闻"黄金寨"的名字，大家是不是觉得此处与"黄金"有什么关系？或者与秋景、夕照之类的美景有所关联。其实，黄金寨原名黄巾寨，为东汉末年，发动"黄巾起义"的张角领军扎寨的地方。当时起事后，张角领军转战至冀州常山郡蒲吾县，也就是今河北省平山县樊土沟村。相传，一日张角在一块巨石上打盹，忽有神人降梦："百日后午时三刻，坐北朝南连射三箭，必成大事，位可及帝，切记切记。"张角知是神人相助，便计划依梦行事。百日后午时刚到，便忽狂风大作，飞沙走石，眼不能睁，左右侍从皆说，已然午时，射箭不差这一刻，将军可射。大风刮得张角烦躁不安，遂"嗖嗖嗖"引弓射出三箭。正待回帐，探子来报：汉兵来犯，已至寨口！张角急问：领兵何人，答曰：皇甫嵩。张角想起神人所示，晚射一刻必会射中敌将，此前急于射箭浪费了大好机会，知天命难违，顿感败局已定，急火攻心，暴病而亡。

黄巾军大败，皇甫嵩遍寻张角遗体，言必戮尸剖心，传首京师。为保护张角，黄巾军以99个墓穴迷惑敌人，汉军白日挖开，黄巾军夜晚合拢。皇甫嵩恼羞成怒，言道：找不出张角，被俘军士全部斩杀。是夜，张角托梦皇甫嵩告知其尸身所藏，终被传首京师。黄巾军感其恩德，用铜铸其头颅，将其遗体送回故乡巨鹿安葬。

黄金寨游客服务中心

麒麟山

黄巾军后，周边百姓上山砍柴，常有人在黄巾寨沟底或山石夹缝中捡到金元宝，于是人们逐渐把"黄巾寨"叫成了"黄金寨"。如此说来，倒与黄金有所关系。

百态麒麟园

麒麟山因形似麒麟而得名，建有百态麒麟园，内有近百形态各异的麒麟，是目前国内最大、造型最多的麒麟园区。

麒麟园有铜麒麟、石刻麒麟、孔子塑像、麒麟送子祈福庙、放生池、麒麟阁等景点。园中有世界上最大的铜麒麟和石刻麒麟，麒麟造型各异，有送福麒麟、纳财麒麟、送禄麒麟；有代表前程的龙马麒麟、前程似锦麒麟、如意麒麟、金榜题名麒麟；还有代表家族兴旺子嗣绵延的送子麒麟……

藏龙之谷有玄机

景区的藏龙谷，是因汉光武帝刘秀而得名。西汉末，王莽建立新朝后，由

悬壁火车

于改革失败，导致天下暴动，出现了群雄割据的局面，光武帝刘秀曾经避难至此，在这里招兵买马，运筹帷幄，最终拨乱反正建立了东汉。后人将刘秀藏身之处称作藏龙沟，也就是现在的藏龙谷。谷内有藏龙广场、砚台泉、拜印亭等景点。

奇趣体验欢乐多

景区内还有不少趣味项目。悬壁火车运行于海拔480米的陡峭山腰上，首开全国先河。管式滑道总长约2650米，连接景区主干道与悬壁火车起点站。七彩滑草，全家老少均可体验。它可以带您感受风一样的速度，让您产生身在彩虹中的幻觉，领略大自然的美好。

此外，丛林穿越、龙啸电轨车、百态步游路都可以让您体验快与慢的极致风情。如果您累了、饿了，黄金寨酒店的民宿、餐厅可供您休闲娱乐。

欢迎大家来黄金寨体验趣味项目，感怀悠久历史，品味农家欢乐。

抱犊寨
——"背水一战"发源地

—— 讲述人 ——
高光凌
石家庄鹿泉抱犊寨风
景区宣传科科长

精彩聆听,
请扫描二维码

图片来源:由抱犊寨
景区提供

大家好,我是抱犊寨风景区宣传科科长高光凌。抱犊寨位于石家庄市鹿泉区,是被誉为"天堂之幻觉,人间之福地,兵家之战场,世外之桃源"的天下奇寨。

"抱犊寨"独特得名

抱犊寨,古时称"萆山"。这个萆字,是一个草字头,一个自卑的卑,它有隐藏的意思。公元前204年,汉将韩信在萆山设伏,大破赵军,留下了古代军事史上的经典战役——"背水一战"。

公元前204年,汉将韩信奉汉王刘邦之命破魏国、代国后,被调走大部人马,仅留新兵1.2万人,且被命令东出井陉口伐赵。当时,赵军有20万人,具有绝对优势。为此韩信兵出奇招,先派2000士兵持汉军旗帜从山间小路隐蔽于萆山(即抱犊寨),其

抱犊寨俯瞰图

余人马出井陉口，只带一日口粮，渡河背水列阵于河边，与赵军对峙。赵军见汉军势弱且犯兵家不背水列阵的大忌，便倾巢出击，而汉军见无归路，只好奋勇杀敌。恰在此时，隐藏在萆山（抱犊寨）的 2000 汉军抄后路直冲入赵军大营，拔下赵军旗帜，换上了汉军的旗帜。赵军力战不胜，又见大营飘满了汉军旗帜，一时军心大乱，很快溃败而逃。此即著名的韩信破赵之战，史称"背水一战"。

而抱犊这个名字，是在北魏葛荣起义时所得。当时，当地人为了躲避战乱，上山耕种避祸，因为抱犊寨独特的地理环境，四周都是悬崖峭壁，成年大牛不能自行上山，只有小牛能被人抱着带到山上，因此从那时起，萆山就被称为抱犊山。

韩信祠冬景

金朝名将武仙曾在抱犊山的道观中出家当道士，后来他曾利用抱犊山独特的地理优势，率兵抗击蒙古军队，并被金王朝封为恒山公。抱犊山也因而成为抗敌的兵寨，有了"抱犊寨"这一流传至今的名字。

张三丰手植古桃树

抱犊寨道教的兴起，可溯源至 1000 千多年前的唐代。宋金时期，抱犊山道教宫观依然香火旺盛。明朝时，抱犊寨道教曾经一度衰落，但后来因为著名道士张三丰云游至此，才又重新振起，留下了"三丰派"这一道教支派。直到现在，抱犊寨仍然保留有张三丰手植的古桃树，以及蛟龙洞、金阙宫等遗迹。

传奇景点　奇幻意境

为了纪念韩信，抱犊寨景区建有韩信祠和韩信文化园。韩信祠内的三面墙

抱犊寨卧佛

壁雕刻有大理石壁画，画面内容反映的就是韩信率兵伐赵时的壮烈场面。

韩信文化园占地面积 7586 平方米，为露天园林式园区。除了反映韩信生平事迹——"寄食漂母""胯下受辱""萧何月下追韩信""登坛拜将""射鹿得泉"等数组雕塑景观外，还建有"韩信点将台"和仿古的"瞭望台"及战车模型等。

除此之外，抱犊寨还建有牛郎织女家、天池、千龙壁、万佛洞和冬季游览的雪乐园等景观。

除了山顶景区的景观之外，其实抱犊寨最令人称奇的有两点：一是抱犊寨山势峥嵘雄险，四面都是刀削斧劈一般的悬崖绝壁，但是山顶却有沃土良田660 亩，草木繁茂。二是远观抱犊，它就像一尊栩栩如生的卧佛，头南足北，眉目清晰逼真。从石家庄市区往西看，就能看见这一奇观。

希望广大朋友有机会光临抱犊寨，欣赏抱犊之奇、抱犊之险、抱犊之美，体验"抱犊峰岚瑞霭凝"的奇幻意境。祝您"游游抱犊寨，年年好运来"。

白鹿温泉
——汉武帝御赐其名

—— 讲述人 ——
朱慧涛
石家庄平山白鹿温泉
市场营销中心经理

精彩聆听，
请扫描二维码

图片来源：由白鹿温
泉景区提供

大家好，我是白鹿温泉的朱慧涛。下面我将带您了解白鹿温泉的前世今生。

温塘镇温泉历史悠久，富含 30 多种有益于人体健康的矿物质微量元素。据史书记载，汉武帝曾御封此泉为"宝泉圣水"。

白鹿温泉，处于温塘镇温泉带的最上游，水质纯正。温泉池依山就势而建，共有 66 个温泉泡池，分为汉文化区、美容养颜区、中药养生区、情侣区、日式温泉区、动感区、小木屋特色体验区等七大区域。全新升级的白鹿温泉更注重温泉文化、产品和意境的深度融合，真正称得上人间仙境。

梦回大汉

汉文化区是整个温泉项目的核心区域，这里石榴成林，一步一景。首先，大家将先看到白鹿神汤。它

白鹿神汤池

是依据 2000 多年前汉武帝御驾白鹿寻泉疗疾（奇疮）的传说而建的。

紧邻白鹿神汤南侧的是九天池海。古代传说天有九重，九天是天的最高层。在这里您可以看到九天池海两个冷热温泉瀑布飞流直下，左冷右热，极速水流冲击人体进行按摩，冷热交替可促进血液循环，加速新陈代谢，延缓衰老。

九天池海区还有聚仙、浴仙、日月、星辰、卧龙、栖凤、瑶池等各种温泉泡池，夜晚沐浴溶洞温泉，可以看星星、听鸟鸣，真是人间仙境。

仙境传说

桃花池因泡池成桃花的花瓣状而得名。传说王母娘娘出生于平山县的王母村，成仙之后生有七位仙女，仙女们常锁天宫，一直想到人间走走。借一年王

白鹿温泉

母娘娘举办蟠桃盛宴，七位仙女拨开云层看见温塘姥姥家附近有一处青山秀水，那时节桃红柳绿，景色宜人，便偷偷下了凡。仙女们在桃花掩映的溪流中洗了温泉浴，而后匆匆离去。但七位仙女沐浴的场景被村里的姑娘们看见了，仙女走后，村里的姑娘们就学着仙女的样子，开始在河中沐浴起来，并将此文化和习俗传承至今。

仙女下凡的这一天，正好是农历三月初三，温塘人便把这一天定为一年一度的庙会日，把三月称为"姑洗月"，温泉水称为"桃花水"，每当农历三月初三，十里八乡的姑娘、媳妇们都会来温塘赶庙会，争着去沐桃花水浴。

聊古通今

汉皇玉榻是由天然的大理石打造而成的"龙床"，通过温泉水加热大理石形成热传导，仰卧于玉榻之上，舒适的暖流传遍全身，可缓解疲劳、放松身心。

汉皇浴池是仿照光绪年间男女浴室而造的，浴池采用形态笨重的石条而建，自然流露着汉代石艺格调，静静地躺在池中享受"白鹿神汤润万物，宝泉圣水沐四方"的恩赐。

白鹿温泉夏·疯狂海啸

红色之情

此外，再给您分享一下人民浴池的典故。这里水温在 41 ~ 43℃之间，属于中温温泉。1948 年年初，为迎接中共中央进驻西柏坡，改善中央机关的洗浴条件，中央工委决定在温塘修建浴池。董必武亲笔题名为"人民浴池"，示意着人人平等，希望这个浴池能为人民造福。为了使更多的游客可以亲身体验当年老一辈无产阶级革命家在工作之余休闲度假的情景，特意在旧址进行了复建。欢迎游客们到西柏坡参观完红色圣地后，再来白鹿温泉进行体验！

快意无限

除了充满传奇故事的汤池，这里还有现代时尚的动感区：游泳池、海浪池、亲亲鱼疗、儿童游乐区，都能让您感受到无限快意。

更有红酒汤、柠檬汤、牛奶汤、芦荟汤和各种中医养生汤，给您养身又养心的体验。

欢迎大家疫情之后，来到白鹿温泉，感受白鹿温泉的神奇与滋养。

五岳寨
——"五岳"精华齐汇聚

——讲述人——
王青芳
石家庄灵寿五岳寨景区

精彩聆听，
请扫描二维码

图片来源：由五岳寨景区提供

大家好，我是五岳寨景区的王青芳，很高兴能为您讲解"故事里的五岳寨"。

五岳寨位于石家庄灵寿县西北部山区，南距石家庄110千米，北与佛教圣地五台山隔山相望，总面积120平方千米。

五岳寨历史厚重多传说

五岳寨因五座山峰并列耸立，且有五岳之特点而得名。

在五岳寨的群山之中，古时长有一种灌木，"木似竹，有枝节，长不过八九尺，围三四寸，自然有合杖制，不须削制"。历代皇帝多以此木赏赐给有功大臣，称作"灵寿杖"。灵寿就是以此木命名。据史料记载，灵寿自西汉正式建县，距今已有2000多年的历史，其名称以及县域都一直没有变化过，堪称古老。

通岳峡

据考证，五岳寨的历史可追溯到元朝。早在元朝初年，原金国将领赵贵为反抗元朝统治，曾聚众在此建立山寨。五岳寨最早的得名即源于此。

此外，在当地还流传着高鼎拒清兵的传说。相传清兵入关后，明将高鼎率领数万官兵驻扎在五岳寨一带，拒不投降，并多次打退清兵的围剿。由于连年战争，百姓民不聊生。后在井陉兵备道陈安国的劝说下，为了周边百姓，高鼎决定归降，但在受降会上，人们却没有发现他，原来身为名将的高鼎不愿投降，选择隐居于五岳寨山野，成就了止战而不降的佳话。

五岳寨景区内还有多处解放战争期间的炭窑遗址，这是当年太行山老区人民全力以赴支援前线的光辉历史写照，是进行革命传统教育的重要资源。

五岳寨旖旎风光似仙境

五岳寨主峰海拔 1945.6 米，五座山峰危兀并立、高耸入云，且形态各异、各具特色，在当地有"小泰山""小华山""小衡山""小嵩山""小恒山"之称。五岳寨仅十几平方米的峰顶岩石平台，三面临万丈绝壁，奇险无比，在这里听松涛、观日出都是一绝。

39

五岳寨主峰

七女峰是五岳寨的重要景观，位于凌霄峡内。七座山峰一字排列，高低不一，形态各异。

燕赵第一瀑是华北最大的山岳型瀑布，距生活区1000米，是景区的主要景点之一，瀑布落差110米，水源丰沛，一年四季长流不断，最大水帘宽度达30米。"五丈以内尚是水，十丈以下全是烟"是该瀑布的真实写照。

亚高山草甸，整个顶峰起伏平缓、视野开阔，白云飘飘触手可得。到处是茵茵绿草、繁花似锦，金莲花、银莲花、黄花、紫苑等五颜六色，芳香四溢。厚厚的草甸舒展、轻软，是理想的高山旷野观光胜地，也是观日出日落、云雾等自然景象的佳地。

　　四月的五岳寨杜鹃花相约盛开，大杜鹃树枝苍劲，小杜鹃俏丽多姿，花色有淡蓝、洁白、火红、玫瑰红……姹紫嫣红，让人赏心悦目，形成花的海洋，人在花中行，人醉花也醉，仿佛进入梦幻般的仙境。

　　到了冬季，景区内形态各异的冰瀑、冰柱随处可见，高达108米的燕赵第一冰瀑、颇为壮观的连天飞瀑及数不胜数的大小冰柱让游客惊叹连连、流连忘返。游客乘坐高空索道俯瞰苍茫山川，火红的杜鹃花与银装素裹的"冰雪世界"相互辉映，使五岳寨景区魅力超群、别具特色。

　　欢迎大家疫情后来到五岳寨，踏着清风，观赏高山瀑布，醉在漫山杜鹃花中……

隆兴寺
——千年古刹，遍地国宝

—— 讲述人 ——
黄丽媛
石家庄正定隆兴寺景
区讲解员

精彩聆听，
请扫描二维码

图片来源：由隆兴寺
景区提供

大家好，我是隆兴寺景区讲解员黄丽媛，下面请跟我走进石家庄正定了解千年古刹隆兴寺的故事。

正定曾与北京、保定并称为"北方三雄镇"，素有"九楼四塔八大寺，二十四座金牌坊"的美誉。这里历史悠久、文物古迹众多，在这个看似不大的古城中却处处隐藏着国家级的宝藏。

有人说，到正定，没去过大佛寺（隆兴寺）就不算来过正定，此话不假，也足见隆兴寺这座千年古刹的历史地位。

正定地处华北平原，西依太行山，南临滹沱河，是省会石家庄的重要组成部分。正定县现有 10 处全国重点文物保护单位（俗称十国宝），其中隆兴寺气势磅礴、雄伟壮观，至今保存良好。

寺院始建于 586 年的隋代，已经有着 1400 多年的历史，1961 年被国务院公布为第一批重点文物保护单位，也被梁思成先生誉为"京外名刹之首"。

隆兴寺三易其名

隆兴寺最初叫龙藏寺，取藏龙卧虎之意，后来在唐代时期时改为龙兴寺，清康熙年间，为避皇家之讳，最终改为隆兴寺。

叹为观止的六处全国之最

隆兴寺内有六个全国之最：一是国内现存唯一一座北宋时期的十字造型摩尼殿；二是被鲁迅先生称为"东方美神"的倒座观音；三是国内现存体量较大、时代最早的北宋转轮藏；四是被康有为先生称为"隋碑第一"的龙藏寺碑；五是世界古代最高大的铜铸佛像千手千眼观音像；六是明万历皇帝御赐的铜铸毗卢佛像。

大佛建造有传奇

进入隆兴寺主殿大悲阁内，我们将看到一尊高大的铜铸观音像，它是北宋

隆兴寺全景图

隆兴寺天王殿

开宝四年（971年），宋太祖赵匡胤敕令铸造的，像高21.3米，是世界上古代铜铸佛像中最高大的。这尊高大的铜铸观音像比例适度，线条流畅，面部表情恬静而慈祥，双目微合，法相庄严，共铸有42只手臂，除胸前合十的两只手眼之外，在身体左右两侧各有20只手，分别持有日、月、净瓶、金刚杵、宝剑等法器，每只手中各有一眼，形成40只手40只眼，每只手眼配以25种法力。所以40只手眼和25相乘变成了千手千眼，观照世间、护持众生，因此这尊观音像被称为千手千眼观音！

那么赵匡胤为什么要在正定铸造这尊观音像呢？有这么一段传说。首先，赵匡胤的母亲杜太后是正定人，赵匡胤小时常听母亲讲正定城西大悲寺铜铸大佛的灵验故事，相传当时的铜像为唐代所铸。后来，在北宋开宝二年（969年），赵匡胤率军攻打太原驻扎在正定时，便前往大悲寺礼佛。可当时的观音像已为泥塑像，寺僧可俦法师讲述了原来铜铸大观音像的悲惨遭遇。寺中大悲阁内原供有的铜铸大观音像曾高四丈九尺，五代后汉时，契丹攻打正定，大悲阁及铜像上半身毁于战火，寺僧便用泥对观音像进行了补塑；时隔不久，显德二年周世宗柴荣诏令罢佛铸钱，观音像下半身也被毁掉，僧众不得已又用泥进

隆兴寺大悲阁千手观音造像

行了补塑。历经两次劫难后，原来一尊好端端的铜像变成了一尊泥塑像。赵匡胤听了之后为之所动，遂下令在城内龙兴寺重铸大悲菩萨金身。

北宋开宝四年（971年）3000名工匠聚集于龙兴寺，开始了这一场浩大的工程，先挖地基留下一个深2米边长13米的方坑，内栽7根熟铁柱，每根铁柱用7根铁锏合就，再用7条铁绳捆绑，然后将方坑内注满生铁水，坚实的基础使佛像经受住了千百年来多次的地震撼摇，基础打好以后，先立一个大木为胎，塑出千手千眼观音的泥塑，制出内模外范。然后采用屯土的方法分七段接续铸造，第一段铸莲座，第二段至膝盖，第三段至腹部，第四段至胸臆，第五段至腋下，第六段至肩，第七段为佛头。相传在铸佛像头部时，因为佛像太高，为了便于熔炉推上去，土堆形成了一个很大的坡度，一直堆到了三里之外！至今正定还有个村庄，名为三里屯！观音像，通高21.3米，是世界上古代铜铸佛像中最高大的，创造了冶金铸造史上的一个奇迹。因此，隆兴寺也被当地人称为大佛寺了！

疫情虽有反复，但终将过去，历时千年的隆兴寺，早已经历了无数的沧桑岁月，愿您有一天能够来到这里，感受它的历史，增强人生的感悟。

天桂山
——"北方小桂林"

—— 讲述人 ——
韩春苗
石家庄平山天桂山景区导游

精彩聆听，
请扫描二维码

大家好，我是天桂山景区导游韩春苗，下面请跟我一起品读天桂山的独特魅力。

天桂山，位于石家庄市平山县境内，是我国北方著名的山岳古刹型风景名胜区，既有雄秀交融的天然风光，又有皇家园林的高贵气韵和道家仙山的庄严气势及神秘色彩，素有"皇家道院"之称、"北方桂林"之誉。

"云锁天桂"引崇祯

说起天桂山的由来，据康熙年间平山县志记载，天桂山原名"三门寨"，源于天桂山山势陡峻，并建置垛口，仅三路可通而得名，有"一夫当关，万夫莫开"之险固。后有历代文人见此山风景绮丽、岩石嶙峋，便借"桂林山水甲天下"之意，将"三门寨"改为天桂山，始有"天下第二桂林山水"之美称。

天桂山牌楼

民间传说，明朝末年，崇祯皇帝朱由检，面对风雨飘摇、日渐沉沦的大明江山，深感朱家气数将尽，无力回天，便命其心腹太监林重华携旨出京，选择"灵秘之地，绝尘以栖"，为自己修建归隐行宫。林重华奉了圣旨，走了大半个中国，也没有找到合适的地方。

这天，他们来到太行深山的洪州城，当时大雪纷飞，寒风刺骨，街上行人稀少、冷清寥落，林重华把众人安顿在城东头一家小店内，就自个儿走出来，想找个酒店喝两盅，暖暖身子，解解愁闷。他走到一个背风的街边拐角处时，发现站着一个以卖画为生的穷裱糊匠，不停地在地上跺着脚，背后墙上挂着几幅画。其中一幅题名"云锁天桂"的画，把林重华吸引了过去，他走近一看：嗬！山崖险峻，风景秀美，真是建行宫的好地方！

崇祯看到这幅画，见天桂山"山高而秀，地辟而幽"，龙颜大悦，便定在此处建归隐行宫，授林重华为总监工，调拨了大批银两，招募了许多工匠在天

天桂山上崇祯皇帝的归隐行宫

桂山山崖中照北京金銮殿的样子修建了起来。可没等行宫修成，李闯王就率军攻破了北京城，崇祯没来得及逃出，被迫在煤山上吊自杀。林重华为掩人耳目，出家北京的白云观，皈依道教，为了效忠主子，后来重返天桂山，将行宫改为"青龙观"道院，做了天桂山的第一代住持。

"天下第一大字"立天桂

1997 年 7 月 1 日，香港回归，举国欢腾，天桂山特邀书法家贾松阳先生作"归"字巨书，字高 97.71 米，表示香港回归之日，宽 49.101 米，表示共和国建立之时。"归"字耸立天桂，媲美名山秀水，象征港岛终回归。

"白毛女"故乡在天桂

天桂山是白毛女的故乡，1950 年，由田华等老一代艺术家参演的电影《白毛女》拍摄于天桂山山上的"三眼洞"，天桂山开发之初，贺敬之为此洞命名"仙姑洞"，2003 年，电影《白毛女》编剧杨润身亲笔为景区题词"白毛女故乡"。

春有桃花夏林海 秋有红叶冬雾凇

几亿年前，天桂山和我国北方大部分地区一样，还是一片汪洋大海，经过漫长的地质变迁，沧海变高山，形成了今天的天桂山。

其地质为古老的寒武纪泥质条带灰岩、鲕状灰岩、竹叶状灰岩，具有典型的喀斯特地貌的特点。地下喀斯特地貌主

天桂山"归"字

要是溶洞，银河洞便是位于天桂山景区的天然溶洞，全长 2000 余米，洞内常年恒温 14℃，冬暖夏凉，是夏季避暑的好去处。

天桂山春季以山桃花、迎春花、玉兰花为主，形成一片花海，每年的 3 月份，景区会举办桃花节，有"燕赵春来第一景"之称；夏季，林荫滴翠，云雾缭绕，置身林海，倍感清凉舒适；秋季，漫山红遍，是赏红叶的绝佳之地；冬季，雾凇雪景是难得的景观。

位于天桂山青龙观院内的古银杏树，是平山四大名古树之一，已有 800 多年的树龄，"古木八百年，风雨立山巅，沧桑兴废事，静观自不言。"

趁微风正好，阳光不燥，穿越在丛林间登高、赏景，在天然氧吧里尽情呼吸，品历史情怀，览奇石之景！疫情后的天桂山欢迎大家的到来！

于家石头村
——太行深处古村落

—— 讲述人 ——
常中峰
石家庄井陉于家石头
村营销部经理

精彩聆听，
请扫描二维码

图片来源：由于家石
头村景区提供

大家好，我是于家石头村营销部经理常中峰，下面让我带您走进百年石头村，感受那里的历史沧桑。

于家村，地处深山之中，相传是当年明代名臣于谦的后代避祸至此，就地取材，以石头作为基本材料建造的一个"石头村"。村庄依山而建，有石头房屋4000多间，院落数百处，戏台六座，其中四座建于明清时期。这里的一砖一瓦、一石一木，都仿佛在静静地回味着这个村落500年来的文化积淀。

百年石头"撰"传奇

于家石头村，是一部用石头"书写"的传奇。它位于河北省井陉县城微水镇西南约15千米处，建于明朝成化年间，距今已有500多年的历史。古村落以石头建筑为主，是远近闻名的"石头村"。

村落规划科学，坐北向南，倚凤凰而展翅欲飞，面象山而万千气象。村前一弯季节性河流，每逢夏秋，潺潺流水，似玉带缠腰。村内300座四合院错落有致，4000间石头房互不雷同，七里石街铺锦绣，六座戏楼演古今。明清年间的清凉阁、真武庙、全神庙、观音阁、四合楼院、秀才院、于氏宗祠等建筑，保存完好，极具特色。

"神仙"清凉阁

清凉阁又名"神仙阁"，坐落村东口，是于家石头村的标志性建筑。此阁始建于明万历九年（1581年），相传由力大无比的于喜春一人所建。清凉阁整体建在一个斜坡石板上，依高就低，顺势而建，不打根基，不填辅料，以天然石底为基础，块块巨石就地而起，从下到上完全干打垒而成。石块巨大惊人，有的长过数米，有的重达数吨，有的原封不动，有的錾迹寥寥，构造粗犷奔放，设计别出心裁，充满古朴之美。

于家石头村清凉阁

于家石头村戏楼

于氏宗祠多传统

这里是明代著名政治家、民族英雄于谦的后裔居所。"于氏宗祠",平常叫作"家谱堂",碑文称"家庙",是于氏家族供奉始祖于有道及其他先祖的祠堂。祠堂房院宽阔、用料讲究、做工细致、外观排场。根据习俗,于氏家族在大年初一前一天,都要到家谱堂来报喜,生男孩的送炮,生女孩的送油。这个大院,虽然门匾上写的是"于氏宗祠",但在以前是一院两用,在过年的时候是"祠堂",平常的时候是"学堂"。

石头古街有风情

石头村是石头的世界,其中的石头古街堪称于家村的一大景观。于家村的先人们对建房布局和街道设置都有明确规范,东西为街,南北为巷,不通谓胡同,全村共有六街七巷十八胡同,总长3700多米。古旧街巷,街宽3～4

米，巷和胡同宽 2 ~ 3 米，这些古街巷，全为青石铺就，高低俯仰，结解屈伸，纵横交错，如诗如画。数百年来，古街上的石头，历经岁月沧桑，承载人来畜往，每块都被磨得细腻光滑、铮铮发亮，尤其在雨季，在流水冲刷后，熠熠闪光，更成为石头村一道难得的风景线。

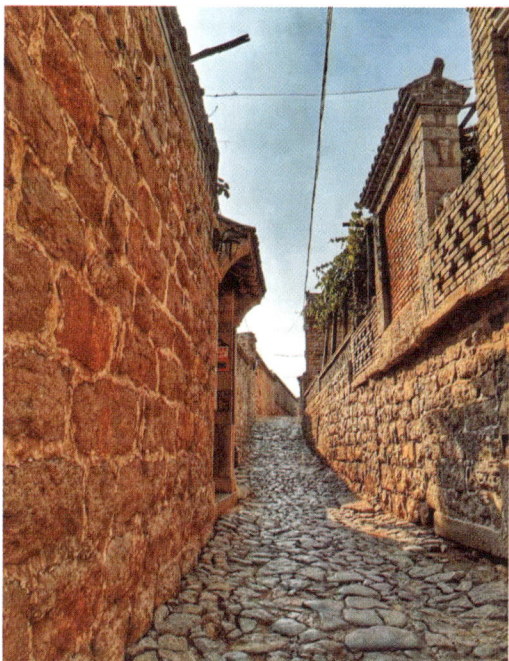

于家石头村石头古街

传统民俗绽放璀璨光芒

老虎火是古老的传统民俗文化。"火"是井陉县村民对"烟火"的俗称，"老虎火"就是用制作成老虎状的道具放烟火。作火技艺，相传为康熙初年一先祖在山西充哑三载偷师而得，距今已有 320 多年的历史。

井陉拉花是河北省井陉县传统舞蹈类艺术，国家级非物质文化遗产之一。井陉拉花最早源于在唐代元和八年（813 年），到了 20 世纪初，拉花已经十分盛行，成为当地百姓喜闻乐见的歌舞形式。"九曲黄河阵"是石头村古老的文化遗产，是每逢重大节日举行的一种大型民间文化娱乐活动，已有 500 余年历史，传承至今。相传，"九曲黄河阵"起源于商周时代，是一种古老的传统民俗文化活动，是民间传统文化的一颗璀璨明珠。

千姿百态的石头建筑、丰富多彩的石头文化、淳朴深厚的民俗风情，这就是于家石头村的美妙。"东阁西塞南洞北寨面面皆有古景点，春游夏游秋览冬赏季季都是好风光"便是对石头村的最佳描述。欢迎大家有时间来于家石头村，感受沧桑的时光，品味古朴的韵律。

承德市位于河北省东北部、华北和东北过渡地带，北靠辽宁、内蒙古，南邻北京、天津，清代属于"热河省"，是一座历史悠久、文化底蕴深厚的塞外名城，是华夏文明孕育发展的重要节点，有"紫塞明珠"之称。1703年清康熙修建避暑山庄，成为清王朝的第二个政治中心，是中外知名的游览胜地。

承德是"全国首批历史文化名城""中国优秀旅游城市""国家全域旅游示范区创建城市"，旅游资源得天独厚，A级旅游景区50家、5A级旅游景区2家，尤以世界文化遗产、清代皇家园林、全国现存最大的皇家寺庙群——避暑山庄及周围寺庙和"万里长城的精华地段"金山岭长城，享誉中外。

承德还是塞罕坝精神发源地，这里四季分明、气候宜人、森林覆盖率高，是天然"生态氧吧"。穿行森林草原中的国家"一号风景大道"，可以感受塞罕坝人创造的人间奇迹的冲击和震撼。

这里自古就是中国各民族聚居的地区，有满、蒙古、回、朝鲜等少数民族55个，占河北省少数民族人口的近1/2，当您来到这里，可以充分领略满族、蒙古族歌舞，品尝具有民族风味的特色饮食，体会浓郁的多民族风情。

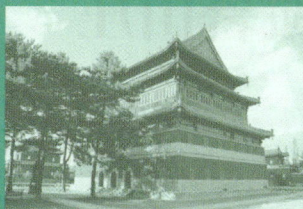

承德篇

CHENGDE PIAN

避暑山庄

——安远庙因何而建

—— 讲述人 ——
吴红梅
承德避暑山庄及周围
寺庙景区服务中心副
主任

精彩聆听，
请扫描二维码

图片来源：由承德避
暑山庄及周围寺庙景
区提供

　　大家好，我是承德避暑山庄及周围寺庙景区服务中心副主任吴红梅。相信朋友们对承德避暑山庄都不陌生，它是世界文化遗产、世界现存最大的皇家园林，是河北省中外闻名的旅游名片。但在它的周围如众星捧月般环列的金碧辉煌、气势磅礴的 12 座寺庙，您可能还不太了解。

　　提起这里的寺庙，有一座安远庙别具特色，这里涉及着一段乾隆与香妃的爱情故事，现在我们就讲讲安远庙的来历。

安远庙因香妃而建？

　　承德有这样一个传说：乾隆皇帝最宠爱的妃子香妃，原是个维吾尔族姑娘，进京后因思念家乡终日愁眉不展。乾隆皇帝为了给香妃消愁解闷，每逢夏季都带她来避暑山庄消夏避暑，到木兰围场行围打猎，但

避暑山庄—烟雨楼

仍难解香妃的思乡之愁。于是乾隆皇帝在避暑山庄外仿照她家乡伊犁河畔的固尔扎庙，修建了一座庙宇，这就是安远庙，人们称为"伊犁庙"。又在避暑山庄里修了一座两层高楼，取名畅远楼。每当香妃思乡心切的时候，就可以从畅远楼上眺望对面山冈上的安远庙，好像回到了家乡。

安远庙的确是仿伊犁河畔的固尔扎庙修建的，但却不仅仅是为了香妃。根据安远庙保存的《安远庙瞻礼书事（有序）》御碑碑文，可以清楚地看到，乾隆皇帝考虑到每年有很多少数民族的王公贵族前来避暑山庄朝见皇帝，陪同皇帝随班打猎，特别是乾隆二十四年（1759 年），有厄鲁特蒙古达什达瓦部2000 多人，从伊犁迁居热河，为了使他们能够有一个从事宗教活动的场所，于是就仿照已被毁的固尔扎庙，修建了这座寺庙。并取名安远庙，意为安定、安抚远方边疆的意思。

金山上帝阁

汉藏融合　风格夺目

避暑山庄及周围寺庙分为四个景区：避暑山庄景区、布达拉行宫景区、普宁寺景区、磬锤峰景区。安远庙就在磬锤峰景区内。

安远庙建于乾隆二十九年（1764年）。因主殿普度殿为方形，俗称"方亭子"。在外八庙中，安远庙的建筑与规模，远比不上其他寺庙高大雄伟，但它完全打破了汉式寺庙坐北朝南的"伽蓝七堂"的传统建筑布局。在风格上明显保留原固尔扎庙的民族风格，其中巧妙地融进了汉、藏民族的建筑精华，从而使整个庙宇从布局、外观和建筑上，都别具一格，引人注目。

皇家大部分寺庙多施以黄色琉璃瓦，可安远庙的普度殿却采用黑色琉璃瓦。这是因为中国古代思想家用阴阳五行学说中的金、木、水、火、土来概括世间万物，而五行又分别对应五色，分别是白、青、黑、赤、黄。因此，综合"五行"学说，在建造时，将安远庙的正殿普度殿用了黑色琉璃瓦顶，就使得安远庙具有了水的内涵，就能使安远庙避免像伊犁固尔扎庙一样再遭战火的厄运，寄托了人们免受战火之苦的美好愿望。

普度殿殿内四壁皆有壁画。一层自底部1.2米以上满绘壁画，画幅部分高3米，面积达230平方米。除部分地方残损外，大部分完整。二层墙上亦有彩画，画幅部分高1.5米，但多遭破坏。这些壁画虽出自清代，却全然摆脱了清代造型朴实、色彩大红大绿的绘制特征，又不尽同于藏传佛教地区的绘画艺术。其色彩和制作，既发挥了中国传统色彩原料的长处，又展现了西域佛教艺术造型传神的基本特征，是反映民族文化交融的一大佳作。

除安远庙外，磬锤峰景区还包括磬锤峰、普乐寺等，它们一同展现了藏传佛教的宗教特色。

由于突来的新冠肺炎疫情，使得很多人不能亲临景区参观游览，但景区全体员工抗击疫情、保护文物的精神一刻也没有放松！让我们众志成城，共克时艰，待疫情过去，我们欢迎全国全世界的游客来到承德避暑山庄，我们将以最周到的服务迎接大家！

磬锤峰

承德博物馆
——清代工艺品集大成

——讲述人——
李然
承德博物馆副研究员

精彩聆听，
请扫描二维码

图片来源：由承德博
物馆提供

各位朋友大家好，我是承德博物馆副研究员李然，现在由我带您走进承德博物馆，去听一听那里的故事。承德博物馆于 2019 年 11 月 18 日正式开馆，是承德文化发展史上一座新的里程碑，现今已是承德市的一座地标性建筑！馆内展览的文物，多为清代皇家瑰宝、梵宇藏珍，且大多由清宫内务府造办处和养心殿造办处承做，代表了清代工艺品的最高水平。

目前，馆内共展览文物 688 件，其中珍贵文物 498 件，大部分文物是首次对外展出。新近展出的 6 个展览分别是《文明·交流·融合·发展——从热河到承德》通史展、《避暑山庄——一座承载盛世传统文化的古典园林》主题展、《望长城内外——清盛世民族团结实录》主题展、《清宫密藏——藏汉合璧的佛教艺术珍品展》宫廷佛教专题展、《凝固的时光》帝后生活专题展和于岱岩捐赠书画专题展。在展出的 688 件文

承德博物馆展厅内景

物中，有国家一级文物 25 件。

清朝是中国历史上最后一个封建王朝，以努尔哈赤建立后金算起共历经 12 帝，国祚 296 年。在此期间，先后有 7 位清帝（或曾以皇子身份）驻跸避暑山庄共达 158 年之久。与金碧辉煌的紫禁城不同，避暑山庄内亭台草木、异服奇珍皆由帝王所好，代表着这一时代中国最高阶层的文化情怀、修养思想与审美意识，并对该时期社会产生巨大影响。《凝固的时光》帝后生活专题展展示的皇室日常用物，美轮美奂、流光溢彩、精湛精美，是重回清朝的密码，是一探帝王生活究竟的线索。

镇馆之宝——紫檀木座铜胎珐琅塔

当前，承德博物馆展出的各类精品文物大多数是首次对外公开展出，我们的镇馆之宝是一座带"大清乾隆乙酉年敬造"款的清代紫檀木座铜胎珐琅塔。此塔通高 3.5 米，重 1 吨多，由塔座和塔身两部分组成，塔座为紫檀木座，建

清代紫檀木座铜胎珐琅塔（乾隆年造）

造时间为乾隆三十年（1765年）。

这座珍贵的佛塔不但是难得的清宫廷佛教艺术珍品，在其中还蕴含了一段乾隆皇帝和六世班禅大师共同维护国家统一、民族团结的佳话。

在乾隆四十三年（1778年），西藏政教领袖六世班禅得知乾隆皇帝要在两年后的八月十三日在避暑山庄庆祝70寿辰，便通过章嘉国师主动要求觐见为乾隆帝祝寿。乾隆皇帝认为六世班禅"不因招致，而是出于喇嘛之自愿来京"，这是清王朝"吉祥盛世"的象征。因此欣然允请，乾隆皇帝对藏教领袖的到来极为重视，从选址、准备、修建等事宜，事事亲问，充分准备。在承德仿西藏日喀则班禅居住的扎什伦布寺建造了须弥福寿之庙，作为班禅到承德后的经堂和居所。

据热河清史档记载：新建的"热河扎什伦布庙"内应供奉六品佛，因来不及建造，故先将紫禁城慈宁宫中现供的六品佛挪往热河供奉，再照慈宁宫六品佛式样成造补供。结果，此塔在迎接六世班禅而移入承德须弥福寿之庙后，便永久留在了这里。

此珐琅塔分塔顶、塔身、须弥座及底座四个组成部分。塔顶为宝瓶式，塔尖饰十字金刚杵。塔身由上至下分三层三种样式，最上层为三层檐圆形六开门，正面为嵌玻璃龛门，其余五面为双开门；中间层为双层檐八角形开门，前后为两个嵌玻璃龛门，其余六面为双开门；最下层为双层檐四方形开门，四面中间为嵌玻璃龛门，玻璃龛门两侧各有一双开门；中下两层的每层檐脊皆有一铜鎏金龙头及四个脊兽，檐角下挂一铜铃；梁柱、雀替、栏板、龛门分别绘有火焰宝珠、"寿"字花纹。塔身之下为亚字形须弥座，上饰仰莲瓣及缠枝花卉。塔身下配紫檀木底座，上有栏杆围板，四角为灯笼形角柱，底座四面刻缠枝花卉纹。

承德博物馆建筑之美

承德博物馆的外观和周围美景也极具古朴之美。走进博物馆，光是外观，就足以引得大家驻足感叹，园林意境与现代建筑完美融合，加之避暑山庄特有的乔木，尽显皇家风范。整座博物馆就像一个艺术品，灰色的建筑沉淀着承德厚重的历史。

此外，承德博物馆有着便利优越的地理位置，博物馆选址在避暑山庄和外八庙景区的中心，东观磬锤峰、南望避暑山庄、西看"小布达拉"、北览普宁寺。以灰色为主色调，建筑设计理念沿袭康熙营造避暑山庄时"宁拙舍巧"的设计理念，与周边的众多著名文物古建形成一种"看与被看"的对位关系，使用中国古典园林造园手法，巧妙地将周边的景观植入博物馆建筑中，两者交相呼应。

博物馆主入口设在西侧普宁路上，主入口广场视线正对磬锤峰，形成一处特色景观。此外，博物馆屋顶还设有观景平台，是一处欣赏避暑山庄与外八庙远景的绝佳地点。

最后，诚挚地向大家发出邀请，欢迎在疫情结束后来到承德游玩，走进承德博物馆。愿疫去春来，祝大家喜乐安康！

兴隆溶洞
——自然天成的"燕山水晶宫"

—— 讲述人 ——
张静
兴隆溶洞讲解员

精彩聆听,
请扫描二维码

图片来源:由兴隆溶
洞景区提供

大家好,我是兴隆溶洞讲解员张静。兴隆溶洞是以原色原貌、晶莹剔透、精致荟萃、罕世珍藏为特色的次生洞穴化学沉积景观,素有"燕山水晶宫"的美誉。首先来给大家讲讲兴隆溶洞被发现的故事。

兴隆溶洞是如何被发现的?

溶洞这座山跟其他的山相比并没有什么特别之处,只是冬天的雪要融化得快一些,夏天下过雨以后又总是云雾缭绕。之前老一辈的人总讲,这座山上有一个洞,深不见底,里边住着神仙。带着好奇,当地村民陶治金,就约起几个胆大的兄弟想去探个究竟,快走到山顶的时候,他们确实发现了一个洞,洞不是很大,却很深。进洞后他们并没有发现什么神仙,而是看到了一堆堆的白骨,这令他们毛骨悚然。细看之后,发现这些并不是人的骨头,而是獾和其他动物的骨头，有些由于年代久远已化成灰状。这下他们慌乱的心才安定了许多。继续往里走，发现越走越窄，勉强佝偻着腰才能前行。没多久，洞就走到了尽头。除了发现的一堆堆白骨，其他什么也没有发现。正当他们要失望而归的时候，隐隐约约传来了像敲击木鱼的声音，而且像是洞壁后面传出来的，为了一探究竟，他们决定第二天带着挖掘工具再来。

溶洞景观

就这样经过几位村民的辛苦挖掘，大自然馈赠的这片地下瑰宝终于与我们相见了。

一座沉睡了 14 亿年的"燕山水晶宫"

它是一个大型石灰岩溶洞，发育年龄 10 亿~14 亿年，目前仍在生长发育之中，属于典型的渗流带洞穴和典型的缓慢扩散流碳酸钙沉积，洞内的碳酸钙沉积物类型齐全、景观形态美、体量大，是我国古老的溶洞之一。因为洞内景观以原色原貌、晶莹剔透、精致荟萃、罕世珍藏为特色，所以才被誉为"燕山水晶宫"。

经中科院专家实地考察，洞内拥有八处世界级景观，八处国家级景观，地方级景观随处可见，洞内碳酸钙景观对研究古环境、古气候、古生态具有重要的科学意义。目前，洞内已开发面积 5000 平方米，另外还有大大小小的 8 个支洞有待开发，洞里的每一处景观都是那样的晶莹剔透，如花似玉。

这里最长的鹅管石有 4.35 米，位居世界第四，并且有春雨般的鹅管群。

65

溶洞景观

溶洞景观

这里有世界最大的石盾体，更为让人惊叹的是这里发育着斜生甚至是弯生的管柱，这在世界其他溶洞还从未发现过。石笋、石幔、石钟乳遍地皆是，石柱顶天立地，石煎蛋好像刚要出锅，蛋清、蛋黄界限分明，从顶部垂下的石吊管中不时有水溢出，万年崖壁盛开着朵朵石花……各种钟乳石景观栩栩如生，像是水晶宫中一般，带给我们无限的遐想，它们记载了上亿年自然的演变，是上亿年历史的结晶。

这样的奇特景观，是大自然赐给我们的最纯洁的礼物。在这里我们真正能体会到，什么是"千年一眨，万年一瞬"。

兴隆溶洞地处兴隆国家地质公园内，总占地面积6公顷，它包含兴隆溶洞、燕山地质博物馆、根雕馆、跑马场等，篝火区还有可接待600人同时就餐和300人住宿的大型高档酒店"千华酒店"。大家来了之后，可以体验"吃、住、行、游、购、娱"一体化的服务。欢迎各位朋友来兴隆溶洞参观旅游，我们在这里等着您的到来。

金山岭长城

——万里长城的精华巅峰

——讲述人——
谭笑
金山岭长城营销中心

精彩聆听，
请扫描二维码

图片来源：由金山岭
长城景区提供

朋友们，大家好，我是承德滦平金山岭长城营销中心的谭笑，今天我带大家解读金山岭长城。金山岭长城位于河北省滦平县，是目前保存极为完好、极具代表性的一段明长城，有极精巧的军事建筑，有极深刻的历史记忆，是极奢侈的山际线，也是极唯美的观景台，因其视野开阔、敌楼密集、建筑艺术精美、军事防御体系健全、保存完好而著称于世，素有"万里长城金山独秀"之美誉。金山岭长城于 1982 年被批准为国家级风景名胜区，1987 年被列入世界文化遗产，1988 年被公布为全国重点文物保护单位，2020 年被评为国家 5A 级旅游景区，已成为传承中华文化、展示国家形象的重要窗口。

万里长城的巅峰之作

金山岭长城是明朝民族英雄戚继光担任蓟镇总兵官时期（1567—1582 年）主持修筑的，是万里长城的精华地段。它西起龙峪口，东至望京楼，全长 10.5 千米，沿线设有大小关隘 5 处，敌楼 67 座，烽燧 2 座，以及挡马墙、障墙、麒麟影壁墙、文字砖墙、将军楼等军事防御设施，其军事防御体系在万里长城中难得一见，堪称万里长城的巅峰之作。

金山岭长城五大看点

金山岭长城以五大特点著称于世：一是视野开阔。它起伏跌宕于山峦之间，站在高处远眺，十多千米长城尽收眼底，似一条巨龙在山峦间起伏绵延，此景唯金山岭长城最壮观。

二是敌楼密集。各类防御设施林立，似甲兵护卫。设有关口 5 处（龙峪口、桃春口、砖垛口、沙岭口和后川口）、烽燧 2 座、敌楼 67 座，平均不到 200 米便有一座敌楼，密集程度为万里长城中罕见。敌楼数量和位置因势而异，每座敌楼都机关重重，宛若迷宫。

金山岭长城精华地段全景图（摄影：郭中兴）

三是建筑艺术精美。敌楼有砖木或砖石结构；楼体有方形、圆形、扁形、拐角形等；楼顶有船篷形、四角形、八角钻天形、穹隆形，可谓异彩纷呈，独具匠心；连数不清的瞭望孔和射击孔都装饰了不同的图案；三层空心敌楼、500 米文字砖城墙和麒麟影壁更是举世无双。

四是军事防御体系健全。长城依山凭险，似钢墙铁壁，构成了完善的防御体系。设有障墙、支墙、挡马墙、战台、炮台、瞭望台、射孔、雷石孔等，层层设防，可谓固若金汤。

五是保存完好。金山岭长城除修复了一部分外，大部分保留原始风貌，体现出苍凉悲壮的野性美和残缺美，使人灵魂受到深深的震撼而流连忘返。

金山岭长城自 1986 年对外开放以来，已有 130 多个国家的驻华使节到此观光游览，数百部影视作品展示了金山岭长城的雄姿，它已成为传播中华文化的重要窗口。

一年四季风光无限

金山岭长城，一年四季变换着不同的景色吸引着来自全国各地的游客，春天的金山岭长城，薄雾弥漫、杏花漫山、松鼠跳跃、大雁鸣归，热闹而又秀美，如置梦境一般，让人神飘云外。入夏，郁郁葱葱的树木、潺潺的山间溪水、五颜六色的彩霞和雨后彩虹，把金山岭长城打扮得绚丽多姿，让人流连忘返。金秋时节，长城内外，漫山红遍、层林尽染，在蓝天白云的映照下，让人心旷神怡。严冬雪后的金山岭长城，仿佛进入了童话世界，蜿蜒起伏的长城，在阳光和白雪的映照下就像飘落在万山丛中的一条玉带，忽高忽低、忽隐忽现；那一座座敌楼，就像镶在玉带上的一颗颗珍珠，引人遐想。

如此美丽的金山岭长城，一时一景、一季一景的奇妙风光，您难道不想亲身体验一下吗？

蟠龙湖

——守护独一无二的"水下长城"

—— 讲述人 ——
刘英杰
宽城蟠龙湖景区旅游
管理部

精彩聆听，
请扫描二维码

朋友们大家好，我是承德宽城蟠龙湖景区旅游管理部的刘英杰，今天就由我带领大家走进"宽城蟠龙湖景区"。

宽城蟠龙湖景区位于燕山山脉东段、滦河中游，是修建潘家口水库而形成的人工湖，在空中鸟瞰整个湖面，恰似一条舞爪摆尾、腾云欲飞的巨龙，所以被称为"蟠龙湖"。

蟠龙湖是镶嵌在燕山深处、长城脚下的一颗璀璨明珠。这里湖水清澈、碧波荡漾，水道两岸峭壁高耸、峰奇石异，有美如仙境的仙居沟、时起时伏的驼峰山、鬼斧神工的一线天、风景如画的十里画廊等著名景点。闻名天下的潘家口水下长城和喜峰口长城更是雄伟而壮观。古老的滦河水拥关漫隘，紫塞青峰倒映其中，湖光山色，交相辉映，宛若"北方桂林，塞外漓江"。

蟠龙湖一线天

《大刀进行曲》因这里问世

这里的喜峰口长城还印记着 1933 年国民革命军第 29 军舍生取义、保家卫国，与日本侵略者殊死搏斗，血染喜峰口长城的抗战故事。

"大刀向鬼子们的头上砍去"，这首唱响全国的《大刀进行曲》，正是源于当年的喜峰口长城抗战。1931 年"九一八"事变后，日本侵略者继续扩大侵华战争。1933 年 1 月进犯山海关，3 月侵吞热河，侵略魔爪直指长城各关隘。国民革命军第 29 军临危受命，防卫喜峰口。1933 年 3 月 9 日，日军兵临喜峰口长城脚下，第 29 军 37 师 109 旅旅长赵登禹奉命阻击来犯之敌，在喜峰口与日寇展开了殊死搏斗。该旅 217 团组建的 500 名大刀队，冒着敌人的枪林弹雨，向喜峰口东北高地猛攻，与日军展开殊死拼杀，将守卫阵地的 100 多名日军砍杀殆尽。随后 109 旅又发起两次绕攻夜袭战，取得了消灭日寇 3000

蟠龙湖影视基地

余人的辉煌战绩，这大大鼓舞了中国人民的抗战热情。而这《大刀进行曲》也从此唱响至今。

独一无二"水下长城"奇观

硝烟散去，如今的蟠龙湖景区集湖光山色与水下长城于一体，成了镶嵌在燕山深处、长城脚下的一颗旅游明珠。潘家口水库建成蓄水后，喜峰口、潘家口长城城堡淹没于水中，万里长城从湖中穿过，形成了独一无二的水下长城奇观。当人们登高远眺喜峰口、潘家口时，万里长城从高山上蜿蜒盘旋而下，直入湖底，此壮观景色，举世无双。

坐落在蟠龙湖畔喜峰口村的影视城，是 1997 年专为拍摄姜文自导自演的影片《鬼子来了》而修建的。将要倒塌的城门、陈旧的小村庄和日军侵占时期的碉堡炮楼，再现了 20 世纪三四十年代北方小城及农村的建筑风貌。

　　蟠龙湖区内的山洞和纵横沟壑构成了又一奇特景观。盘龙洞深 30 米，宽 15 米，高 8 米。此洞顶部的乳岩自然形成了一圈圈、一层层条缘分明的花纹，形似一条巨龙盘旋在洞顶之上，龙头、龙角、龙须、龙爪依稀可辨，形象逼真。景区内两两山峰相夹随处可见，形成了"月牙一线天""滴水一线天"等奇观。

　　著名的"十里画廊"是蟠龙湖景区的精华之处，它汇聚了"风光秀美，景色奇特"的所有要素，蟠龙湖景区也因此而被誉为"北方桂林，塞外漓江"。其景秀美壮观，举世罕见。石壁高达三四百米，长达十余里，石壁如刀切斧削一般，巍然屹立、耸入云天，真可谓"黄鹤之飞尚不过，猿猱欲度愁攀缘"。山峰下湖水清澈，倒映着青山翠影，湖光山色交相辉映。

　　蟠龙湖景区，始终欢迎大家的到来，来一睹祖国的大好河山。

蟠龙湖—十里画廊

中国马镇
——这里以马为梦，以梦为马

—— 讲述人 ——

林一

中国马镇旅游度假区
品牌部总监

精彩聆听，
请扫描二维码

图片来源：由中国马
镇旅游度假区提供

大家好，我是中国马镇旅游度假区品牌部总监林一。作为土生土长的丰宁人，我们一直有一个梦想，就是讲好草原的故事、马的故事，让更多的人了解草原文化、了解马文化，让全国甚至世界各国的朋友，都能够共享坝上草原这片旅游资源宝藏。出于对旅游的热爱，更出于对这片土地的热爱，我们自觉必须肩负起推动坝上草原旅游发展的重任，于是，中国马镇就诞生了。

中国马镇位于北京正北 260 千米，国家一号风景大道起点——丰宁坝上草原。坝上草原地处草原丝绸之路经济带，是距离北京最近的天然草原，自古以来就是皇家狩猎、避暑的胜地，平均海拔 1487 米。

坝上草原新晋网红小镇

中国马镇旅游度假区按照"草原丝绸之路"的走

中国马镇成功门

向规划景区布局，起点为"中国元上都"，横跨"亚欧大陆"，汇聚了 15 个国家的建筑风格，打造了 35 场异域风情的演艺集群，单日演出时间超过 13 小时。中国马镇旅游度假区是坝上以马文化主题乐园、草原丝绸之路演艺群、坝上草原冰雪嘉年华、烤羊美食街、酒吧街、特色主题酒店、共享旅居为核心的马文化旅游小镇，是游客心中耀眼的明珠。

2018 年，中国马镇旅游度假区建成开业，舞马世界主题乐园、《满韵骑风》奇幻秀、《战神赵子龙》实景演艺、烤羊美食街、马文化主题公园、金莲花海、草原夜市等 40 多个项目同时开放，让马镇成为全季高端旅游度假目的地，从此冬季的草原不再休眠、草原的夜游更加绚烂，每一位游客都能尽情体验草原四季不同的美。

新式草原全季旅游产品的打造，让中国马镇旅游度假区一跃成为马文化主题旅游度假的先行者。百鸟迁徙的壮丽场景、无暑清凉的避暑天堂、五彩斑斓的童话世界、绚丽多姿的冰火盛宴，四季变幻、精彩无限，中国马镇积极响应由一季游向四季游转变的号召，依托自然优势、强化活动引领，让每个季节、每一位来到这里的游客都能体验到有滋有味的白天、有声有色的夜晚。

草原撒欢儿　玩转中国马镇

中国马镇《茶马记忆》互动式体验项目，拥有衙门、驿站、酒楼茶馆等区域，完美还原了战神赵云的成长过程；拥有各类可供游客参观和体验的特色店铺的石板街巷长达数百米，人潮涌动，熙熙攘攘，叫卖声、呼喊声远远传来，游客可尽情体验曾经草原货物贸易的场景。

皇家马厩，作为中国马镇最具特色的代表项目之一，汇集了世界最为珍稀名贵的 18 种共 80 匹名马，是中国北方拥有世界名马品种和数量最多的地方。

再来说说中国马镇的非遗手工作坊，它是由丰宁县非物质文化遗产——剪纸传人"张东阁"先生亲自设计的，这里可以感受体验纯正的满族习俗的婚礼盛宴。满族婚俗馆分为四大板块，分别展示了萨满历史、丰宁满族自治县发展史、民俗展览馆、拜堂拜寿的大堂以及满族洞房。在这里举办一场身穿"凤冠霞帔、状元服"的中式婚礼，成了年轻人的新"时尚"！

来到中国马镇，有两场演出是必看的。《战神赵子龙》大型史诗级实景剧：威亚、马战、特技、烟火……看赵子龙长坂坡单骑救主，万军丛中七进七出。《满韵骑风》大型马背上的奇幻秀：是一场讲述满族人萨满文化、图腾文化、马背文化等历史变迁的史诗剧，充满着神秘而诡谲的奇幻色彩。

中国马镇电音派对

说到吃，就要来马镇烤羊美食街，美食街位于中国马镇旅游度假区的核心地段，这里汇集了世界特色美食及草原特色美食，形成了丰富的并具草原特色的美食集群。

夜晚推荐您住在马镇，中国马镇酒店群远离都市的喧闹，完全融入自然生态环境之中，华美而静谧。毗邻烤羊美食街、舞马世界乐园、满韵骑风剧场，吃住娱成为一体。

以马为梦的中国马镇，欢迎爱马、爱草原、爱旅游的四海宾朋前来做客！

京北第一天路

——走山巅、穿云海、跨草原……

——讲述人——
郑现峰
千松坝森林公园宣传
部经理

精彩聆听，
请扫描二维码

图片来源：由千松坝
森林公园景区提供

大家好，我是承德千松坝森林公园宣传部经理郑现峰。我给大家介绍一条适合避暑休闲、生态环境优美的自驾线路。很多人知道，张家口坝上有一条风靡国内的"中国 66 号公路"——草原天路，这里每逢夏秋游人如织。但很多人可能不知道，在广袤的河北承德坝上地区，还有一条神秘且鲜为人知的"京北第一天路"。它宛如镶嵌在山间的一条玉带，藏在五彩斑斓、如梦如幻的坝上草原原始画卷中，今天我就带你走山巅、穿云海、跨草原，去看一看它的美。

伸手可及天的梦幻仙境——京北第一天路

平均海拔 1982 米的京北第一天路分布在承德丰宁千松坝森林公园和柳树沟稀树草原景区内，这里夏季平均气温 16℃，负氧离子每立方厘米 3 万个，素有

千松坝森林公园（摄影：郑现峰）

"天然氧吧"的美誉。这里有华北地区面积最大、树龄高达 400 年的天然云杉林；有中国北方极绚丽、壮观的野生金露梅和金莲花海；有高原上亭亭玉立、洁白耀眼的大片白桦林；有号称天然植物宝库的湿地花海植物园；更有行走于山巅、穿梭于云海、一山观三镇、伸手可及天的梦幻仙境——京北第一天路。这里一天有四季、百步不同天，这里是花的世界、云的海洋、植物的王国、人间的天堂。

京北第一天路之夏

夏季的京北第一天路天高云淡、碧草如茵、牛羊遍野、景色华美。坝上独特的地理和气候条件孕育了花型硕大、色泽艳丽、异彩纷呈的野生花卉。据

柳树沟稀树草原（摄影：郑现峰）

不完全统计，坝上地区野生植物 600 多种，其中野生花卉 300 多种。为了在不足百天的时间里完成生命周期，各种野花争相开放、花期交叠，尤其集中在七、八月份旅游旺季。这里每隔 10 ~ 20 天就会变换花色，初时花红似火、万山红遍，后来便漫山鲜黄，抑或花白如云，或者叶蓝如海，总之是一幅幅壮美的花海景象，什么时候来都会有满意的收获。

京北第一天路之秋

如果说春夏百花齐放、鲜花遍野算壮美，那天路的秋，则美在缤纷多姿，美在错落有致。金黄的白桦林、挺拔的山杨树、笔直的落叶松、碧绿的云杉林、火红的花秋树与片片灌木丛交织在一起，形成了美艳绝伦的高原五色图谱；黑色珍珠般的稠李、红色宝石般的山丁也撒满了天路。登上天地 T 台，

千松坝森林公园（摄影：郑现峰）

京北第一天路B段（摄影：郑现峰）

放眼遥望，万山层林尽染，看东山之顶，秋意正浓，橙黄遍野。傍晚，夕阳映照原野，红霞洒满苍穹，天光云影一色，金叶秋山一颜，好一幅秀美的山川画卷！

秋来时，以宁静致远的姿态铺满京北第一天路，舒展着静谧而醇香的韵味。站在同心崖，携一缕秋的柔美，与草原之秋来一场心灵之约。白桦湖畔，望松听涛，品一湖秋波潋滟，看千山秋色绵延，听万树秋声渐远。

天路之秋，纤指灵秀，那黄是葱茏过后的成熟，那红是生命结束时的从容。它的色彩，它的脉络，蕴含着秋的神韵。行走在天路的秋季，聆听着季节变换的节拍与韵律，一颗心，会醉在这里，醉在这金黄的秋色里。

总有一天，会等到你来京北第一天路自驾游，沿途的森林、草原、花海、湖泊、湿地美不胜收，定会让你流连忘返！

张家口市地处京冀晋蒙四省市区交界处，自然风光独特，不仅有北国的雄浑，更具南国的秀美，这里有山峦、有河川、有草原，有冰雪、有温泉、有美酒，有捺钵文化、游牧文化、农耕文化，这里从古至今都是"春赏花、夏避暑、秋观景、冬滑雪"的旅居胜地。

拥有"东方人类从这里走来""中华文明从这里走来"两张历史文化名片。境内存有 8 个朝代长城遗迹 1800 多千米，被称为"中国历代长城博物馆"。

现有 A 级旅游景区 60 家，其中 4A 级旅游景区 14 家，享誉国内外的"草原天路"被誉为"中国 66 号公路"。作为 2022 年冬奥会雪上项目主要竞赛场地之一的张家口，在冰雪旅游方面，已建成大型滑雪场 9 家，拥有雪道 177 条，长 164 千米，形成了国内最大的雪场集群。张家口先后被评为"中国十佳冰雪旅游城市""中国避暑旅游十强城市"。

全市林草覆盖率超过 70%，拥有省级以上风景名胜区、森林公园、地质公园、湿地公园、自然保护区 40 多处，荣获"国家园林城市"和"国家森林城市"称号。

春有百花秋有月，夏有凉风冬有雪，何时来到张家口，都是人间好时节。大好河山张家口，来了你就不想走！

张家口篇

ZHANGJIAKOU PIAN

蔚州博物馆
——镇馆之宝《台省笺》

—— 讲述人 ——
胡婷婷
蔚州博物馆讲解员

精彩聆听，
请扫描二维码

图片来源：由蔚州博物馆提供

各位朋友大家好！我是蔚州博物馆的讲解员胡婷婷。下面将和大家分享张家口蔚县蔚州博物馆的故事。蔚州博物馆在全国看来是一个小小的博物馆，但却也有着不凡的珍宝，如镇馆之宝《台省笺》，这是康熙皇帝的御笔真迹，下面我们就一同来了解一下。

代蔚长歌——蔚州博物馆

先来给大家总体介绍一下我们的博物馆。蔚州博物馆位于河北省张家口蔚县，始建于2013年，2017年正式对外开馆，总建筑面积达到1.3万平方米，其中展厅面积6400平方米，设有四个基本展厅和两个专题展厅。展出文物有1042套，其中国家一级文物10件，二级文物45件，文物类型丰富多样，有陶器、瓷器、木器、金银器、书画卷轴等众多珍贵文物，以蔚县历史"代"和"蔚"作为时间脉络，将各个时期

蔚州博物馆外景

在蔚县出土的珍贵文物进行陈列展览，让历史烘托文物，让文物诉说历史，并给博物馆的展览取了一个动人的名字，叫"代蔚长歌"。每一件文物都是这首歌里的音符，而它们一起组成了历史的美妙旋律，今天我们来介绍其中的一个重点音符，那就是蔚州博物馆的镇馆之宝康熙皇帝的御笔真迹——《台省箴》。

镇馆之宝——康熙御笔真迹《台省箴》

康熙皇帝不仅在治国方面有着雄才大略，在书法上也有很高的造诣。20世纪50年代，蔚县博物馆的专家在魏家祠堂里发现了一件书法作品——《台省箴》，落款处写有"康熙庚辰御制并书"的字样（庚辰年，即1700年），经国家文物局谢稚柳等专家的鉴定，确认这幅书法作品是康熙皇帝的真迹。《台省箴》为纸本，纵162厘米，横56厘米，用行草书写，共200多字。全文布局合理、运笔流畅、一气呵成，字里行间透出一种豪气，反映出康熙皇帝在书法艺术上的深厚功力。

经考证，《台省箴》不是写给一般官员的，是康熙皇帝写给六科官员的，六科指的是"吏、户、礼、兵、刑、工"六科，六科官员为给事中。《台省箴》

中第一句话是"台省之设，言责斯专，系以耳目宁取具员"，讲明了六科给事中是专门负责言论的官员，他们充当皇帝的耳目，监视六部官员的行为，可以直接向皇帝进言上奏章，具有调查百官的权力。而接下来的"通明无滞，公正无偏"则是康熙皇帝对六科给事中官员的基本要求，也就是要能让皇帝对下面的情况通晓清楚，没有停滞，这样才能公正不片面。

"居是官者，表里方直，精白乃心，充广其识"，表明康熙皇帝希望六科官员能够表里一致、正直纯洁、好学广博。因为康熙知道只有不断增加学识，才能不断进步。他本身就是一位非常爱学习的皇帝，甚至延请师傅"每日一讲"，从未间断。

"国计民生，臧否黜陟，凡所敷陈，敬将悃愊"，这句话的意思是说六科官员在奏报关于国计民生、官员评价及升降的事项时，要能做到诚心诚意。

而"朕每览绎，如鉴在悬"则体现了康熙皇帝重视六科官员的求贤态度。他说要把六科官员作为自己的镜子，以自省、以匡正。

以上可见，康熙皇帝写的《台省箴》在今天仍具有值得借鉴的意义。

《台省箴》如何从清宫来到蔚县？

巧合的是，康熙三十九年（庚辰年，1700 年），康熙在紫禁城东朝房北头立了一道《御制台省箴》汉文碑，碑文的内容与《台省箴》的内容完全一致，制作设立时间也一致。而且，这道御碑目前仍存留在原位，只是东朝房已经变成了国旗护卫队的驻地。

《台省箴》原藏于清宫之中，那么它又是如何来到河北蔚县的呢？专家认为这很可能和清朝名臣魏象枢之子魏学诚有关。魏象枢是河北蔚县人，康熙皇帝对魏象枢的人品和才能十分欣赏，曾任他为刑部尚书。而关于魏学诚的记载并不多，专家说他继承了父亲的才华，一直在翰林院担任纂修史书的官职，这幅字他有可能接触到，也许是皇帝赏赐给他，或者是他自己通过一些方式携带出宫，将它供奉到家中祠堂，直到被我们发现。

本次故事就跟大家讲到这里，我们蔚州博物馆内还有许多珍贵文物，欢迎大家来到张家口蔚县，进行学习参观，并祝福大家身体安康！

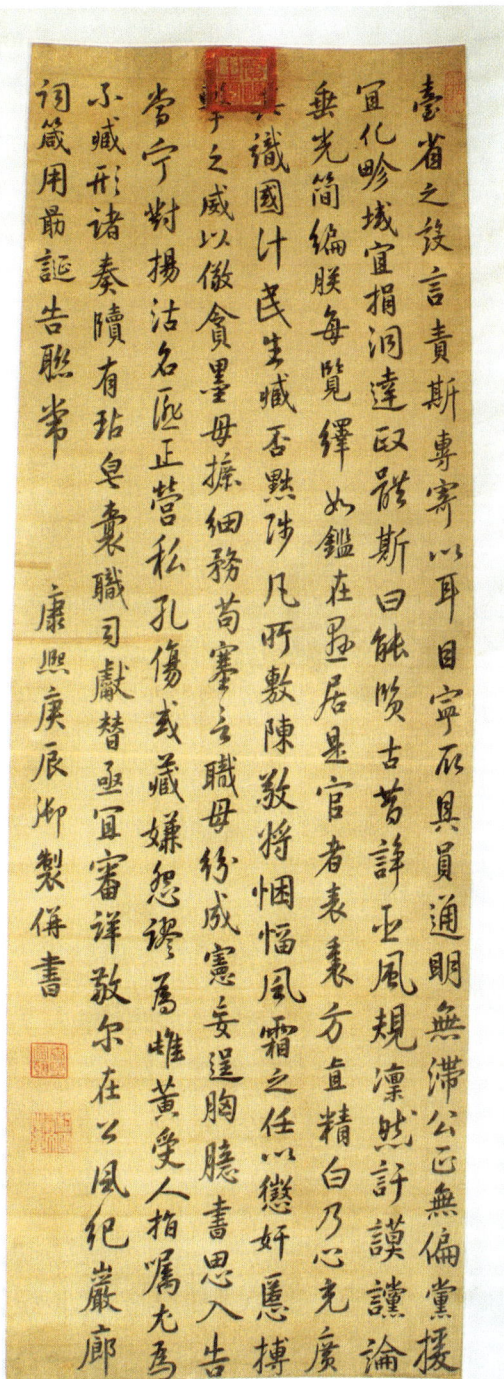

镇馆之宝——《台省箴》

元中都
——深藏地下近 700 年的古城

—— 讲述人 ——
柴立波
曾任张家口元中都遗址管理处常务副主任兼张北县文物局长

精彩聆听，
请扫描二维码

图片来源：由元中都
博物馆提供

大家好！我是柴立波，本次带大家走进"故事中的元中都"。这是一座曾漫漶近 700 年之久的元代都城遗址，于 1998 年被考古发现，也是迄今国内保存最完好的元代都城遗址。首先跟大家简约讲一下元中都的建立、废弃和发现。

元中都的前世今生

元中都始建于元大德十一年（1307 年）六月，是著名的蒙元时期四大都城之一。它的建造者为元世祖忽必烈的曾孙元武宗孛儿只斤·海山。刚继位的海山曾急于建成中都，为加快工程进度，先"发六卫军万八千五百人"，后又令"上都卫军三千人"加入施工，并"罢不急之役"以保中都新城建设。至大元年（1308 年）七月即建成宫城，从开工到建成宫城仅用了 13 个月，可以说创造了古代宫殿建筑的奇迹。

元中都宫城遗址航拍图（2013年）

之后又加建宫城角楼、皇城和郭城，使其成为元朝时期继上都和大都之后的又一帝国都城和皇室避暑、游猎胜地。元中都作为都城时间很短。至大四年（1311年）正月，武宗猝逝，其弟爱育黎拔力八达（元仁宗）继位。其对武宗劳民伤财建设中都不满，为顺应民意，继位不久即下诏"罢城中都"。元中都作为都城仅仅3年，之后仅作行宫使用，后任英宗、泰宗、文宗、顺帝等多位皇帝都曾到此巡视、议政、礼佛。至正十八年（1358年），存世仅50年的元中都被红巾军烧毁，成为废址。自此，元中都就在历史的长河中消失了，直到近700年后的20世纪90年代，其遗址才被揭示出来。

元中都遗址被发现

元中都遗址南距张北县城15千米，是农耕文化与草原文化的交融处，北面和西面都是广袤的内蒙古草原。元代，这个曾经被叫作旺兀察都的地方，是地广草盛、湖泊众多、禽兽遍野的美丽草原。历史上这里俗称"白城子"，还被民间传为是辽将白天佐的家城、穆桂英的点将台等，近200多年来还被讹

89

元中都遗址模型全景

为是辽代牲畜交易市场的"北羊城遗址"。20世纪80年代张北县文史学者尹自先骑自行车到白城子进行考察，写出《白城子说》发表，后有时读吉林大学的刘建华也考察了白城子遗址，发表论文《河北省张北县白城子古城址调查简报》于《辽海文物学刊》上，这些论文的相继发表引起了各界对白城子——元中都的关注。1998年，由河北省文物研究所、张家口市文物管理处和张北县文物部门联合组成考古队，对这里进行了连续性、有计划的勘察和考古挖掘，对这个传说已久、扑朔迷离的地方进行了印证，揭开了其神秘的面纱，经过勘察发掘确定其为元中都遗址。在考古发掘中出土了大量珍贵文物，探明了主要建筑遗址的形状。

元中都是"三套城垣"的都城规格，自外而内由郭城、皇城、宫城相套组成，这主要继承了北魏洛阳都城的建筑模式。中都规模宏大，规格很高，并且具有典型的游牧民族特色，既有宫殿建筑，也有安置毡房的空地。宫城内还有显露地面的二十多处建筑遗址。在发掘中，考古队探明了建筑形制，发掘了宫城的中心大殿及周边建筑、宫城南门、宫城西南角台、宫城南墙西部排水涵洞、皇城南门等。经过多年来的考古发掘，出土了大批石、陶、木、砖雕等建筑构件及铜、铁、骨器。出土文物中最为引人注目的是汉白玉角部螭首和70多个台沿螭首。这些螭首雕刻细腻，造型完美，是元代雕刻中不可多得的珍品，堪称稀世瑰宝。宫城的"工"字形中心大殿、宫城南门的"三观两阙三门道"梁柱结构、西南角台的"三出阙"结构，都为考古、古建、史学界提供了多项难得的研究实证，填补了多项元代考古空白。元中都遗址的发现被评为"1999年中国十大考古新发现"之一。元中都遗址是迄今国内保存最完好、时代比较单一、后期破坏最少的元代都城遗址。

元中都国家考古遗址公园挂牌

为保护和展示元中都遗址，经国家文物局批准，元中都国家考古遗址公园于2013年正式开工建设。根据规划，遗址公园内将开发"殿堂风云""帝国玫瑰""城头点将"等八大景观。2018年6月，张北元中都国家考古遗址公园挂牌。

如今的元中都已成为国家考古遗址公园，来草原天路游览时，可以去往元中都遗址感受历史的沧桑。这里有一望无垠的草原，野阔草平、苍茫浩荡；这里植被茂盛，马兰、干枝梅、黄花、金莲花横无际涯；这里动物种类丰富，旱獭、草原兔鼠、鼹鼠嬉戏跳跃；这里水草丰美、百鸟齐鸣、繁花遍地、清爽宜人，夏秋在此观光度假，可谓到了梦中的天堂。

期待着各位朋友来元中都遗址，到博物馆看看那些精美文物和镇馆之宝，到美丽的草原放松疲惫的心灵。我们在张北等您！

草原天路
——说不尽武侠世界爱恨情仇

—— 讲述人 ——
吴威
张家口市文化广电和
旅游局宣传和对外交
流科副科长

精彩聆听，
请扫描二维码

图片来源：由张家口
市文化和广电旅游局
提供

　　各位朋友大家好，我是张家口市文化广电和旅游局宣传和对外交流科副科长吴威。很多朋友知道草原天路，每年一到夏季这里车水马龙、游人如织。但很多人不知道的是，金庸先生笔下的《射雕英雄传》《天龙八部》里的很多故事和草原天路有着丝丝缕缕的联系，今天我就带您走进"故事里的草原天路"，一起感受武侠世界的快意恩仇与爱恨情仇。

郭靖华筝大青山青梅竹马习武生活

　　张家口是一座充满浪漫武侠情怀的边塞城镇。在《射雕英雄传》第五回"弯弓射雕"中讲述了郭靖和华筝在大青山青梅竹马习武生活的故事。而大青山就位于张家口尚义县境内，属阴山余脉，远眺色青，故名大青山，最高峰海拔1919米。山势蜿蜒飞绝，为坝上地区所少见。山阴有鸳鸯河，由东向西，归入

桦皮岭之春（摄影：王守泽）

洋河。大青山主要包括三个景区，分别是头道背景区、二道背景区、董旺沟景区。

　　大青山在成吉思汗统一蒙古各部后成为其幼子拖雷的封地，也即漠南蒙古金莲川广大区域。拖雷有个妹妹，叫作豁真别乞公主，她是成吉思汗的长女，被封为昌国大长公主，长期在其兄拖雷的漠南封地生活，她即《射雕英雄传》华筝公主的原型，金庸以此为背景，创作了郭靖大漠习武的故事。

叠嶂坝头（摄影：宋浩）

萧峰与耶律洪基桦皮岭营帐相会

在《天龙八部》小说中，也有不少故事能够在草原天路找到创作背景。挑其中一个与大家分享。

桦皮岭是草原天路的一处重要节点，此地海拔较高，山势奇峻，集中体现了坝顶落差地貌风景，森林茂盛、野兽众多，古时是辽金元皇家贵族四时捺钵的必经之地。

小说《天龙八部》依托辽代皇帝道宗耶律洪基在桦皮岭捺钵游猎的历史背景创作了萧峰与耶律洪基在桦皮岭营帐相会的情景。第二十七章"金戈荡寇鏖兵"讲到，萧峰误用降龙十八掌击伤阿紫，阿紫奄奄一息，只有人参熊胆才能续命，萧峰为救阿紫，从中原一路向东北搜寻人参、熊胆等药材。

萧峰先在女真部落逗留一段时间，后向西继续采药，"如此走了数日，已到了大草原的边缘。……在大草原中西行数日，当真四方眺望，都已不见草原尽处。……远远望见前面竖立着无数营帐，又有旌旗旄节，似是兵营，又似部落聚族而居"。按照书中交代，此地应为草原天路的桦皮岭地带，因为这里正是契丹皇族的四时捺钵行在。辽道宗耶律洪基正在此处围猎，二人相见，分外欢畅，道宗邀请萧峰到牛皮营帐中饮酒叙欢，观看旋舞扑击等捺钵活动。

时光流转，历史翩跹，如今的张家口已没有了古时兵家相争的紧张态势，反而成了一个轻松闲适的世外桃源。草原天路蜿蜒曲折，沿线布满河流山峦，草甸广阔、牛羊众多、沟壑纵深、景观奇峻，展现出一幅百里坝头风景画卷。公路两旁景色十分优美，草原、风车、梯田、村落、河流、岩壁和桦树林完美交融。这里夏季绿叶茂密、野花遍野，秋季则是金黄一片、层林尽染。

草原天路

我们欢迎大家到张家口游玩，来草原天路畅快自驾，穿行在茫茫草原间，感受"风吹草低见牛羊"的草原美景！

暖泉古镇
——天下奇绝"打树花"

—— 讲述人 ——
王燕云
暖泉古镇副书记

精彩聆听，
请扫描二维码

图片来源：由暖泉古
镇景区提供

朋友们，大家好。我是河北省张家口市蔚县暖泉古镇副书记王燕云，今天就由我带领大家走进暖泉古镇。暖泉古镇位于河北省张家口蔚县西部，是国家级历史文化名镇，其最著名的就是一年四季水温如一的泉水——"暖泉"。古镇的历史十分悠久，以集市、古老建筑、泉水以及民俗文化"打树花"而闻名。暖泉古镇建于元代，在清代慢慢壮大起来，发展为"三堡、六巷、十八庄"。

天下第一堡——西古堡

在古镇的古建筑中最为有名的就是西古堡，这里的民居以砖木结构为主，青条基石、木雕彩绘、木质格窗、起脊房顶，尽管经历了岁月的摧残、风雨的侵蚀，但是精致美丽的砖雕木刻、粗壮厚实的木料石材、典雅古朴的油饰彩绘，依然不减当年的繁荣和风

古镇日落（摄影：连勇）

采。登上西古堡的城门俯瞰古镇，你会看到民宅民居鳞次栉比，起脊吻兽奇争斗艳，一座座庙宇、城楼峭拔雄劲、精妙绝伦。

来到暖泉古镇一定要做的几件事

来到暖泉古镇有几件事是您绝不能错过的。第一，是"打树花"。"打树花"是暖泉古镇独具特色的古老节日社火，到目前为止已有 500 多年的历史。打树花作为一项古老技艺，已成为河北"省级非物质文化遗产"。1600℃的高温铁水被艺人们打到古老的城墙上，高温铁水遇冷后四处迸射，形成璀璨的火花，就好似枝繁叶茂的树冠一样，因而得名"树花"，这般能更近距离观看的景色远胜过烟花表演，所以说到暖泉古镇"打树花"是一定要看的重头戏。

第二，要住下来，细细品味暖泉。暖泉古镇是一个能让人用心去品味的地方，它不仅是一个景区，更是一个人们灵魂可以栖息的地方。它远处的山、近处的水，生生世世代代活在这里的朴实无华的乡亲，以及热情好客的客栈老板，会让你忘掉生活和工作的烦恼。而且这里有众多极具特色的民宿客栈，如"不觉晓""三合泰""池鱼故渊""无上乐院""姥姥家客栈"等，会让大家体验到"不是过客是归人"的温情与舒适。

第三，体验一下"蔚县剪纸"。来到暖泉古镇，精致漂亮的剪纸绝对是赠送亲朋好友的绝佳伴手礼。世界非物质文化遗产"蔚县剪纸"是当地独具特色的手工艺品。蔚县的剪纸起源于明代，是一种风格极为独特的汉族民间艺术。虽说名为剪纸，实却为刻纸，这些剪纸都是用锐利的雕刀刻制的，再添上绚丽的色彩，成就了蔚县剪纸的精髓。

天下奇绝"打树花"

暖泉古镇（摄影：万全）

第四，体验一下暖泉古镇的街景文化和风味小吃。这里的小吃种类繁多、做工讲究、物美价廉，最值得推荐的是暖泉豆腐干，味道浓郁、口感极好。其中，位于暖泉镇西古堡村正街的曹氏豆腐坊最为出名，这家店从店主的太爷爷开始到现在，已经延续 100 多年了，所以来到暖泉一定要尝一尝这技艺传统、风味独特的曹氏豆腐干。除此之外，还有暖泉的粉坨、辣椒油、骡子肉、糊糊面等人间美味，绝对让你百吃不厌、赞不绝口。

"蔚州文化璨若霞，天下奇绝打树花"，暖泉古镇的一砖一瓦、一草一木，都能讲出一段曲折悠长的塞外传奇。这里，我们欢迎大家来到暖泉古镇，在这天地、自然、村落、建筑浑然一体的古堡中感受暖泉风韵，体验百年沧桑。

飞狐峪空中草原
——美轮美奂的"天空之城"

—— 讲述人 ——
李振山
飞狐峪空中草原景区
副总经理

精彩聆听，
请扫描二维码

图片来源：由飞狐峪
空中草原景区提供

大家好，我是飞狐峪空中草原景区副总经理李振山，今天就由我带领大家走进坦荡如砥、绿草如茵、野花遍地的飞狐峪空中草原。飞狐峪空中草原位于河北张家口蔚县，由飞狐峪、马蹄梁、空中草原三个景段组成，全部景区游览线路50多千米，其中飞狐峪20千米、马蹄梁15千米、空中草原20千米。飞狐峪是著名的太行八陉之一的飞狐陉。因飞狐峪全长40里，因此又被当地人称作四十峪。

无论你从何处来蔚县空中草原都要从张石高速蔚县南下高速，出高速2千米后右转，沿水泥道路行走6千米到达飞狐山庄，亦即飞狐峪空中草原景区游客中心。我们就以此为起点，带领大家游览飞狐峪空中草原。

在千峰万壑之巅横空展现

飞狐峪、马蹄梁、空中草原全部景区50多千米，从旅游资源、自驾感受、温度、舒适度等方面来看都是非常不错的自驾线路，其中，20 千米的飞狐峪是在峡谷中穿行，而进入马蹄梁景段则是在山梁之上行驶，此时峡谷已落在了脚下，能够欣赏"千丈沟壑，万里屏障"的奇景，能够体验"一览众山小"的豪迈，15 千米之后，视野中豁然展开了万里平川，一片浩无际涯的大草原横空展现。"空中草原"海拔 2158 米，总面积 36 平方千米，属高山湿地草甸，

飞狐峪峡谷

是千峰万壑之巅、群山环抱之中的一片得天独厚的花草世界，1300 多种植物承泽雨露，竞相生长。这里夏季无暑期，春秋无尘沙，空气湿润，气候温凉，是许多喜好冷凉的动植物的"美好家园"。

一片得天独厚的花草世界

空中草原又称空中花园，在这里"万紫千红春常在，月月季季景不同"，自春天起每半个月都有一种主打花，胭脂花当家的季节草原像铺满了红毯子，蒲公英开放的季节草原是金黄色的，到了暑期百花齐放，更是繁花似锦，金莲花、蒲公英、苞鸢尾、苜蓿、瞿麦、梅花草等，或黄、或红、或蓝、或紫、或

飞狐峪空中草原山梁

白，形成花的海洋，整个草原就像绣满鲜花图案的锦缎铺在山头。

这奇花异草中的珍品，当数雪绒花了。它只在海拔 2000 米以上的寒冷高山为家，傲霜斗雪的品格使它一花独秀盛开到隆冬季节。这种银白色的小花在空中草原上幽静寂寞了千万年，终于被著名作家冯骥才先生慧眼识了出来，使这无名野花有了响亮的名字，空中草原也因它而更加熠熠生辉，驰名中外。随着雪绒花带来的名气，蔚县除了"剪纸之乡"以外，又多了一个名字——"雪绒花之乡"。

高山露营的不二之选

高山之巅，繁花似锦、空气清新，空中草原非常适合高原运动，因此也是

飞狐峪空中草原

徒步健身的不二选择。它还是目前华北地区最适合夏季露营的地方，原因有两点。一是气温凉爽，太阳下山之后温度只有十几摄氏度；二是无蚊虫叮咬之苦，这绝对是免去了野外露营最难以忍受的痛苦。

接下来，需要说一说草原游览注意事项。空中草原往往是"早穿棉衣午穿纱，晚上围着火炉吃西瓜"，一天之中温度差异很大，所以即使夏季也需要长袖夹克等最低配装备。其次，要注意防晒，草原紫外线强烈，因而防晒霜是必备物品。

最后，欢迎您来到飞狐峪空中草原，在辽阔的山顶草原上，策马扬鞭、自由驰骋，享用美味野餐、品尝地道烧烤，参加篝火晚会、观赏豪情歌舞，体验草原露营、一起品味星光。

库伦淖尔旅游度假区
——鸟儿的天堂，鱼儿的世界

　　大家好，我是库伦淖尔旅游度假区（原库伦天鹅湖景区）总经理齐心，现在由我带您走进美丽的库伦淖尔旅游度假区。库伦淖尔旅游度假区位于河北省张家口市沽源县城城北3千米的库伦淖尔湖畔，占地面积25.8平方千米，其中湖面9.6平方千米，蓄水量3800万立方米，湖心海拔1375米，属天然淡水湖。

坝上明珠——库伦淖尔

　　库伦淖尔是镶嵌在沽源县60万亩高原湿地公园中的一颗瑰丽明珠。湖水源自水源丰沛的葫芦河，湖边山丘点点，湖中碧波荡漾。湿地环境为这里营造了一碧万顷的周边绿色，山青水碧、草茂花美，天蓝云白、气爽风清。每到草长莺飞时节，数不清的天鹅、灰鹤、野鸭等水鸟在此过往栖息，俨然鸟的天堂。

库伦淖尔全景

　　湖面上是鸟儿的天堂，湖水里是鱼儿的世界。优质的湖水，优良的生态，造就了库伦淖尔丰富的渔业资源。这里盛产远近闻名的高背鲫鱼、鲤鱼、鲢鱼、草鱼、河虾等。这些水产品纯天然、原生态，深受人们喜爱。特别是景区餐厅打造的全鱼宴，曾让无数游客垂涎欲滴、流连忘返。

　　库伦淖尔旅游度假区周边分布着辽代行宫遗址、西凉亭和河北省重点文物保护单位——小宏城遗址，原生态的自然融入厚重的历史文化，为库伦淖尔旅游度假区注入了一分神奇的色彩和无穷的文化魅力。

四大主题功能区　玩转库伦淖尔

　　库伦淖尔旅游度假区属国家 4A 级旅游景区，2016 年以来规划建设了四大主题功能区。

　　山地运动区：夏天，游客可以在这里体验惊险刺激的滑草，体验高空溜索、空中缆车，乘坐惊险刺激的速降过山车。还可以到山顶城堡观光，欣赏天鹅湖全貌。冬天，这里便会成为冰雪欢乐世界，游客可以体验激情滑雪，还有雪地摩托、雪地坦克、滑雪圈、滑冰、冰上龙舟等四十余种冰雪娱乐项目，您可以在冰天雪地中尽情狂欢。

原始花海观光区：这里拥有万亩天然湿地花海，近百种天然花卉，尤以坝上最著名的金莲花为盛。花开时节，一眼望去无边无际，满地金黄，蔚为壮观。随着季节的变换，各种鲜花次第开放，初时满地金黄，过几日便遍地雪白，再往后又紫红一片……不禁令人感叹大自然的无穷魅力。

此外，良好的生态环境，让这里成为鸟类的天堂，几十种珍稀鸟类随着季节变换交替在湖边栖息觅食。在这里游客可以乘电瓶车、自行车、特色马车等在花海间穿行，也可到观景台上登高远眺，还可移步观鸟站，与珍禽异鸟近距离接触。

草原风情体验区：在这里，一马平川、水草相连，是典型的坝上草原特征。这里建有马文化表演场和体验场，游客可以观看具有草原风情的马术表演，也可以在体验场纵马奔驰、一展身手。

水上休闲运动区：库伦淖尔是天然的水上休闲运动乐园，这里有各种各样的水上运动设施，有豪华游船、快艇、电瓶船、帆船、脚踏船……游客可以根据自己的兴趣随意挑选，还可以亲自体验水上飞人，像鸟儿一样在湖面上翱翔。

此外，景区在中心区配套有综合服务设施，大型服务中心可供1000人同时会议就餐，库伦淖尔度假酒店拥有158间客房，具有浪漫风情的左岸营地设有高端木屋别墅、集装箱酒店、房车营地……到了夜幕降临，湖边燃起篝火，在坝上最大的篝火晚会——烤羊汇现场，游客可以一边品尝草原特色烤全羊、天鹅湖烤鱼，一边纵情歌舞，享受库伦淖尔难忘的狂欢之夜……

冬捕盛况　让你大开眼界

冬季，波澜浩荡的湖面被冰封得严密而平静。916年，契丹首领耶律阿保

库伦淖尔冰雪城堡

机统一坝上草原各部落，建立了契丹国，结束了坝上草原部落之间的杀伐征战，坝上的人民过上了安宁的生活，并开展农耕和渔猎。库伦淖尔周边的居民，以捕鱼为生，经历了 1000 多年的传承，形成了独特的契丹风情的渔猎文化，并沿袭至今。

如今，库伦淖尔旅游度假区把这一传统习俗挖掘出来，打造了一年一度的冰雪渔猎文化节，每年全国各地的游客慕名前来，体验传统的冬捕，品味 −30℃的味道。

在这里一年四季有不同的景色，有不同的旅游体验，诚挚邀请您来库伦淖尔旅游度假区感受历史文化、体验草原风情，放松身心，休闲度假。

河北冬奥小镇
——崇礼"太子城"的前生今世

—— 讲述人 ——
吴威
张家口市文化广电和旅
游局宣传和对外交流科
副科长

精彩聆听，
请扫描二维码

图片来源：由张家口
市文化和广电旅游局
提供

大家好，我是张家口市文化广电和旅游局宣传和对外交流科副科长吴威。今天，我为大家讲述一段"栖息在太子城遗址上的千年爱情故事"。

揭开崇礼"太子城"的神秘面纱

2018年，全国十大考古新发现揭晓，我们崇礼的太子城遗址榜上有名。遗址中出土了大量定窑白瓷残片，有些瓷片的圈足底上赫然写着"尚食局"三个字，尚食局是皇家御膳的宫内衙署，为什么在群山环绕的偏僻小盆地会出现皇家宫廷御用的器物呢？太子城遗址当时又是一座怎样的城呢？故事得从800年前说起。

800多年前，有一位皇孙出生在我们张家口草原天路南的一座叫作麻达葛的小山下，他的祖父是当时的皇帝，因为特别喜欢我们崇礼、张北的地衍气清，就以这座小山的名字为他的爱孙取下了小名麻达葛。让人意外的是，这一段看似不期的缘分，却让这位皇孙与我们崇礼结下了千年的情缘。

后来这位皇孙也当了皇帝，他就是金代第六位皇帝金章宗，或许您没有听说过他，但一定听说过他的儿子，那就是《射雕英雄传》里大名鼎鼎的大金国六王爷完颜洪烈（小说演绎人物，以完颜忒邻为原型，但其早夭）。完颜洪烈的母亲叫李师儿，她是金章宗最为宠爱的妃子，她出生在今天的雄安新区。据考古专家研究考证，太子城遗址是金代的皇家行宫——泰和宫，而金章宗和李师儿正是泰和宫的建造者，他们在这里度过了一段不平凡的岁月。

太子城遗址发掘图

太子城遗址沿途草原天路风光

一段流传至今的旷世之恋

　　这是一片被历史车轮辗压破碎的定窑瓷片，即使它残破得只剩下一轮圈足，却丝毫也不能掩饰它的弥足珍贵，尤其是碗底歪歪扭扭写下的"尚食局"三个字，为这片看似普通的瓷片定下了极度高贵的格调。我们根据它的器形结构，用石膏将它完整复原，当年它完好无损时，是一个定窑白釉敞口平底带圈足大海碗。它从无数达官贵人的手中经过，曾经盛满了民族融合、国泰民丰、盛极一时，当年也一定从金章宗和元妃李师儿的金指玉手中经过，见证了女真族皇帝和汉族后妃这一对民族伉俪在泰和宫永结同心、夫唱妇随、齐心协力，更亲历了帝后二人在泰和宫接见蒙古、南宋、高丽、西夏、吐蕃、大理等各国使节的过往。太子城遗址 9 号基址上曾经就是泰和宫最为恢宏壮丽的中心大殿，大殿的露台广场就曾经演绎过万国来朝的盛况。

金章宗是一位汉化程度很高的女真皇帝，他诗文音律样样精通，尤其写得一手瘦金体好字，汉族儿女李师儿琴棋诗舞无一不精，二人鸾凤和鸣、琴瑟合音，李师儿深深懂得章宗皇帝推动女真去奴隶制、倡儒劝农、推动民族融合的决心，积极帮助他大展宏图、治国安邦。正因为此，章宗十分宠爱李师儿，想立她为皇后，母仪天下，但受制于金代只能立女真族女子为后不能立汉女为后的传统惯例，于是就封李师儿为元妃，位列后宫之首，不再设皇后之位，足见二人感情真挚。

如今，除了这恢宏宫殿留下的残垣断壁之外，章宗和李师儿还留给我们一副千古绝对。上联是章宗出的，他说"二人土上坐"，把坐字拆开了成一句话，李师儿马上对出"孤月日边明"，把明字拆开了对。表现了她忠贞不渝追随皇帝，以月映日共图光明的心地，留下了才子佳人的一段美谈。

太子城遗址出土的建筑构件

秦皇岛是中国首批优秀旅游城市，是全国唯一一个以帝王名号命名的城市。秦皇岛旅游资源禀赋独特，半径 50 千米范围内，集中了山、海、关、城、湖、温泉、湿地等类型的旅游资源，具有集中性、质优性和独占性。1898 年，北戴河被辟为中外人士避暑地，开中国近现代旅游先河，被称为中国夏都。162.7 千米的优质海岸线，滩缓水清、沙软潮平。223.1 千米古长城横亘全境、绵延入海。长城起点老龙头、天下第一关等历史遗迹享誉海内外。经过多年的发展，秦皇岛已经形成了比较完善的休闲度假接待服务体系，全市共有 A 级旅游景区 35 家，星级饭店 38 家，旅行社 220 家。秦皇岛既是休闲天堂，又是乐享之所，全季、全域、全业态，为您带来写意舒适的旅游体验。

秦皇岛篇

QINHUANGDAO PIAN

山海关
——何谓"天下第一关"

---讲述人---
梦飞
河北智慧旅游度假部经
理、国家高级导游员

精彩聆听,
请扫描二维码

图片来源:由山海关
景区提供

大家好,我是导游员梦飞,今天为您介绍著名的天下第一关——山海关。山海关,位于河北省秦皇岛市,是明长城出入东北的核心关隘之一,素有"天下第一关""边郡之咽喉,京师之保障"之称,与万里之外的嘉峪关遥相呼应,名闻天下。

山海关的建造

山海关古代称榆关、渝关、临渝关等,最早建筑于隋朝,历来为中原出入东北地区的重要关卡,这一地区的得失直接关系着王朝的兴衰与荣辱。后唐李存勖取幽州后,使周德威为节度使镇守幽州,德威恃勇,不修边备,失去渝关之险,使得契丹可以轻易出入营、平二州之间,成为极大边患,这一影响深远至300年后的宋朝灭亡。北宋时期发动过多次收复燕云十六州的战役,却没能成功,使得宋朝无法据有燕山

天下第一关城楼——镇东楼（摄影：鲁家玢）

天险，最终导致宋朝几百年间武运不振，始终面临被动挨打的局面。

元朝末年，天下大乱，朱元璋采纳谋士朱升的建议"高筑墙、广积粮、缓称王"，消灭了陈友谅，打败了陈士诚，统一了南方。此后，在称帝前，命徐达、常遇春北伐，并于洪武元年攻占大都，推翻了元朝。之后，除了继续命徐达、汤和、傅友亮等出塞剪灭北元残余势力外，也接受了北元相关武装势力一时难以完全消除的现实以及后唐、北宋等历史经验教训，延续了之前的高筑墙策略方针，命人到边关要塞修筑城池。

洪武六年（1373 年）后，徐达开始长期驻守北平，戍守边防，并于洪武十四年（1381 年）开始修建燕山一带长城。有资料为证，"洪武十四年，徐达发燕山等卫屯兵一万五千一百人，依山阻海筑长城及修永平、界岭等三十二关"。

相传在此期间，徐达和刘伯温有一天来到山海关地界，站在山上刘伯温就给徐达指道："将军您看这片地势，北面有山，南面有海，中间如若我们修起一座城池，可谓是一夫当关，万夫莫开。"当时朱元璋给徐达的命令是两年之内修一座城池。因为选址选得快，他们用了一年零八个月就把城池建好了。

城池建好了，回到京城去复命，朝堂之上，朱元璋开口就问：城池修好了，可曾命名呀？徐达本来已经想有了名字，正要回答，但旁边的刘伯温一把拉住了他，赶紧向朱元璋汇报："启禀皇上，城池用了一年零八个月修好了，未经皇上的允准，臣等未敢命名，只是这座城池北面有山，南面有海，我们在山海之间修起了关城。还请皇上赐名。"朱元璋一听，据山控海，是块宝地，便开口说道："那就叫山海关吧"。从此"山海关"的名字就确定下来了。

山海关不只是一座关口

没到过山海关的人，很多人会有疑问，山海关只是一个关口吗？其实，山海关是一个关口，但又不是一个关口。作为一个关口呢，人们往往觉得它是挂有"天下第一关"匾额的山海关东门，而实际上的山海关却是指一个完整的古代军事城镇——关城，有着完备的军事防御体系。明末清初，吴三桂曾统率数十万明军精锐在此抵御清军，非为关城无法满足大规模军队的驻扎需求。山海关关城城垣周长 4727 米，城高 14 米，厚 7 米。东墙为长城主线，关城东西南北四面各建有四座城门，东门为"镇东门"，悬有"天下第一关"匾额，西门为"迎恩门"，南门为"望洋门"，北门为"威远门"，四门城台上均建有城门楼，在关城的东南、西北和西南隅各设水门一座，墙外有护城河环卫。

正是山海关关城以及其周边防御设施，让山海关形成了一个严密的军事防御体系，能够把燕山和渤海间的门户紧紧地扎牢，形成"山海关关山海"之势。所以，从明清时期到军阀混战，从抗日战争到解放战争，这里都是兵家必争之地，作为东北和华北的咽喉要道，山海关就有了"两京锁钥无双地，万里长城第一关"的美誉。

今天山海关的故事就讲解到这里，欢迎更多的朋友走进这个传奇的地方，一起来了解万里长城第一关的历史故事。

孟姜女庙
——这副"天下奇联"你会读吗？

—— 讲述人 ——
孙红磊
秦皇岛海燕国旅地接中心总经理、国家高级导游员

精彩聆听，
请扫描二维码

图片来源：由孟姜女庙景区提供

大家好，我是导游员孙红磊，今天为您带来孟姜女哭长城的故事。孟姜女庙又称为贞女祠，景区位于秦皇岛山海关东行约 6 千米的凤凰山上，可分为两大部分，一是孟姜女殿主体部分，二是孟姜女苑。

孟姜女殿之天下奇联

在孟姜女殿有一副广为人知的对联：

海水朝朝朝朝朝朝朝落，

浮云长长长长长长长消。

相传这副对联是南宋状元王十朋所撰，寓意令人深思、耐人寻味。一个人的心境不同、阅历不同，解读此联的方法也不相同，此联有多种读法，一般读成三、三、四或四、三、三句式。

三、三、四断句式：

孟姜女庙前殿

Hǎishuǐcháo zhāozhāocháo zhāocháozhāoluò

海水朝　朝朝朝　朝朝朝落，

Fúyúnzhǎng chángchángzhǎng chángzhǎngchángxiāo

浮云长　长长长　长长长消。

四、三、三断句式：

Hǎishuǐzhāocháo zhāozhāocháo zhāozhāoluò

海水朝朝　朝朝朝　朝朝落，

Fúyúnchángzhǎng chángchángzhǎng chángchángxiāo

浮云长长　长长长　长长消。

此副对联利用中国汉字一字多音、一字多义的特点，叠音叠字，描绘了海潮涨落、浮云长消的自然景象，显示了自然界的运行规律，使人产生无限遐想：人生如同宇宙自然，看似有常，常潮起潮落；然而又是无常，浮云散去，再聚时已是新的一生。

118

一生一潮落，在这生生接续中，总有很多相似的东西，如人们对爱情的追求。而孟姜女哭长城的故事，则是中国人传承了数千年的故事传说，其反映的正是这一种永恒的理想信念。接下来我们走进孟姜女苑，一起来了解孟姜女哭长城的故事。

孟姜女苑有故事

孟姜女哭长城的故事历经了 2000 多年的演化，最早的原型是春秋时期《左传》里杞梁妻的故事，后来增加了种瓜得女、寻求、哀哭、投海等情节，最终形成了目前内容十分丰富的故事传说。

根据该传说，秦朝时，江苏松江府有个孟家庄，孟家庄的孟老汉善于种葫芦，有一天房檐下的燕子衔来一粒葫芦籽，孟老汉就种在了墙边，葫芦籽生根发芽，长得非常茂盛，结果长到了邻居姜家。到了秋天，结了一个大葫芦。孟姜两家就准备把葫芦平分，用刀把葫芦切开一看，有一个小女孩端坐在其中，红彤彤的脸蛋，圆嘟嘟的小嘴很是惹人喜爱。两边的老人都非常喜欢，因为葫芦根种在了孟家，葫芦结到了姜家，两边老人一合计就叫作孟姜女吧。

孟园一日巧相会　千秋塞外留芳名

望夫石

119

斗转星移，日月如梭，孟姜女一天天地成长了起来，出落得美丽大方、心灵手巧、温柔贤惠，两家老人都爱如珍宝。后来孟姜女与姑苏人范喜良因缘结合，成就了婚姻。然而当时，秦始皇为了修筑长城，四处抓壮丁。在他们婚后第三天，范喜良就被官府抓往了北方修筑长城。此后一年也不见有范喜良的消息，孟姜女也因此日夜思君，茶饭不思。

转眼又到了第二个秋冬时节，孟姜女想丈夫修长城肯定非常辛苦，天寒地冻，无新衣御寒，便趁夜赶制新棉衣，边做边唱起自己编的小曲：月儿弯弯分外明，孟姜女丈夫筑长城，哪怕万里迢迢路，送御寒衣是侬情。

孟姜女一夜之间做好了棉衣，第二天便辞别家中老人，踏上了寻夫之路。一路上跋山涉水、风餐露宿，可谓吃尽了苦头。这一日终于来到长城脚下，四处打听范喜良的下落，均无消息，后来有一个好心的老人告诉她，范喜良早就劳累致死，被筑在长城里了。孟姜女一听，悲愤交加，想可怜的丈夫，年纪轻轻便劳累致死，死后也不让家人收尸归葬，还被筑入长城城墙之中，化作孤魂野鬼，实在是可怜至极。于是坐在长城脚下越想越悲，昼夜痛哭起来，如啼血杜鹃、望月子规。这一哭感天动地，可以说白云为之停步，百鸟为之噤声，待哭了七天七夜，忽听轰隆隆一阵阵巨响，但见地动山摇，长城崩倒了八百里，露出了范喜良的尸骨。

长城倾倒了百八里，也惊动了秦始皇，秦始皇勃然大怒，命人把孟姜女抓起来进行严惩。孟姜女自知必死，为了与丈夫永远在一起，便抱起范喜良的尸体纵身跳进了波涛汹涌的大海，化作一段生死相依的爱情传说。

这则故事及其演变，是封建社会底层人民追求美好生活的见证，是对封建压迫和剥削的痛斥。我们讲起这个故事，不能忘记中华民族曾经所走过的艰难之路，要更加坚定我们未来所要前行的美好生活方向。

这里，再次欢迎朋友们将来有时间，来秦皇岛孟姜女庙参观游览。

鸽子窝公园
——万鸟翔集，感受自然律动

—— 讲 述 人 ——
满超
鸽子窝公园副经理

精彩聆听，
请扫描二维码

图片来源：由鸽子窝
公园景区提供

大家好，我是满超，下面由我向大家介绍自然环境幽静清新、历史文化厚重深远的北戴河鸽子窝公园。

名字由来

鸽子窝公园是一座海边公园，位于北戴河海滨的东北角，毗邻滨海大道，是秦皇岛市北戴河四大景区之一。在其东面靠海一侧有一块高约 18 米的巨大岩石，这块岩石的年龄已经超过 25 亿年了，它形成于新太古时期，是由变质的花岗岩及侵入其中的石英脉所形成的。但由于长期的风化作用，古老的花岗岩被风化剥蚀，而坚硬的石英脉却经受住了侵蚀，挺拔依旧，造成了岩体顶部岩石破碎、裂隙纵横。由于岩体高耸于海边，能够免去不少天敌的侵扰，故而吸引了大量海鸥栖居其上，又因为当地人习惯把海鸥称作

冬日鸽子窝公园

"海鸽子",故而这里就被叫成了"鸽子窝"。

伟人渊源

1954年夏,毛主席再一次来到了北戴河,8月10日,北戴河地区暴雨成灾,戴河水位猛涨,甚至危及京山铁路。毛主席在鸽子窝公园极目远眺,感慨万千,写下了《浪淘沙·北戴河》这一不朽诗篇。

"大雨落幽燕,白浪滔天,秦皇岛外打鱼船,一片汪洋都不见,知向谁边?往事越千年,魏武挥鞭,东临碣石有遗篇,萧瑟秋风今又是,换了人间。"

毛主席的这首词虽然是作于1954年,但真正发表却是在1957年《诗刊》的创刊号上。在这首词的上阕,毛主席以绘画手法,寥寥几笔,为我们勾勒出了一幅暴雨中大海的奇伟景象:暴雨袭来、波浪涛天,勇敢的渔民驾驶着渔船渐渐消失在苍茫大海之中,他们不会迷失方向吗?这既体现了毛主席对渔民面

傍晚鸽子窝公园

临的险境的担忧，也充分展示了渔民们敢于面对风险挑战的勇气和魄力。

词篇的下阕是追忆历史，以古喻今，表达了与千年前的伟人相似的历史使命感和胸襟抱负。这首词篇的最后一句"换了人间"，则展现了今朝胜往昔的历史感慨，以及对中华民族发展前途的极大信心。全词充满着革命的现实主义和浪漫主义色彩，是一代中国人民战天斗地、建设新中国的豪情宣言。

为了深切缅怀毛主席的丰功伟绩，纪念毛主席一百周年诞辰，北戴河区政府于1992年在鸽子窝公园伟人广场敬塑了毛主席雕像。《浪淘沙·北戴河》这首词也被镌刻在主席像的东侧。

鸽子窝观鸟

由于现在来景区参观的游客越来越多，"海鸽子"已经很少在"鸽子窝"停落了，但鸽子窝公园的大潮坪却是观鸟的绝佳位置。

123

俯瞰鸽子窝公园

有句话说"天下鸟儿最聪明，偏向好山好水停"。大潮坪一带树木丛生、百草丰茂，自然环境保护良好，是鸟儿理想的栖息地，每年都有大量候鸟在此停留觅食，使之成了著名的世界级观鸟胜地。据有关资料显示，我国可见鸟类有1300多种，而在北戴河地区的可见鸟类有524种，占了我国可见鸟类的40%。中国和日本两国候鸟保护协定中的227种鸟类中，这里就有181种，占了协定总数的79.7%。世界上很多稀有和濒临灭绝的鸟类多次在北戴河被发现，如白鹳、遗鸥等。

为更好地向广大游客及鸟类爱好者推广鸟类保护科普知识，鸽子窝公园对入口处的秦皇岛鸟类博物馆进行了提升改造。全新的鸟类博物馆运用图文展板、视频影像、多媒体互动、实境体验等多种展陈方式，打造了林鸟花语、探索鸟

沙滩与海

类、观鸟之都、鸟类生境、鸟趣共享、鸟与人类、与鸟同行七大主题展区，是一座集鸟类科学与体验为一体的专题科普博物馆及青少年学习教育营地。

美丽的鸽子窝公园、蕴含诗情画意的鸽子窝公园、万鸟翔集的鸽子窝公园，疫情过后，等待着您的到来！

北戴河
——中国现代旅游业发祥地

讲述人
周妍
北戴河区旅游和文化广
电局行业促进科科长

精彩聆听，
请扫描二维码

图片来源：由秦皇岛
市北戴河区旅游和文
化广电局提供

大家好，我是北戴河区旅游和文化广电局的周妍，下面请跟我走进我的家乡北戴河。北戴河是驰名中外的旅游休闲度假胜地，毗邻京津，南临渤海，北依燕山，位于渤海湾北岸中部的环渤海经济圈中心位置，是与莫干山、鸡公山、庐山齐名的中国四大避暑胜地之一，也是中国四大别墅区之一，是举世公认的中国现代旅游业发祥地。

人们对于北戴河的了解或是因为秦始皇入海求仙的传说；或是因为毛泽东主席留下了诗词《浪淘沙·北戴河》，而这块美丽神奇的土地，具有怎样的独特魅力呢？

北戴河名字缘自这里的戴河，戴河是北戴河的母亲河。戴河古称渝水，从辽代一直到明清都称渝河，清光绪年间改为戴家河，后简称戴河。戴河以北称北戴河，以南称南戴河。戴河流经北戴河区河长13千

北戴河鸟类自然保护区

米，流域面积 32 平方千米。戴河，像一条银色的玉带由北往南缓缓流淌，直至注入渤海。戴河两岸风拂杨柳，芦苇摇曳，鸥鹭飞翔。

北戴河历史悠久，人文荟萃。早在新石器时代，就有先民在这里繁衍生息。秦汉时期，北戴河是充满神秘色彩的碣石之地，帝王巡狩，方士求仙……可以说在两千年前，北戴河就曾是诸侯帝王观海、凭寄、祈福、求仙之所。政治、文化、经济的交汇融合，给北戴河积淀下深厚的文化底蕴。

公元前 215 年，秦始皇东巡至此建行宫，刻《碣石门辞》以记功，1996 年秦行宫遗址被国务院公布为第四批全国重点文物保护单位。汉代，北戴河金山嘴一带的碣石港已经成为当时全国的三大军港之一。汉武帝从泰山北巡海上在此筑"汉武台"；东汉末年丞相曹操北征乌桓得胜归途，在此赋诗《观沧海》；还有杨广的《望海》、李世民的《春日望海》，"之罘思汉帝，碣石想秦皇"……多少帝王将相、文人墨客均来此吟咏巡幸，纪功立言。北戴河，从古

北戴河

时起就成了先人们心中的"诗意"和"远方"。

北戴河近现代旅游是随着1891年自唐山古冶通往山海关的津榆铁路的建设而开始的，津榆铁路总工程师金达勘探路线时，来到北戴河，发现这里气候宜人，沙软潮平，非常适宜避暑休养，随后在北京、天津等大城市广为宣传，逐渐为世人所知晓。清光绪二十四年（1898年），北戴河被御批为"与中外人士杂居"避暑地，北戴河是中国历史上首个，也是唯——个由中央政府自行对外开放的旅游避暑地。

光绪皇帝的诏书开启了北戴河声名鹊起的新纪元，中外人士云集这里，北戴河旅游进入发展兴盛时期，西方的社会名流和中国的富商大贾、社会政要，在北戴河留下了许多人文过往。20世纪20年代，盛极一时的北戴河与夏威夷齐名，素有"远东罕有其匹""东亚避暑地之冠"的美誉。康有为、梁启超、周学熙、朱启钤、张学良、徐志摩、胡适等诸多名人，在此留下了足迹和逸事。

在这里诞生了第一幅旅游招贴画"仕女骑驴图"、中国第一条旅游铁路专线、第一条航空旅游航线、第一个19孔高尔夫球场、第一个旅游避暑地自治组织——海滨公益会等诸多中国旅游史上的"第一"，北戴河因而被誉为中国现代旅游业的"摇篮"。

待疫散花开，欢迎大家来北戴河健康疗养、休闲度假，体验诗画岁月，京畿海岸康养胜地北戴河欢迎您！

老龙头
——万里长城的海上起点

—— 讲述人 ——
于淼
山海关区第一关旅游
发展有限公司讲解员

精彩聆听，
请扫描二维码

图片来源：由老龙头
景区提供

大家好，我是山海关区第一关旅游发展有限公司讲解员于淼，我将带您了解明代万里长城海上起点老龙头的故事。

老龙头景区位于山海关城南 5 千米的临海高地上，自身形成半岛伸入渤海之中。这里是明万里长城军事防御体系的重要组成部分，也是山海关景区的重要景点。这座呷角高地，海拔 25 米，依山襟海，耸峙海岸。它是明代长城的东部起点，万里长城从这里入海。登上老龙头，面对波涛汹涌、云水苍茫的大海，可以饱览这独有的海上长城雄姿，可以欣赏"长城万里跨龙头，纵目凭栏更上楼，大风吹日云奔合，巨浪排空雪怒浮"的壮丽景象。

长江有发源，黄河有起点，大家知道明代万里长城的龙头在哪里吗？其实在中国的版图上有一个大写的人字，一撇就是东起老龙头西到嘉峪关的万里长

老龙头（摄影师：周军）

城，一捺就是北起北京南致杭州的京杭大运河。"老龙头"位于山海关，它就是明代万里长城的海上起点。

当年修筑万里长城的时候还留下了许许多多带有传奇色彩的故事，今天就给大家分享一则当年修筑海上长城的小故事。

传说万里长城入海七丈，高大的城头矗立在狂涛巨浪之上，像一条巨龙在昂首腾空。

这段入海石城，是明万历七年蓟镇总兵戚继光，针对蒙古骑兵沿浅海涉水进犯的情况派参将吴惟忠修筑的。这海上长城，造起来实在太难了。几百年前一万五千军工，单等海水落潮，才能抢上去修一回。可是大海无情，三天一涨潮，五天一落潮。城墙修不上尺八高，潮水一冲，砖头石块，七零八落，修一次，垮一回，不知修了多少天，只弄得无数军民葬身海底，戚大人也一筹莫展。

当朝奸党议论胡说戚继光修三十二关，设三千敌台，铸五千斤一尊的铁炮，是劳民伤财，要皇上传旨，明升暗降，把戚家军调往广东，好去掉奸党的一个心病。派太监做钦差到蓟镇监军。

这位太监公公刚到蓟州，才知道戚继光正在山海关南海上修老龙头，立刻马不停蹄，直奔山海关。全城的乡绅耆老拜见钦差大人说："敌兵常从海上越境，老龙头千万不能半途而废。"钦差大人说："圣旨期限三天，金口玉言，谁也改不了啦。"戚继光怒气难消，知道限期三天是假，想借口定罪逼我远走是真。我个人上哪儿都没关系，可是这一千二百座敌台，就差老龙头一桩心事未了。想想国家安危，百姓的生命财产……戚大人心中不免闷闷不乐，忽然门帘一挑，一个打鱼老汉进来。这老汉是跟随戚大人的一名火头军。只见老汉把秫米饭、咸带鱼摆上八仙桌，说了声："请大人先用饭，我再回禀，也许对老龙头有点用处……"戚大人一听，一把拉住老汉说："老爹，是什么法子，快讲快讲，要不我怎能吃得下饭呢！"

第二天，传令全军，在大海沙滩上搭锅造饭，安营扎寨。只见十里海滩，炊烟四起，火光一片。忽然一堵丈高巨浪，铺天盖地，夹着狂风，冲上岸来，军工一见，拼死逃命，口中大喊："龙王爷发怒了！龙王爷发怒了！"众火头军也顾不上搬锅，逃得无影无踪。过了一天一夜，龙王爷才喘了一口气。巨浪过去了，海上恢复了平静。戚大人查看城基，竟有一段还立在原地，心中觉得奇怪。这时老汉走过来指着滩上一个挨一个的圆东西。戚大人低头一看，"咦，这不是做饭的铁锅吗！"

老汉说："这锅扣在沙滩上，任凭风吹浪打果然不移不动！"戚大人脸上露出了胜利的欢笑，大喊"这真是擒龙之术啊！"有了这些反扣的铁锅，减少海水对石城的冲击，老龙头终于得以建成。几百年过去了，传说着老龙头脚下，一个挨一个，扣着千百个铁锅。

人们把"建在沙滩上的城堡"比喻事情的不可能，而入海石城的修建在当时的条件下就是一件不可思议的事。那么，一道孤立于沙滩和大海之中的石

老龙头（摄影师：周红）

墙，为何在经年累月潮水海浪的冲击下而屹立不倒呢？

因为，修筑入海石城时巧妙地利用了老龙岗脉岩为基，以石块夹砌其间并找平后，再在上面叠筑起九层的花岗岩巨石。这种将自然山体与人工砌体合二为一的做法，不仅省工、省料、省力，而且基础坚固。为了使入海石城经得住海浪的冲击，在条石的四面凿有马蹄形凹槽，相邻两块石槽连接形成"燕尾槽"。槽内再浇铸白矾、松香、铁沫制成的溶液，待溶液凝固后整片基石就牢牢地粘连在一起了。入海石城截断了敌人从陆地或浅海绕过长城进犯的通道，成为来犯之敌不可逾越的铜墙铁壁，是万里长城修筑史上的创举，也是中国古代建筑史上的一件旷世杰作。

老龙头的灵魂，不仅表现在它的建筑本身，而且在于它所体现的中华文化的底蕴。鲜活的英雄人物和他们的故事，使这座历史上用于战争的关城堡垒不再冰冷，充满人文气息；正是有了古代将士众志成城万众一心的努力才给我们留下了如此宝贵的财富。朋友们，春暖花开疫情散去后，期待更多的人能来此欣赏和平年代里祖国的大好河山，我们在山海关等您！

"天下第一关"巨匾
——五个字写了三个月

—— 讲述人 ——
吴丹
山海关景区讲解员

精彩聆听，
请扫描二维码

大家好，我是山海关景区的讲解员吴丹，今天我将陪同您一起走进，素有"两京锁钥无双地，万里长城第一关"之称的天下第一关——山海关，一起去探索肖显写匾的传奇故事。

明洪武十四年（1381年），明朝开国元勋徐达大将军以其独到的军事家眼光在山海之间建关设卫，成就了其重要的军事地位，这里不仅是明初万里长城东部起点的第一座关隘，更以其科学的选址布局、独特的军事建制和特殊的地理位置，成为万里长城的众关之首，因此被世人誉为"天下第一关"。

天下第一关处处都是宝。雄伟的天下第一关城楼是中国城防建筑的奇迹，城楼之上最引人注目的"天下第一关"巨匾，更是书法界的瑰宝。匾额宽5.9米，高1.55米，其中"一"字一笔就有1.09米的长度，繁体的"关"字一竖就高达1.45米，五个大字结构安

天下第一关（摄影师：周红）

排合理，布局章法得当，笔体苍劲有力，与建筑浑然一体。

仔细观察便会发现，匾额上不留年月、不书姓名，它究竟为何人所写呢？关于它的作者，众说纷纭。但在山海关一直广为流传的，便是肖显写匾的传奇故事。

相传明成化年间，朝廷下旨要在山海关城楼上悬挂一块题为"天下第一关"的匾额。当时负责镇守山海关的是一位兵部主事，接旨后自然不敢怠慢，但找谁来写却犯难了。在和部下商量了一天一夜后，终于想起了一个人，这个人便是肖显。肖显曾于明成化八年考中二甲进士，当时是全国非常著名的书法家之一，楷行草隶样样精通，后辞官归家，居于山海关。请他来写匾，再合适不过了。第二天上午，兵部主事就亲自去肖显家中拜访，并说明来意。肖先生感念其诚点头答应，不过他提出要三个月的时间，否则不能领命。

兵部主事虽然答应了肖显的要求，但是却不放心，便时常派人打探。第一个月过去后，来人回报说"先生只是在书房用功练习历代书法名家的字"，兵部主事心里嘀咕，先练习一下倒是必要。第二个月过去后，来人回报说"先生在家练习挑扁担"，这让兵部主事不解其意了。第三个月过去后，来人回报说

"先生又吟诵了一个月的诗句"，这简直让兵部主事感觉莫名其妙了。第二天他突然接到兵部急信，告知新任蓟辽总督将代替皇上视察悬挂匾额之事，预计三天之内到达山海关。主事这可吓坏了，立刻来到肖显家中，道出了自己的难处，于是肖显拿起他特制的大毛笔，蘸饱墨汁，屏气凝神地写了起来，写的过程就像一个年轻的武将在演练刀法，横平竖直，遒劲有力，"天下第一关"五个大字就这样片刻书就。

肖显说："为了能够写好这五个大字，我先用一个月的时间研究了历代书法名家的墨迹；为了增强臂力，又用一个月的时间挑扁担练背笔的动作；我想此匾要高悬于雄伟的天下第一关城楼之上，字形仅仅端正有力是不够的，还必须要有神韵，因此我最后又用了一个月的时间饱读古人的诗句来陶冶情操！"兵部主事这才知道肖显先生的用意，深为感佩，并称赞肖先生，"当真是落笔有神，巧夺天工"。如"今天下第一关"巨匾收存于景区之内，供世人赞叹。

听完了肖显写匾的传奇故事，您是不是想更加深入地了解山海关呢？山海关是一座有着悠久厚重历史的古代军事重镇，关内外的民俗文化在这里融合发展。600多年的沧桑岁月，见证着历史的变迁。"吴三桂冲冠一怒为红颜"，大开城门引清军入关改写了中国的历史；这里又是一座划分关东与中原的"界碑"，为闯关东者打开了奔向美好生活的希望之门。每一块斑驳的青砖、每一个深沉的垛口，都镌刻着历史的印痕。

在此我向大家发出诚挚的邀请，衷心希望各位朋友带着您的家人来到闻名中外的天下第一关，探查这里的传奇故事、踏访古城的民俗民风。

天下第一关（摄影师：温壮）

集发农业梦想王国
——高科技创造农业奇迹

——讲述人——
宫源
集发农业梦想王国客
服中心负责人

精彩聆听，
请扫描二维码

图片来源：由集发景
区提供

大家好，我是集发农业梦想王国客服中心负责人宫源，下面请跟我走进集发，见证奇迹，享受快乐。

集发农业梦想王国（简称"集发"），坐落在碧海蓝天、水清沙白的世界旅游胜地北戴河，2002年成为全国首家高科技农业旅游4A级景区。

集发因农业奇迹而闻名，在全国南瓜王擂台赛上，以600斤重南瓜摘得桂冠，集发长丝瓜三次打破自己创下的吉尼斯世界纪录，现有纪录为4.55米，开启了高科技农业旅游的先河。

集发的历史可以追溯到1983年，当时全国正轰轰烈烈地进行"包产到户"农业体制改革，而当时的北戴河村农民、现在的集发董事长李集周则带领24户农民，在3间土房、5辆马车、76亩土地的基础上组建了蔬菜联合体。

之后，集发经历了从农业科技致富路，到人无我

集发农业梦想王国

有的农业景观打造，再到如今的农文旅综合体这样的发展道路。集发围绕"农业"做到了极致，打造了沉浸式农业主题乐园，实现了孩子们的自然成长梦、青年的欢乐刺激梦、中老年的休闲康养梦。

北戴河属于典型的温带地区，气候不冷也不热。但是要依靠一群农民兄弟创建热带雨林，种植椰子、香蕉这些热带植物，却也是"天方夜谭"，他们首先想到的就是借助科技的力量。于是 2007 年，集发团队到中国热带农业科学院椰子研究所进行考察，得到的结论是日本和我国北京市都没能引种成功，广东湛江与海南一海之隔，却是能活而不结果。

但集发人没有气馁，他们发扬"敢想敢干、干就能成、成就第一"的精神，在相关研究机构支持下，通过创新引进各种技术营造了热带风情馆，并引进了世界级的新品种——红矮椰子树，不仅实现了种植成活而且实现了开花结果。在 4000 平方米的热带风情馆里，50 多棵椰子树枝繁叶茂，仪态万千，

集发丝瓜长廊

集发超大南瓜

再加上融入的黎族风情，游人步入其间，就仿佛穿越到了海南。

集发，新在升级、奇在农业、特在服务。2018年以来，在保持原有农业观光优势的基础上，继续开发了戴河资源，游人可以在碧波荡漾中泛舟戴河，或在空中飞天桥漫步云端，或体验246米高的飞龙水上过山车，惊叫酷爽夏日。

到了集发，除了玩水，还要吃海。这里打造了超千平方米的海鲜超市，新鲜的食材、亲民的价格，点上满满一桌，在戴河边可以与家人朋友边吃边聊，享受悠闲时光。晚饭之后，夜场泡泡趴就开始了，可在水乐园中游泳，体验水上漂流，享受旋涡按摩，然后围着篝火载歌载舞，尽情释放激情，享受快乐。夜深归去，可以在轻奢的耕读客栈或者扎染主题的匠人古宿中留宿一晚，在万籁俱寂中好好放松身心。

这里也是亲子游的欢乐属地，"探险部落"是华北超大规模的无动力主题乐园，也是孩子们极喜爱的项目，通过"跑跳攀爬钻投"，让孩子们在快乐探险中收获勇敢自信。"萌宠乐园"里有狐萌、旱獭、土拨鼠等43种小动物，可以看到小猪跳水、小猴照相、小狗拉车等表演，还能与羊驼互动，骑小矮马等，拉近与动物的距离，给孩子们一次欢乐的童年体验。

集发萌宠乐园

集发致力于打造先进的农业自然教育营地，依托资源优势，开办的特色营地，有山海研学营、航海营、马术营、军事拓展营、汉文化传承营、昆虫探秘营、植物工厂营等，能让小朋友们在大自然中茁壮成长。

集发依托环境优势，建立了为中老年人休闲疗养的康养中心。这里一年四季，温暖如春、绿植丰茂、锦鲤漫游，可以在里

华北最大无动力主题乐园：探险部落

面跑步健身，打乒乓球、台球，在舞台上表演节目等。还配备了营养餐、理疗室、老年大学、24 小时医护服务等，可同时容纳 200 人入住，是疗养度假、休闲健身的温馨家园。

集发一年四季都值得游玩，春天踏青挖野菜，花海打卡；夏天玩水吃海，篝火泡泡趴；秋天丰收节南瓜节，农业体验乐不停；冬天室外滑雪室内赏热带美景，体验冰火奇缘；春节更可以看灯会、打铁花，吃遍美食一条街。

全家游，新集发。亲近自然，感受快乐，享受亲情，尽情嗨皮，我们在集发等您。

联峰山
——北戴河风景和故事集结地

大家好，我是北戴河联峰山景区历史文化中心主任冯树合。旅游避暑胜地北戴河家喻户晓，那么，北戴河是如何被清政府开辟为中国历史上第一个避暑地？秦皇岛地区历史上的第一座旅游公园是如何开辟的？今天我带大家走进北戴河联峰山景区来了解一下鲜为人知的历史故事。

联峰山是燕山伸入渤海的余脉，因其峰峦秀美，岩石嶙峋，山势联缀，故称"联峰山"。又因为其位于北戴河西部而又称"西山"。

晚清时期，在经历了两次鸦片战争之后，闭关锁国的国门被侵略者无情地打开。帝国主义列强掀起瓜分中国港口的高潮，中国沿海的重要港湾被侵占殆尽。李鸿章等大臣推行了"洋务运动"，出于运送开平煤矿煤炭及拟在秦皇岛一带修建港口的需要，奏请清政府在原唐胥铁路的基础上修建津榆铁路（天津—

联峰山观海

山海关）。英国铁路工程师金达在勘测铁路线的时候，发现铁路附近的海滨联峰山风光秀丽，海岸沙软潮平，适合开展当时西方新兴的休闲避暑。在金达的建议下铁路总局在戴河西岸设立了北戴河火车站，于是，从北戴河火车站往南的沿海地区被称作"北戴河海滨"。

　　光绪二十四年（1898 年），光绪帝发布诏书，在秦皇岛港开埠的同时，宣布"北戴河为允中外人士杂居的避暑地"。此后，大批的西方传教士、冒险家涌入了北戴河，并盗卖土地获取暴利，致使"峰峦佳处，泰半为外人所有"。西洋人自治组织"石岭会""基督会"等更是妄图变北戴河为租借地。

　　民国五年（1916 年），北洋政府代国务总理朱启钤到北戴河后发现，外人纷纷组织团体"骎骎焉有喧宾夺主之势"，甚为愤慨。民国八年（1919 年），朱启钤连领北洋政府高官及中国实业家在联峰山创建了"北戴河公益会"，从洋人手中争回了主权。公益会成立以后开展了聚义募捐、筑路修桥、设立医院、兴办教育、设立邮电、引进树种、兴建苗圃、整修名胜古迹等工作，并在联峰山建立了秦皇岛地区历史上的第一座公园。

1954 年 4 月 22 日，毛泽东曾在北戴河联峰山观日出（摄影：李纪林）

因为联峰山内有奇石直立形似莲房，又有圆石凸出地面形若荷盖，所以取名"莲花石公园"。公园由朱启钤亲自设计，以莲花石为中心，南面建有虹桥，西北侧由奥地利建筑设计师罗尔夫·盖苓设计并建设了"松涛草堂"（又名：霞飞馆）。草堂为木架结构，稻草盖顶，中间有一棵硕大松树穿顶而出。草堂设有平台，可宴友跳舞、观海听涛、赋诗赏月。草堂东侧建设有鹿苑，专供北京同仁堂用于药材。草堂与鹿苑之间，建设一座由罗尔夫·盖苓设计的钟亭，里面悬挂一口铸造于明嘉靖丙戌年（1526 年）的铜钟，草堂东南设有运动场，内有网球场及中国历史上第一座高尔夫球场。公园立有石碑，正面镌刻时任大总统徐世昌署名水竹邨人的亲笔题诗："海上涛头几万重，白云晴日见高松。莲花世界神仙窟，孤鹤一声过碧峰。汉武秦皇一刹过，海山无恙世云何。中原自有长城在，云壑风林独窊歌。"石碑的背面是由朱启钤题记，由曾任交通总长的许世英书写的《莲花石公园记》。自此"北戴河闻名于世，亚洲罕有其匹"。

"看山应未老，扑蝶是何年。"世情翻覆，人事代谢，唯有青山存万古。百余年过去了，联峰山经历和见证了从清末的国门洞开到公益会的主权之争，从日本侵略的水深火热到新中国换了人间的历史沧桑。1954 年 4 月，毛泽东主席第一次来到北戴河，曾下榻于联峰山别墅，当年他第二次来北戴河时因景生情创作了著名的诗词《浪淘沙·北戴河》，昭示了新时代的到来。如今，往昔只有达官贵人和洋人才能休闲度假的旅游胜地，早已成为广大劳动人民的度假场所，联峰山景区及整个北戴河地区每年迎来世界各地无数的游客，为丰富人民群众的美好生活需求而不断做出贡献。

我们在这里衷心欢迎大家来北戴河联峰山感受祖国的大好河山！

碧螺塔
——碧螺仙子驾舟来　浪淘沙里问日月

—— 讲述人 ——
杜芳
碧螺塔海上酒吧公园
散客部经理

精彩聆听，
请扫描二维码

图片来源：由碧螺塔
海上酒吧公园景区提
供

　　碧螺塔海上酒吧公园，位于北戴河海滨的最东端，北临游船码头和鸽子窝公园，南邻金山嘴和老虎石公园。公园占地面积 106 亩，因主建筑碧螺塔而得名。这里三面环海，形似半岛，园内绿树成荫、沙软潮平，沙滩、礁石、松林、大海交相辉映，景色宜人，风光绚丽。碧螺塔为海滨东山地区的最高点，登塔远眺，茫茫大海、点点帆影尽收眼底，令人心旷神怡，曾被评为秦皇岛十大美景之首。

　　关于碧螺塔，有一个有趣的传说。相传当时有个苑渠国，派人驾碧螺舟来到秦国，向秦始皇描述了开天辟地的光景，并说他们那里的人吃了扶桑树九千年才结一次的果实，寿命都很长。秦始皇听了以后信以为真，便派方士侯公、韩终等人率童男童女东渡扶桑岛求取长生不老药，只是秦国出使的船始终没有回来，秦始皇也没有吃上长生不老的药。

碧螺塔海上酒吧公园

　　如今，后人想象着传说中的碧螺舟，在苑渠人登陆秦国的地方建造了今天的碧螺塔，虽然不再渴求寻求长生不老药，但却能体验苍茫大海的神秘。

　　碧螺塔塔高21米，共分七层，塔内以水、地、天为主题分层设计，是世界上独一无二的海螺形螺旋观光塔，游人沿旋转阶梯盘旋而上，每到一层即可领略不同的意境和情趣。

　　塔内三层设有梵文堂，堂内是镇塔之宝——左旋神螺，左旋神螺极其稀有，象征着健康、美好和幸运，无数游客在此驻足祈福。

　　2019年7月1日，中国首部大型海上实景表演《浪淘沙·北戴河》在碧螺塔海上酒吧公园震撼首演。演出以毛泽东著名诗词《浪淘沙·北戴河》描写的意境为主线，分为《天开海岳》《叩问秦皇》《追问日月》《试问波涛》《无问西东》和《换了人间》六个篇章。演出不仅融入了北戴河千百年来的历史文化积淀，也融入新时代人民努力追求幸福生活的浪漫情怀。

　　整场演出打破常规的观演模式，中央水池、星空映幕、280°环海演出

碧螺塔（摄影：张文杰）

舞台实现了空中、地面、水上的无限制表演。在演出中，用全新的艺术视角和舞台呈现演绎了北戴河的前世今生，能让观众在几十分钟里迅速了解北戴河的历史烟云和今日胜景，获得社会各界的一致好评，成为碧螺塔新的艺术名片。

仁者乐山，智者乐水。世间闲娱千百种，唯有垂钓胜神仙。目前，园区内建设有海上垂钓基地、海上潜水基地、沙滩篝火晚会基地等休闲娱乐设施，可以满足各类与水有关的休闲娱乐需求。

公园内还有彩虹热气球、圣托里尼小镇、海上游艇许愿广场等多处网红打卡地，吸引了众多年轻游客慕名前来。更获得了河北省"不得不享的十大休闲体验""不得不约的网红打卡地""不得不看的精品演出"多项荣誉。

待疫情过去，春风满地，作为全国 4A 级景区的我们，欢迎更多人来体验碧螺塔的美丽风情，度过一段难忘的时光。

北戴河艺术村落
——水岸田园里的诗与远方

大家好，我是北戴河艺术村落管委会工作人员刘鑫，下面由我带领大家走进位于河北省秦皇岛市北戴河火车站东的北戴河艺术村落，让大家感受诗与远方的水岸田园、艺术与民宿相交融的故居村落。

北戴河村，有史可考，于明朝永乐年间建村，至今已有 600 余年历史。这个古老村落的发展，源于一条戴河，潺潺的戴河水绕村而过，绵延长达 3 千米，滋润着这方土地，享誉世界的海滨北戴河更是由此而得名。

村中镇村之宝"京东第一古槐"已有 1300 多年树龄，其身世是个谜，但留下了两则传说。其一，传说是本村李姓祖先于明朝永乐年间所植，但其时间与树龄不相匹配；其二，据说是唐太宗北征高句丽，回程路过该村时命太子李治所植，此一传说倒与树龄相近，或许为真。

北戴河村

　　如今，这棵古槐虽然主干已经严重腐烂、枯萎，但整体仍显得枝繁叶茂，焕发着勃勃生机。引得村民每年自发祭拜，祈求保佑人丁兴旺，风调雨顺，五谷丰登。

　　北戴河村人口 2385 人，1049 户，村民以农业种植、外出务工为主要经济收入。2015 年，北戴河村被确定为河北省开展农村面貌改造提升工作重点村，对村内进行了基础设施的全面升级，污水、自来水、强弱电、天然气全部并入城市管网，硬件设施的提升为村庄的发展奠定了坚实基础。

　　2015 年，村子以国家"大众创业、万众创新"战略为引领，抢抓京津冀协同发展和建设全省统筹城乡发展先行区的重大机遇，在充分论证和调研的基础上，基于北戴河村优越的地理位置、深厚的历史底蕴，为该村量身打造了"水岸田园—艺术村落"发展方向。充分利用北戴河村及周边农田、土地和闲置的院落，打造一个了以文化、农业、旅游为载体，融创客、众筹、互联网＋等多种元素为一体的综合性文化产业园。

艺瑶民宿——网红打卡地

目前，北戴河"艺术村落"已入驻项目92家，其中手工艺术类28家，魅力民宿61家，餐饮类3家。近年来，策划开展了近百余场"文化体验周""创意市集"等主题活动，受到了游客的追捧。

北戴河村现是全国文明村、"一村一品"特色村。漫步村中，可享美丽乡村之宁静，可赏文创艺术之精品，可住温馨典雅之民宿，可听童叟皆宜之戏曲，还可私家订制珍珠、玛瑙、银饰、皮具、木雕等工艺珍品，参与营地体验活动等。

您可以带上孩子选择个周末来到北戴河艺术村落来体验一番。可以根据自己的喜好选择预订不同类型的民宿，如香舍、容兮、蝉享、迦南之地、艺瑶民宿等，它们适合于不同的年龄段，能满足不同的住宿体验需求，能让您充分享受艺术村落的慢生活。就餐可以选择特色铁锅炖"戴河一锅"或者悠斋共享餐厅，也可以在预订的民宿厨房里，自己动手自制大餐。

第一天下午和第二天上午可根据孩子的喜好在艺术村内参观和体验不同的手工艺术院落，如参加中国结制作、手鞠球加工、扎染、古代服饰体验、捕梦网制作、银饰打造、气脉瑜伽、茶艺插花课程等，数量非常之多，定能带给您和孩子美好而有益的体验。

如今的艺术村落，不但艺术氛围深厚，而且到处生机勃勃，当您走进这里，就如同进入了艺术游廊，既能欣赏美丽的乡村风景，也能享受艺术的熏陶，是一解乡愁、攒集诗意的好地方。

诗与远方的田园故居——北戴河村，等着您和家人的到来。

歌华营地
——全方位助力青少年素养培育

大家好，我是秦皇岛歌华营地的刘焱喆，歌华营地位于美丽的海滨城市秦皇岛北戴河区，于2012年7月开始投入运营。拥有小剧场、室内体育馆、多功能厅、主题空间、高标准住宿区、百人自助餐厅、户外草坪及观星草坪区等活动场地及设施。

营地距海边直线距离1.4千米，紧邻国家级海洋自然保护区、国内第一个鸟类自然保护区，地理位置优越，具备得天独厚的自然资源优势，截至目前，总接待人数超过3万人次。

以"与自然融为一体"为设计理念，2012年歌华营地荣获2012WA中国建筑奖优胜奖、中国建筑传媒奖和第三届最佳建筑奖三项大奖，2013年歌华营地被河北省评为"2013年度十大文化产业"项目。

营地的设计以体现空间的灵动以及彰显自然的元素为核心，通过修建中央庭院、屋顶花园等，全面打

秦皇岛歌华营地

造适合青少年活动的室内外环境。

营地以青少年艺术文化交流、综合素质培育以及体验实训为核心，以中华优秀传统文化和创新教育理念为指导，积极引导青少年养成人文美育、公民道德、创新思维、社会责任等方面的价值观念，全力为青少年提供一个充满阳光和自然气息，并且可以发现和创造不同奥秘与故事的场所。

室内型体育馆、阳光图书墙、多媒体教室、gaga 球场……世界上广受欢迎的营地游戏设施都可以在这里找到，可以让孩子们充分地参与喜欢的娱乐和体验活动。

走出屋外，到处是青青草地，孩子们可以在上面纵情玩耍，交流互动。夜幕降临后，燃起熊熊篝火，顶着满天繁星和自己的好朋友们一起看一场露天电影，一定是每个孩子梦寐以求的活动经历，这样的场景相信会长久地复现于孩

秦皇岛歌华营地研发、接待中心

子们的梦中！

目前，秦皇岛歌华营地依托营地设施开展了多门类体验式和项目式学习课程，课程包括研学营、夏令营、学校营、定制营、亲子营等板块，内容涉及品格塑造、全人发展、文化艺术、科技创新、户外运动、自然探索等多个主题。

学习课程涉及活动体验、创新工坊、主题沙龙、文化演出和艺术展览等多种形式，着重培养孩子的科学素养、内在品格，注重培养青少年的学习能力、生活能力与生存能力，强调促进国际青少年的交流，助力青少年成为更具国际化视野的世界公民。

在这里，青少年可以登上专门为他们准备的舞台，来一场充满挑战的表演；也可以在大自然中探险，体验未知的奇趣奥秘。我们希望和志同道合的人士一道为更多的青少年实现全面发展助力！

启功艺术馆
——窗外是大海，室内是珍藏

—— 讲述人 ——
贾璇
秦皇岛启功艺术馆
馆长

精彩聆听，
请扫描二维码

图片来源：由启功艺术馆提供

大家好，我是秦皇岛启功艺术馆馆长贾璇，今天我将带您走进秦皇岛启功艺术馆。

秦皇岛启功艺术馆位于秦皇岛市北戴河区海宁路，紧临著名旅游景点——老虎石。启功艺术馆是一座私人艺术馆，创始人是河北五兴能源集团董事长张福利先生。

张福利先生是一位成功的企业家，同时也是一位拥有近三十年收藏历史的收藏家，他是中国收藏家协会理事，也是秦皇岛市收藏协会会长。多年来，张福利先生一直有着成立一家艺术馆的想法，终于在2018年现实了。

可是这座私人艺术馆又为何叫启功艺术馆呢？启功先生是当代名扬海内外的国学大家。他的书法秀丽、博雅、飘逸，独树一帜，不仅是书家之书，更是学者之书、诗人之书；他的画作渊雅而具古韵，隽永

秦皇岛启功艺术馆

而兼洒脱，深受人们的喜爱。

书法之外，启功先生著作丰富，通晓语言文字学，做得一手好诗词，又是古书画鉴定家，尤精碑帖之学，是中国当代著名的艺术大师之一。

启功先生虽是地道的北京人，但却尤爱北戴河的风光，一生之中数至北戴河，常常是携友搭伴，于北戴河避暑疗养并进行艺术创作。秦皇岛当地有许多敬重启功先生、喜欢启功先生作品的收藏家，随着启功先生的多次到来，他们也渐渐形成了收藏启功先生作品的传统，历年来收藏了大量的启功先生的著作精品。在这样的基础上，启功艺术馆得以建成。

秦皇岛启功艺术馆主体建筑面积2280平方米，建筑内部包括文创区、阅览区、艺术展览区、休闲区、教学区和办公区等。

建成至今，启功艺术馆举办了数场有全国影响力的重要展览，除了定期展出启功先生作品外，艺术馆还与李铎（中国著名书法家、中国书法家协会副主席）、崔晓东（中央美术学院教授、炎黄艺术馆馆长）、蒋世国（中国美术

秦皇岛启功艺术馆

家协会理事）、陈鹏（中国国家画院秘书长）、李洪海（中国书法家协会理事、军博书画院副院长）、梅婉婷（启功书院教学院长）、王杰（中国书法家协会会员、中国著名青年书法家）等七位艺术家合作办展办学，逐步成了秦皇岛市重要的展览基地。

除了公益展览，启功艺术馆于成立之初便与奥运会吉祥物——福娃的设计者、当代艺术大家韩美林老师合作，于艺术馆一层开辟韩美林艺术设计文创区，这是除韩美林艺术馆之外唯一一家韩美林艺术品文创的特许经销店，百余件韩美林老师原创艺术衍生品陈列在架，受到了民众的喜爱和追捧。

2020年年初，设计发行出品韩美林艺术衍生品的天品艺轩文化艺术有限公司与启功艺术馆正式签署了合作协议，开启共同开发启功文创IP的进程。其实，这一次合作也是帮助韩美林老师与启功先生"再续前缘"。

韩美林老师的大作《天书》一书的创作正是得于启功先生的鼓励，然而耗费韩老师多年心血完成的古文字图录《天书》的出版却是在启功先生故去之

秦皇岛启功艺术馆

后，这是韩老师心中的大遗憾。因而韩美林老师一直致力于发扬与传承启功先生的艺术精神，启功艺术馆成立后，韩老师更是新创作十五幅书画作品支持首展。如今的再度合作，更是可遇不可求的成全，是启功艺术馆未来的发展重点之一。

启功艺术馆于 2019 年成立了启功书院，致力于带给孩子们良好的艺术教育。既从中央美院、清华美院、北师大等一流艺术院校聘请优秀艺术家老师亲自教导孩子们基本书画技法，也不断积累和丰富了大量的馆藏资源，让孩子们置身于现实的艺术海洋中，接受指导、接受熏陶，真正地深入艺术、了解艺术。

启功艺术馆已经成了集艺术展览、教学、阅读、文创于一体的综合艺术机构，已逐渐成为京津冀地区乃至全国艺术及旅游爱好者的打卡地。在此，我们欢迎更多的游客来艺术馆里体验艺术、感受文化。

唐山篇

　　唐山地处环渤海中心地带，南临渤海，北依燕山，西与京、津毗邻，东连秦皇岛，北与承德接壤。1990 年，被联合国授予"人居荣誉奖"，2004 年又被授予改善环境迪拜奖。

　　唐山是中国近代工业发祥地之一，中国第一座现代化煤井、第一条标准轨距铁路、第一台蒸汽机车、第一桶机制水泥、第一件卫生瓷、存世最早老股票均诞生在这里，唐山被誉为"中国近代工业的摇篮"和"北方瓷都"。

　　拥有 A 级旅游景区 48 家，其中 5A 级 1 家，4A 级 13 家。形成了以清东陵、滦州古城为代表的文化旅游，以开滦国家矿山公园、启新 1889 水泥博物馆为代表的工业旅游，以白羊峪、太阳峪为代表的乡村旅游，以南湖生态旅游景区为代表的生态旅游，以唐山国际旅游岛、曹妃甸湿地为代表的海岛湿地旅游，以青山关等为代表的长城旅游，以及以李大钊纪念馆、喜峰口大刀园为代表的红色旅游系列品牌。

清东陵

——中国古代陵寝建筑艺术宝藏

——讲述人——
王新光
清东陵旅游实业开发
有限公司营销策划部
经理

精彩聆听，
请扫描二维码

图片来源：由清东陵
景区提供

大家好，我是唐山清东陵旅游实业开发有限公司营销策划部的王新光，下面请跟我一起走进世界文化遗产，国家 5A 级景区——清东陵。唐山遵化市西北 30 千米处的清东陵，是中国现存规模宏大、体系完整、布局得体的帝王陵墓建筑群之一。

清东陵，山川秀美、景物天成，生动体现了中国传统文化中追求"天人合一"的理念，是一处难得的风水佳域。那么，为什么清朝皇帝会选择在这里兴建陵寝呢？

顺治帝的孝陵是清东陵的第一座陵寝，传说清东陵的选址本身就与顺治有关。在 1651 年（顺治八年），14 岁的少年天子顺治皇帝，到遵化昌瑞山一带行围狩猎。顺治帝抬眼四望，只见昌瑞山如似锦屏翠帐，形势秀美，山后群山起伏、云蒸霞蔚，山前是一处盆地，四周青山环绕，碧水夹流，植被茂盛，让人

金星山俯瞰清东陵全景

心旷神怡。顺治皇帝当即传旨，说此山王气葱郁，可为朕之寿宫。然后他郑重地把自己手上佩戴的一个用来搭弓射箭的扳指扔出去，并吩咐扳指所落之地方即为陵址。随着扳指的落地，拉开了清东陵长达 260 年的营建历程。

极具震撼力的墓主人

清东陵安葬的墓主人中，有很多掌握和影响了大清王朝的历史走向，有入关第一帝顺治帝、"千古一帝"康熙帝、"十全老人"乾隆帝，还有清初杰出的女政治家孝庄文皇后、清末大名鼎鼎的慈禧太后，以及扑朔迷离的香妃等。

在电视剧《延禧攻略》当中，乾隆皇帝的富察皇后及魏璎珞、高贵妃、小嘉嫔等妃嫔的原型也随葬在乾隆的裕陵中。

极具传奇的建筑

清东陵是一座规模宏大的中国古代陵寝建筑艺术博物馆，有很多精彩之笔，堪称中国古代陵寝建筑的集大成者。这里有我国古代陵寝中最长的孝陵神道；有保存最好的孝陵石牌坊；有别致的五音桥，即孝陵七孔桥，它的栏板含有很特殊的成分，敲击时会发出金属一样的声音；有规模最大的孝陵石像生，达到了 18 对；有最精美的乾隆裕陵地宫佛教雕刻（372 平方米的雕刻）；有最奢华的慈禧陵三大殿，蕴含了金绝、木绝、石绝等建筑和雕刻艺术。

极具诱惑力的奇珍异宝

中国古代人讲究"厚葬以明孝"，皇室人物去世之后会附葬众多精美的奇珍异宝，但这些珍宝却实在是古代劳动人民精巧的工艺和智慧的结晶。如乾

裕陵（乾隆帝陵）前景

隆的九龙宝剑、慈禧的夜明珠、康熙的九龙玉杯等，当然还有很多传说中的珍宝。遗憾的是，在清朝灭亡以后的军阀混战及抗日战争、解放战争年代，由于缺乏有效的保护，清东陵里的墓葬多数遭受了不同程度的盗掘，造成了大量的珍贵文物的破坏和遗失，只剩下了无法移走的精美建筑，这不得不说是中国文化和文物史上的浩劫。然而，清东陵以其精美的建筑及文化遗存，依然具有难以匹敌的文化和艺术保护价值，并在 2000 年被正式列入世界文化遗产名录，2015 年 10 月，被评定为国家 5A 级旅游景区。

清东陵融自然景观和人文景观为一体，是中国传统陵寝建筑艺术、风水文化、孝悌文化的集大成者，被联合国遗产专家称赞为"人类具有创造性的天才杰作"。

晨雾昭西陵（孝庄文皇后陵）

南湖
——工业城市转型发展的"中国范例"

——讲述人——
王晓莹
唐山南湖旅游景区游
客服务中心主任

精彩聆听，
请扫描二维码

大家好，我是唐山南湖旅游景区的王晓莹，很高兴和您一同走进南湖，欣赏南湖的重要景观之一——丹凤朝阳。

唐山南湖景区是在开滦煤矿的采煤塌陷区、唐山大地震的废弃地的基础上蝶变而成的。在景区的中央位置矗立了一座巨型雕塑，名为《丹凤朝阳》，取自《诗经·大雅·卷阿》中的"凤凰鸣矣，于彼高冈。梧桐生矣，于彼朝阳"。它是由中国著名的工艺美术大师韩美林先生设计的，寓意吉祥幸福、前途光明。

开滦煤矿的前身是1877年直隶总督李鸿章委派轮船招商局总办唐廷枢创办的开平矿务局和1906年直隶总督筹办的滦州煤矿公司，百余年来也经历了辉煌、被侵占、遭受地震、涅槃重生的曲折历史。开平矿务局的筹办，首开中国"路矿之源"，拉开了唐山"因煤而建"的历史帷幕。在这里相继诞生了许多中

南湖景区

国第一，如中国最早使用机器开采的大型煤矿——开滦唐山矿、第一条标准轨距铁路——唐胥铁路、第一台蒸汽机车——龙号机车等，唐山也成了近代中国机器采矿业、铁路运输业的发轫之地，被誉为中国近代工业的摇篮。

关于煤炭有着这样一则传说。传说，上古时期，共工氏怒触不周山，导致了天地倾塌，天不能覆盖大地，地无法承载万物，大火蔓延不熄，洪水泛滥不止，世间生灵涂炭……幸亏有大神女娲于昆仑之巅，斩神鳌之足支撑四极，堆巨石为炉，借太阳神火为燃料，炼取五色石以补苍天。自此，天地定位，洪水归道，烈火熄灭，四海宁静。

在补天过程中，有很多凤凰前来协助，它们舒展双翼，抖动锦羽，将五色石驮到天上。越是接近天洞，阳光之火越是炽热，终于在天洞补住的时候，锦羽凤凰被强烈的阳光炙烤致死。大神女娲为了纪念它们，便命人将它们的尸身葬在了它们曾经补天立功的地方。

斗转星移，万千年后，埋葬在地下的曾经补天的凤凰，化作了片片煤炭矿脉，当人们把它们挖掘出土时，还带着当时被太阳炙烤的黝黑的颜色。而这些神鸟们，在其死后，又一次以新的形式为它们曾经护佑的人们提供着力量之源，这或许是它们最值得我们纪念和尊敬的地方。

163

南湖风光—三洲合璧

历经近代工业的蹉跎岁月和唐山大地震的洗礼，唐山这座城市可以说是掏空了自己的胸膛，为祖国建设事业发展贡献出了非凡的光明与能量，当然，也在自己的身上留下了深深的"印痕"。

为了铭记曾经曲折的历史，为了充分利用矿采区遗留的土地资源，唐山人传承了补天凤凰的精神，在开滦煤矿的采煤塌陷区建设了如今的唐山南湖景区。这也是唐山由工业文明走向生态文明的起始和标志，也为世界工业城市转型发展提供了一个生动的"中国范例"。

在景区内，建造了"丹凤朝阳"主题雕塑，高68米，重447吨，由青铜铸造与花岗岩雕刻而成。雕塑的主体是一尊象征着爱与力量的凤凰。上方一只金色的凤凰昂首向天，高耸入云；下方的一组凤凰紧密靠在一起，目视四方，中间的球体代表着"太阳"，寓意被太阳照射过的地方必将万物生长。周围八尊铜狮子矗立在雕塑的四个方向，平和稳重、威震四方、祥瑞辐辏。丹凤朝阳主题雕塑是唐山市的地标性建筑，已经成为唐山人民心中的精神图腾。

如果您站在景区的制高点——龙山阁上俯视，可以隐约看到一只灵动的凤凰，其以丹凤朝阳雕塑为凤头、唐山市规划展览馆两翼为凤翅、一号门的凤羽造型为凤尾，到了夜晚，在灯光的映射下，更能展现出振翅高飞、盘旋南湖的意境，好似神鸟凤凰在守护着新唐山一样。

最后，让我们共同祝福被女娲眷顾、凤凰护佑的人们，也邀请你们有时间来到唐山南湖景区，一同感受凤凰涅槃的精神。

开滦博物馆
——中国矿业文化的神圣殿堂①

——讲述人——
董培雅
开滦国家矿山公园讲解员

精彩聆听，
请扫描二维码

图片来源：由开滦国家矿山公园提供

大家好，我是开滦国家矿山公园讲解员董培雅，今天就让我带您一起走进中国矿业文化的神圣殿堂——开滦博物馆，了解一下中国第一台蒸汽机车——"龙号"机车的传奇故事。

"龙号"机车何人所造？

1878 年，开平煤矿正式设局开矿，同年开凿了被誉为"中国第一佳矿"的唐山矿一号井，随着煤矿的正式出煤，运输成了当时关系煤矿生存发展的关键。开平矿务局创办者唐廷枢曾申请修建铁路，但清政府对修铁路持顽固排斥态度，几经周折与变通，唐廷枢的修河、筑路计划才得以实施，中国第一条专门用于运输煤炭的人工运河和中国第一条准轨铁路相继诞

① 文稿作者：赵平安（开滦国家矿山公园工会主席、综合办主任。）

开滦国家矿山公园（摄影：孟顺生）

生，与此同时，唐廷枢授意开平矿务局英籍工程师金达设计图纸并指导工匠，利用矿用蒸汽提升机锅炉、汽缸、槽钢和其他废旧材料，秘密建造了一台蒸汽机车。

由于建造机车消息的泄露，建造工作不得不停工几个星期以避风头，直到北洋大臣、直隶总督李鸿章下令后才继续进行。在机车制造过程中，开滦工人发挥了重要作用，据历史专家考证，一位叫孙锦芳的开平矿务局广东工匠，是和金达共同完成"龙号"机车建造的中国人。《铁路史话》中也有这样的文字记载："我国工人凭着金达的几份图纸……制成了一台蒸汽机车，在唐胥铁路上行驶。"

中国第一台蒸汽机车诞生

1881年6月9日，唐胥铁路开始铺轨，凿下第一颗道钉，此时国产蒸汽机车也已制造完成，并由开平矿务局第一任总工程师伯内特夫人命名为"中国火箭号"。但中国工人对"火箭"的含义并不理解和在意，觉得它更像一条

龙号机车（图片由开滦博物馆提供）

飞奔疾驰的龙车，便给这个能喷火噗噗冒烟的家伙起了一个更亲切的名字——"龙号"机车，鉴于国人对这一名称的喜爱，金达令人在机车英文铭牌旁边加装了一对黄铜龙饰，"龙号"机车从此声名远播。

1881年11月8日，"龙号"机车第一次在唐胥铁路上正式运行，以30千米的时速，又快又稳地将两车厢清朝官员送至距唐山矿6千米外的第一座铁路桥——王家河桥；1882年，"龙号"机车把第一批煤炭从唐山矿运到了胥各庄，通过运河运至天津；1883年，"龙号"机车已能够以每天6趟的频率往返于唐山至胥各庄之间；1884年，开平煤炭开始向海外出口。据史料记载，1881年天津进口外煤为17445吨，开平煤进入天津市场后，外煤进口逐年大幅递减，到1886年仅301吨，6年内下降了近99%，此后，天津一直为开滦煤的主要销售基地。

"龙号"机车有多牛？

1909年，金达先生退休，开滦工匠用铜板制成一台"龙号"机车模型送

按照原尺寸、原工艺、原材料复原的龙号机车（摄影：韩立军）

给金达作为纪念，这台有趣的模型可用真煤点火，小巧玲珑，甚是可爱，该模型目前仍由金达的后代珍藏。

"龙号"机车拉响了中国铁路运输的第一声汽笛，在中国铁路发展史上有着极其重要的意义。

作为中国人自己制造的第一台蒸汽机车，开启了铁路运输业的序幕，唐胥铁路不断延展，向西修至芦台、天津，向东修至古冶、秦皇岛，至1911年，中国第一条干线铁路——京奉铁路历经30年坎坷，终于全线贯通；但因国力孱弱，列强瓜分筑路权，各国蒸汽机车也竞相进入中国，旧中国铁路也被讥为"万国蒸汽机车博览会"。可以说，以"龙号"机车和唐胥铁路为先导，催生了我国铁路运输业的发展，不仅为开平煤矿煤炭运输和扩大产能做出了重要贡献，为唐山工业体系建设并成为工业重镇提供了强大引擎，也为中国近代运输业和近代工业文明发展翻开了新的篇章。

龙号机车在铁轨上行驶了20多年，1916年退役后收藏于北京府右街北京交通陈列馆。1937年卢沟桥事变爆发，交通陈列馆迁移至和平门内一条胡同

蒸汽机车观光园（摄影：韩立军）

里，"龙号"机车从此不见了踪迹。它究竟去哪了，是何人弄走，现在是否还存在，变成了一个谜。

虽然"龙号"机车在烽火硝烟中神秘消失令人扼腕叹息，但作为追忆工业文明的重要符号，它已被深深地烙印在人们的记忆里，令人欣慰的是，在"龙号"机车诞生136年、失踪80年后，开滦工匠凭借老照片、零散资料，按照原尺寸、原机理、原工艺再现了"龙号"机车真容。让世人得以在"中国铁路源头"、在"龙号机车"诞生地，重温中国工业发轫时的辉煌与荣耀，领略中国产业工人的伟大创造力与工匠精神。

如今，当我们走进开滦博物馆分展馆——中国铁路源头博物馆，站在完美复原、傲然矗立的"龙号机车"前，给我们最大的启示是，梦在心里、路在脚下、从零开始、重新出发。

凝视"中国铁路源头"纪念碑和伸向远方的唐胥铁路老铁轨，细细品读《中国铁路源头记》碑文，我们不禁为中华文明进步的铿锵脚步无比自豪，为中华儿女从站起来、富起来到强起来而欢欣鼓舞，为中华民族伟大复兴而奋勇前行！

菩提岛
——千年菩提林，百鸟云集处

——讲述人——
菅素洁
菩提岛景区综合服务
部主任

精彩聆听，
请扫描二维码

图片来源：由菩提岛
景区提供

大家好！我是菩提岛景区的菅素洁，很高兴能和您一起走进菩提岛，讲传奇故事，赏自然风光。

菩提岛位于河北省唐山市东南部沿海，距离北京230千米，天津140千米，是京津冀地区极为难得的海岛度假区，是河北省第一家省级旅游度假区，2015年被国家海洋局评为"中国十大美丽海岛"。菩提岛不但自然风光旖旎，而且历史文化深厚，有很多人文事故流传至今，如金熙宗完颜亶曾在菩提岛上狩猎，秦始皇曾派方士上岛寻找长生不老药等。

孤悬于海上的天然动植物园

如今的菩提岛依旧是绿留原始、曲径通幽，是北方最大的无居民生态海岛。这里被誉为"孤悬于海上的天然动、植物园"，各种植物达260多种，艾草、黄精、玉竹等多种中草药遍地都是；野生动物众多，

菩提岛

野鸡野兔经常出没，鸟类品种也达 400 多种，每年 5 月和 10 月份，都有大批国内、国际观鸟爱好者云集于此，因此这里也被称为"国际观鸟基地"。

如果您有机会踏上菩提岛，那一定请您登上驻跸亭，去感受千军万马的恢宏壮阔；请您漫步海边，去欣赏三日同辉、海滩蟹舞、鸥鸟云影，体会大自然的瑰丽神奇；请您踏上佛缘路，听听禅鸣鸟叫，品品野果的香甜，感受一下回归自然的乐趣。

"唐山十大古树"——千年菩提

岛上还有密林探幽、水秀禅境、鸳鸯古桑等十大景点，其中最值得给大家推荐的就是千年菩提，菩提岛上生长着 2600 多棵菩提树。在北方，菩提树本就难以存活，能形成菩提林则更是神奇。在岛上有一株近千年的菩提树，虽历经风霜，但仍遒劲有力、郁郁葱葱，曾被唐山市授予"唐山十大古树"称号。每年的金秋时节，菩提林遍地金黄，绚烂夺目，有大批游客在此时"登菩提

菩提林

岛，赏菩提黄，祈菩提福"。

菩提岛榛莽丛生，气候宜人，植被覆盖率高达98%，负氧离子含量极高，被誉为天然氧吧。菩提岛现在着力打造养生、养心度假胜地，开发了药食同源的养生餐饮体系，拥有极具特色的木屋住宿环境、完善的服务体系、私人订制的交通体系，规划了健身步道，开展了丰富多样的禅修、辟谷等养生活动。除此之外，亲子研学、自然体验、海岛婚礼、商务会议在菩提岛也开展得如火如荼。

待到疫情过后春暖花开时，期待您来到菩提岛，让我们摘掉口罩尽情欢笑，无惧距离尽情拥抱，畅游这座如梦如幻的海岛。

滦州古城
——枕燕山、踏渤海的"关西第一州"

—— 讲述人 ——
宣强
滦州古城景区旅游营
销部经理

精彩聆听，
请扫描二维码

图片来源：由滦州古
城景区提供

大家好，我是滦州古城景区旅游营销部的宣强，下面我们一起来了解滦州古城的故事。

建城故事

滦州自古为兵家必争之地，素有"京畿锁钥，兵家咽喉"之称，地理位置十分重要。滦州是殷商时期中国最早分封的诸侯国——孤竹国所在地，商朝建立后，商汤分封自己的一支同宗于北部边境建立孤竹国，以抵御戎狄侵犯。可见早在 3500 年前，这里已成为关系中原稳定的军事重地。到了西周，为了弱化孤竹国原商族人的影响和势力，在北京一带建立了姬姓的燕国，孤竹国成了燕国的方国。之后，历经汉唐几百年间，随着中原政权势力范围的扩大，以及其间少数民族政权的南下，滦州的军事地位有所下降。及至辽代天赞二年（923 年），辽太祖耶律阿保机南下

滦州古城河景

逐鹿中原，攻克平州（今秦皇岛卢龙县）后，在辽初的南境重建了军事重镇滦州城，此后历经辽金元明清五朝，滦州一直为兵家重地，屡为节度使驻地，并获得了"关西第一州"之称。

现如今这座历史文化悠久的古城走过千余年的岁月长河，去除了它的军事功能，成了游客观光体验的胜地。2014 年 5 月，滦州古城成功获批国家 4A 级旅游景区。整个景区的仿古建筑都为明清时期的建筑风格，青砖灰瓦的屋檐下面全是一笔一画手工画上去的彩画，这些彩画在古建筑中起到主要的装饰作用。彩画大致分为三种等级类型，级别从高到低分别是和玺彩画、旋子彩画和苏式彩画。以山水花鸟为图案的彩画是苏式彩画，使用向里翻转花瓣的彩画属于旋子彩画，古城内应用最多的就是这两种。

整个滦州古城，呈长方形，东西长 1760 米，南北宽 903 米，以天赞大道为中心轴，沿南北两侧分布。古城以北方契丹文化为主导，滦河地域文化为核心，复原了辽代城市盛景。沿着天赞大道中轴线，先是辽太祖始建滦州的迎宾广场，再是萧太后治理滦州、推崇儒学、促进多民族学习汉文化的崇贤广场，经过文姬楼，最后到达多民族大融合的韶音广场，展现了辽代中原地区与边疆

滦州古城景区青龙河

地区民族和文化交流、碰撞、融合与繁荣的历史。

说起滦州古城，不得不说景区内的契丹祈福大典演出。契丹祈福大典是根据契丹族八部酋长议事选举礼仪演化而来的，彰显了契丹民族祭天地、祭日月、祭山神、推举可汗的礼仪制度。其中的"燔柴礼"，也被称为柴册仪，更是契丹及辽朝可汗及皇帝即位的重要仪式，还原了古代契丹部落最为神秘的祭祀文化和祈福文化，参与祈福活动除了可以为家人及朋友带去美好的祝福外，更有机会成为尊贵的"可汗"，加冕登上"汗位"，进而感谢上苍，祈福国泰民安。

"杨三姐告状"的故事

一提到滦州，可能大家首先想到的就是民国奇女子杨三姐告状的故事，这是发生在滦州的真实故事，至今已历百年。民国初年，河北滦县浪荡子高占英，与人合谋，将妻子杨二姐杀害，并称其暴病身亡。二姐的胞妹，时值方十七八岁的杨三姐到高家吊唁，看出破绽，愤而到县里击鼓鸣冤，怎奈当时县里官员已然被买通，杨三姐状告无门。好在在杨家人的大力支持下，杨三姐越级上告当时的天津高等检察院，并获得了开棺验尸的支持，就这样一位小女四

滦州古城景区临河民宿

上公堂，换来了真相大白，使得姐姐的沉冤得以昭雪，也为世间留下了一段小女子不畏强权、博取正义的故事。

　　沿着修在河边的古街道，可边欣赏这座"江南水乡"的美景，边探寻滦州的历史和文化，春暖花开时节，我们邀请您来到滦州古城，一起追忆千年前的尘封往事，体验曾经的繁华美景。来吧！我们在滦州古城等你！

沿河特色美食街

景忠山
——钟灵毓秀，大美于藏

——讲述人——
高鹏越
河北迁西景忠山景区
市场部部长

精彩聆听，
请扫描二维码

图片来源：由景忠山
景区提供

大家好，我是迁西景忠山景区市场部的高鹏越，今天由我带领大家走进"京东名岫——景忠山"。

景忠山位于河北省迁西县境内，省道三抚、邦宽交叉口南 2 千米处，距京沈高速迁西支线、唐承高速均只有 15 千米，交通便捷。现为国家 4A 级旅游景区、省级文物保护单位、省级风景名胜区、省级森林公园，获评河北最美 30 景。

景忠山海拔仅 610 米，完美印证了"山不在高，有仙则名"的说法。从山脚到山顶共有 1872 级台阶，盘旋于峭壁悬崖之间，延伸于苍松怪石之中，曲径通幽，移步异景，清代张太复有诗曰："路指三屯外，青莲朵朵擎。万松穿石立，一径与天争"。景忠山素有京东名岫之美誉，景区资源特点可以用三句话来概括：自然景观秀美旖旎，宗教文化源远流长，人文古建美轮美奂。

景忠山以其秀美旖旎的自然风光，被清康熙皇帝御

峰巅莲座

封为"天下名山"。景忠山钟灵毓秀，大美于藏，有有名的"景忠八景"——拂晓观日、云寺晓钟、峦峰叠翠、峰巅莲座、金花漫野、滦水迤蓝、幽洞常滴、峡谷影龙。它雄踞冀东，孤峰独秀，怪石嶙峋，苍松蔽日；有时浓云迷雾，笼罩山顶；有时山岚似纱，若隐若现；有时霞光如色，层林尽染；有时风吹林海，松涛阵阵……从山脚通往峰顶的台阶，蜿蜒曲折，远望如长龙卧于青山翠岗之上。

初春，山花烂漫，鸟语花香；盛夏，浓荫蔽日，云雾缭绕；仲秋，层林尽染，满山披金；寒冬，雪压青松，银装素裹。一年四节皆是景！一株株古松，立于危岩绝壁之上，造型奇特，或直刺蓝天，或伸手拂云，或鸳鸯相抱，或虬枝盘曲，似人似物逼真入画……正如清朝学儒贾步瀛撰文《景忠山记》中所述"千态万状，巧绘之士未能描其万一也。圣祖仁皇帝御书'灵山秀色'。瞻此美景，真是灵山，真是秀色"。

景忠山有着1000多年的人文历史，积淀下丰厚的人文历史和宗教文化。据县志记载，此山原作二名，南曰明山，北曰阴山。明天顺年间，蓟镇总兵府移驻三屯营时，按照四方守护神的名称，称其为朱雀山。后因山中建"三忠祠"，祠内奉祀诸葛亮、岳飞、文天祥三位爱国忠臣，人们取景仰忠义之意，又将此山改名为"景忠山"，并一直传称至今。明嘉靖二年，蓟镇总兵马永在山顶主峰建碧霞宫，奉元君像，为景忠山镇山主神，从此，景忠山的香火日益兴盛。清初，顺治、康熙皇帝对景忠山格外垂青，他们曾六次登临景忠山，不仅拨给大量田产帑银，修复山上山下庙宇建筑，而且御赐十六斤四两的金娘娘

万年青

一尊及四千五百余卷的《大藏经》一堂，成为景忠山镇山之宝。曾在景忠山知止洞内面壁参禅九载的一代高僧——性在，被顺治皇帝于顺治九年（1652 年）召入京城大内讲经礼佛，于椒园供养，开创了僧侣入大内讲经的先河，其被敕封为"别山慧善普应禅师"。据《清史满文档案》记载，顺治立玄烨为太子，就是在景忠山问卜后而钦定的。景忠山被看作皇家寺庙，时议要政常来景忠山礼佛问卜。由此，声名鹊起，名驰天下。

千年历史留下了美轮美奂的人文古建。自唐代开始，山上便建有三清道观等古建庙宇。明清时期达到鼎盛，据史料记载，明代多位蓟镇总兵官先后组织修建庙宇，崇祯皇帝多次派人来山进行修缮。清初，顺治、康熙两位皇帝更是数次拨付国库帑银，把景忠山当作皇家寺庙来修建，使景忠山形成了"庙宇七十二，金面百六尊"的山顶、山中、山脚三大完整建筑群。这里既有恢宏的皇家建筑，又有独具特色的地方民间古建庙宇，既有碧霞宫、真武殿、玉皇殿等道教建筑，又有御佛寺、圆通禅寺等佛教建筑，还有三忠祠等儒家建筑，以及宝鼎文化园、安坐金娘娘的金殿、万福路等人文景观。所有建筑依山就势，规制各异，无不体现着独具的匠心。

三教融一家，三忠供一庙，世间独此双景；

一茶分三道，一殿奉三仙，天下绝无二山。

我们期待一年四季的各个美好时刻，在景忠山迎来朝圣观光的你！"景·秀冀东，忠·承古今"，景忠山欢迎您！

179

多玛乐园

——妙趣横生的"渔文化"神奇秘境

—— 讲述人 ——
张小金
唐山曹妃甸多玛乐园
副总经理

精彩聆听，
请扫描二维码

图片来源：由多玛乐
园景区提供

大家好，我是多玛乐园副总经理张小金，下面请跟我走进河北唐山了解传承千年的渔文化的故事。多玛乐园是全球唯一、中国创造的"渔"文化主题乐园，将千年传承的捕鱼文化与现代高新科技相结合，集自然风光、科技创新和亲水体验于一体，让游客真正体验跟大自然和谐共处、与高科技并肩作战的乐趣。

妙趣横生的"渔"文化

园区分为 6 个主题区，共 50 多个游乐项目，全部由多玛乐园自主研发设计，所有项目老少皆宜，打破了年龄壁垒，适合所有年龄段游玩，只为构建出一个能够容纳各类目标群体的多元化主题娱乐中心。

自然传奇主题区：是多玛乐园精心打造的传统文化类项目聚集地，摸鱼、淘鱼、罩鱼、挖蛤等可使你

多玛乐园

重拾少年时的乡野记忆。这些项目能让游客更多地与大自然亲密接触，有更多的趣味性。这些项目的设置是为了弘扬传统文化，让这些传承千年的捕鱼文化和逐渐消失的捕鱼方式重回大众视野，延续古老智慧、续写文化传奇。

捕鱼达人主题区：操纵机器人可以快、准、狠地自行捕鱼，也可以乘坐水陆两栖车体验惊险刺激的极限穿越，或者乘坐多玛乐园自主研制的轨道式水上列车，沿途欣赏多玛乐园的秀美风光。

欢乐渔谷主题区：将传统捕鱼文化与现代科技相结合，打造了超能捕鱼船、鱼来运转、智擒游鱼、奇幻蟹岛等体验项目，能使游客在体验传统捕鱼文化的同时，借助现代科技的优势体验成功获得渔获的喜悦。

美好时光主题区：请君入瓮、欢乐捕鱼机等项目带给游客体验高科技可视化捕鱼体验，溪谷漂流项目带给游客激情与速度的刺激体验，亲亲鱼、游艇等项目则带给游客休闲放松的体验，总之能让不同游客群体实现最好的休闲体验。

碧海蓝天主题区：这里的蓝湾浴场有着 7 万平方米的人造沙滩，能够不

多玛乐园自助海鲜火锅

到海边便能欣赏到迷人的海滩风光。在水一方、逆流而上、水落石出、海洋农场等项目则为幼龄儿童和青少年学习鱼类生物的生物特性等知识提供了研学的场地。

多彩世界主题区：提供了神秘太空舱、时尚温泉、水下漫步、超级机器人等体验项目，能够实现 VR 体验、潜水、漂浮等别样体验，更有一番乐趣。

别有风味的渤海湾美食

多玛乐园努力做出最具特色的本地餐饮，组建了专门的美食研发团队，通过寻找上好的食材、合理的烹饪方式，在渤海湾饮食文化中提取精华，不断总结、提升、发扬，做出外面绝对吃不到的珍馐美味。

物超所值的自助海鲜火锅，精美独创的特色菜品，还有高档舒适的酒店桌餐，能够满足不同人群对不同价位、不同档次餐饮的要求。

独创乌虾油乌虾酱

多玛乐园精心研制了独家礼品——乌虾油乌虾酱，这是多玛乐园专门的美

多玛乐园水上别墅

食研发团队，试验六年，跨越整个渤海湾，研制开发的纯天然高品质的明星产品。精选高品质乌虾，坚持制作过程中不加一滴水，保证持续 6 个月发酵才做出的极纯正的乌虾油乌虾酱，鲜香醇美，历久弥香。

住在水上的奇遇

多玛乐园一直努力探索呈现给游客最舒适、最恬然的居住方式及环境，并精心打造了多玛水镇这一水上特色生态酒店。入住水镇的游客除了可以枕水而居，体验日间的欢乐与聆听夜间的波涛，还可以足不出户便在水天一色的美景中，享受在平台垂钓的乐趣，欣赏多玛乐园的旖旎风光，真正享受"住"的质量。

多玛乐园追求让游客真正与大自然融为一体，触及心灵深处，让游客获得更深层次的感官和心灵体验，是一个集娱乐休闲、美食品鉴、水上住宿及特色旅游产品于一体的大型旅游综合体，既适合家庭出游、朋友聚会，也适合企业团建、招待贵宾，相信多玛乐园一定能您带来全新的独特体验。欢迎各位读者，带领家人朋友一同前来度假休闲。

山叶口
——远古海底世界奇观留存

—— 讲述人 ——
申翠敏
迁安山叶口景区总经理助理

原本想来看山

却走进了古老的海滩

如今，是否有人去追问

什么人踏过那遥远的海浪

什么人曾站在那金色的海岸

就是在这里，30 亿年前的海底世界——山叶口景区，游客能一步跨越亿万年的时光。

大家好！我是迁安山叶口景区的总经理助理申翠敏。

山叶口景区，坐落于河北省迁安市西部大五里乡。这个被誉为"中国远古海底世界奇观第一村"的景区，总面积 14 平方千米，已被列入第五批国家地质公园。

山叶口景区以优美的峡谷溪流、山石林地、山顶

山叶口比目鱼广场瀑布

湖泊为自然景观，融地质文化、民俗特色于一体，这里有景色奇特的砾石风光、丰富完整的太古地貌等自然与科学景观，被地质学家誉为"全息太古时代地质地貌档案馆"。

30亿年前，山叶口一带曾是一片汪洋大海，无数的海洋生物在这里繁衍生息，后来由于地球板块运动，曾经淹没在大洋底部的太古代地层慢慢隆起，伴随着海水退去，形成了如今的"五彩石山"。

在18亿年前至14亿年前之间，华北地台又发生了下降运动，接受沉积，这段时间形成了沉积岩，并在水流的作用下形成了砾岩。

山叶口景区的主要地质构造就是砾岩群，砾岩群的形成，简单地说就是出露于地表的岩石，在阳光、风蚀、水流等的作用下，发生碎裂、搬运、磨圆，然后沉积下来，在不断增厚的上覆地层的压力下，胶结在一起，后又经过地壳运动，再次出露于地表，最后形成了我们今天看到的砾岩群——五彩石林。

山叶口砾岩群

山叶口卧龙松

　　如今的我们，借助科学的力量知道了五彩般的砾岩石林是亿万年间水和石头缠绵不休的结果。但我们的古人，面对这不解的谜题，只好赋予它美丽的神话传说，因为非鬼斧神工，无此杰作。

　　话说有一天，天上一众仙女正在五彩池中沐浴，恰被二郎神杨戬巡山撞见，惊慌失措之下，纷纷争相躲藏和遮挡，一时间乱作一团，激起了五彩池中的无数水花，并落到了凡间。这无数的水花，溅落到凡间的山石上，为其沾染了五彩的颜色，形成了如今的五彩石林。而巡山的杨戬也大吃一惊，一惊之下，踢落了一块天上的仙石，并滚落人间，杨戬眼看着人间将因滚落的仙石而遭殃，便紧身下界找了两块巨石进行支挡，最终这三块巨石一起形成了如今的"二郎洞"。在二郎神用巨石支挡天降仙石的时候，因为急寻的两块巨石并不等高，所以支挡住的仙石并不稳当，仍然摇摇晃晃的，十分危险，好在跟随下界的哮天犬用嘴巴衔住了一块小石头垫在了低一点的支柱石之上，最终稳住了这块天落的仙石，使其没有危害人间。而哮天犬垫石留下的洞隙也就被称作

山叶口溪流

"哮天犬洞"，也叫"小石房"。

这些传说不是真的，但是至少反映了此处的"奇迹"有着神话般的传奇，这也是被现代地质学所证实了的。

山叶口景区，每年三四月份，冰雪消融，松针吐绿，春意盎然；五月伊始，杜鹃花悄然绽放，山顶花园亦真亦幻；六月花盛，花海如潮，香飘满山，迷人醉心；七八月份，清流飞涧，松涛阵阵，百鸟鸣翠，绿荫森森，实为避暑佳境；九月十月份，秋风至、白云飘，橡林染、栗果熟，为领略"忙秋采，赏红叶"的佳处；及至冬季，冰雪悄至，云纱罩林，空谷足音，可赏瘦石寒梅，可羡霜竹傲松，是修身养性的好地方。在这里，会真正地让大自然留住您的视觉、听觉、嗅觉、味觉和幸福感！

未来的山叶口，将把青山绿水和美丽乡村融为一体，实现景村融合发展，在发展旅游业的同时，进一步打造出一个宜居宜业、生态优美的中国北方新农村！在此，我们欢迎您来到山叶口景区度假休闲、观光考察！

青山关
——穿越时光隧道，梦回明代长城

—— 讲述人 ——
金小红
唐山迁西青山关景区
讲解员

精彩聆听，
请扫描二维码

图片来源：由青山关
景区提供

读者朋友大家好，我是唐山迁西青山关景区的讲解员金小红。接下来我带领大家走进美丽的青山关景区。

长城是中国最宏伟的古代建筑工程之一，为世界著名的军事防御体系，也被称为"世界奇迹"，而青山关长城始建于明洪武年间，距今已有 600 多年的历史，因保存完整，未曾严重破坏和大量修复，更具原汁原味、古香古色的特点。迁西境内有明代古长城 106 千米，共有大小关口 19 个，敌台 240 座，烽火台 57 座，马面 41 个，城堡 14 座，关城 3 座。这里有万里长城沿线保存完整的提吊式水门，有精致的长城古堡，造型奇特的七十二券楼、监狱楼，有匪夷所思的月亮城，有八角八面、北天一柱的八面烽。

青山古堡，又称"元宝城"，因其东西略扁南北凸起，形似元宝而得名。古堡沿把总署中轴线对称布

青山关明代长城

局，有主街及八大胡同，主街类似于北京的长安街，而每条胡同都可以相通，平时用于军民行走，战争时便于输送武器或粮草等重要物资。把总署在主街的东侧，它是朝廷派驻青山关的军事指挥中心，同时节制董家口及榆木岭两个关口，全面负责所有辖区的防务与接待工作。衙门建筑沿中轴对称，衙署位于中轴线上，采用单檐歇山顶，它是把总与众将士日常办公的地方，衙署两侧各建有配房四间，是存放重要物资及把总饮食起居之所。

青山关的水门，建于明万历十二年（1584 年）。这是目前万里长城沿线保存下来的最大的水门，其他地方的水门多为开关式闸门，这座水门是提拉式的，现在还可以清楚地看到提拉闸门用的门轴凹槽。据史料记载，水门原有铜闸一面，重约千斤，平时放闸蓄水，如敌人来犯，可吊起铜闸，用水冲走来犯之敌。水门除了具有御敌功能外，它还能起到泄洪、排水和限制行人的作用。

青山古堡

　　走过水门，在西北山坳里，还有一眼远近闻名的水井——扳倒井。相传，此井深一丈五尺，向东南倾斜 20°，涝年不溢，旱年不涸，清凉甘甜之泉四季不断。据说，这井与蓟镇总兵戚继光有关。有一天，戚继光沿长城察看防御工事，当他来到青山关时发现这里严重缺水，于是便命令相关人员于附近勘探水源，经过艰辛的努力，终于勘得了佳水。但考虑此处的地形特点，为了节约施工量，采用了斜向下掘井的方式修建了这座井，由于修在山间，为了便于取水同时修建了倾斜向下的石阶，这使人有了井壁倾斜的感觉，故而此井得名斜井。当地军民，为了纪念戚继光的恩德，仿造初唐"薛礼扳倒井"的故事，为此井取名"戚继光扳倒井"。可惜的是，日本侵略中国并驻兵青山关时，为了更便于取水，重新深挖并砌直了井壁，变原斜井为直井，但当地人为不忘历史，仍称其为"扳倒井"。

水门

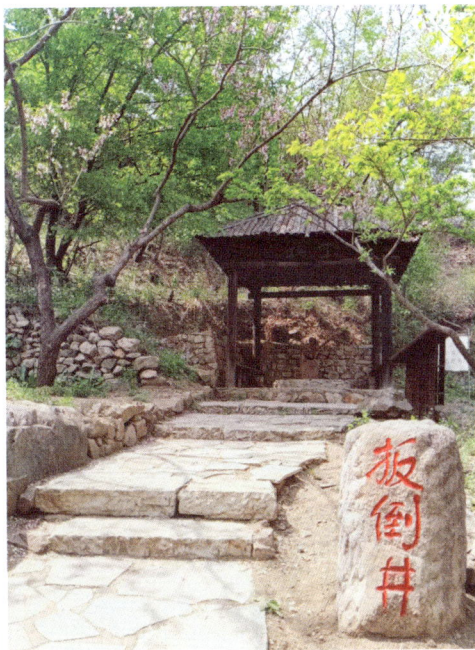

扳倒井

　　登上长城，在观景台上向四外看去，城堡内外的景致一览无余。山的最高处有座敌楼，它有一个美丽的名字——月亮楼。因为此处山势高危，敌楼筑于山脊，每当黑夜，四下漆黑之际，唯此远处山巅的敌楼，灯火外泄，随时报告着敌人的行踪，如同天边的引路明月，带领着当地军民不断取得御敌战争的胜利，于是，人们赋予了它一个诗意浪漫的名字——月亮楼。

　　在南山远处筑有一座奇特的敌楼——叫七十二券楼，此楼共有大小 72 个拱券，石券砖券，巧妙结合，券拱圆滑，造型美观，浑然一体。七十二券楼除具备其他敌楼的防御功能外，据说还有一个奇特之处，如果惊蛰那天起早，赶到七十二券楼，当晨光射进楼内时，在券楼顶上会隐约显现字符，显示出当年的雨水走势。因此，当地人又将七十二券楼称为水神楼。其实这个现象是光影折射产生的，只是融入了人们对一年风调雨顺的美好愿望。

　　春暖花开时节，让我们相约美丽的青山关吧，期待大家的光临！

十里海河豚小镇
——吃河豚、玩河豚、一起养河豚

—— 讲述人 ——
吴金娜
曹妃甸区文化广电和
旅游局宣传与对外交
流合作科科长

精彩聆听，
请扫描二维码

图片来源：由十里海
河豚小镇提供

大家好！我是曹妃甸区文化广电和旅游局宣传与对外交流合作科的吴金娜，今天由我为大家介绍唐山曹妃甸十里海河豚小镇。

吃渔家饭、住渔家屋、赏渔家景、享渔家乐，这是来到十里海河豚小镇最直接的感受。走在十里海河豚小镇的街道，一幅幅精美的 3D 画映入眼帘：碧蓝的大海，河豚蹦出了鱼篓，硕大的螃蟹举鳌横行……踩着木栈道登至木制凉亭，新建的河豚广场尽收眼底，广场上，老式的旧木船诉说着渔村的历史，河豚主题民宿体现了小镇的现代。

十里海养殖场始建于 1985 年，是国有专业化海水养殖场，曾创造对虾单产、总产、规格、效益、创汇五项指标全国第一。20 世纪 90 年代初又开展了河豚鱼的人工育苗和池塘养殖，现在河豚养殖面积 7000 亩，多种河豚深加工产品获得生产许可，河豚系列产

十里海河豚小镇一角

品更加丰富多样，每年出口创汇 800 多万美元，因此有着"中国河豚之乡"的美誉。

河豚文化由来已久，最早可以追溯到距今 4000 多年前的大禹治水时代，之后历朝历代都有关于河豚的典故，其中最为著名的莫过于明太祖朱元璋与"河豚宰相"胡惟庸的故事，现如今品食河豚已成为高品质生活追求的一种尝试。为保护、挖掘和弘扬河豚文化，推动文旅融合发展，2017 年，唐山曹妃甸欢乐渔谷旅游开发有限公司经唐山市曹妃甸区人民政府批准立项，开始在十里海养殖场场部家属区建设"十里海河豚小镇项目"。公司以十里海特色水产养殖产业为基础，通过全面改造，打造养殖、垂钓、渔事体验、餐饮、特色民宿、文化体验、儿童拓展等多功能为一体的休闲度假基地。将"渔乡风貌、渔业风光、渔家风情"融为一体，将美食与美景融为一体，全力打造河豚小镇，渤海湾畔的小渔村呈现出欣欣向荣的发展局面。

十里海河豚小镇一角

　　"不吃河豚，焉知鱼味？吃了河豚，百鲜无味。"河豚的鲜美传说已久，但其身上具有的剧毒，也让不少人望而却步，食用之间心惊胆战。但在十里海河豚主题餐厅，您可以放心品尝当地著名的河豚宴，清水河豚、红烧河豚、河豚刺身，一道道美味必定让您垂涎欲滴、欲罢不能。这里还盛产东方虾、南美白对虾、梭子蟹、鲈鱼、梭鱼、油光鱼等，从捕捞到餐桌，只有50米的距离，这里也是品尝海鲜美味的好去处。在河豚主题餐厅透明展柜前，有活的河豚可供人观赏。这些河豚只要被轻轻一碰，全身便鼓起来像一个充满气的气球，保准能让大人小孩兴奋激动、欢喜雀跃，增加此行的意义。

　　根据营养专家介绍，河豚营养丰富，具有消肿、降血压、去胃疾、恢复体力、调节免疫系统等诸多功效。十里海出产的河豚，鱼体肥满、肉质细腻、滋味鲜美，位列河豚之首，有"河豚王"的美称。从2018年开始，以"寻味河

十里海河豚小镇一角

豚王，美食曹妃甸"为主题的唐山周末·曹妃甸国际河豚美食节在十里海河豚小镇已成功举办两届，各种用河豚做出的珍馐佳肴竞相登场，一道道美味组成的"河豚宴"，让人获得视觉与味觉的双重享受。在节事活动方面，小镇还举办有"楞蹦鱼"垂钓大赛、"河豚小镇"杯曹妃甸新城国际跨海徒步大会、青春有约·圆梦十里海主题交友等大型活动，给予游客更多的旅游体验。此外，这里还举办了河豚文化艺术展，通过展示关于河豚元素的书法、绘画、摄影、面塑、纸艺、杯刻等文创作品和旅游商品，推动河豚文化传播，提升河豚文化内涵。

"蛹"中藏着宏图，"茧"中孕育美丽。河豚小镇这个曾经的小渔村经过奋力拼搏，终于"破茧成蝶"翩翩起舞，2019 年被文化和旅游部评为首批"全国乡村旅游重点村"，成为京津冀游客出行，滨海乡村旅游的热门目的地。在这里，我也诚挚邀请大家到唐山河豚小镇品河豚美味、赏河豚文化！

廊坊篇

　　廊坊市地处河北省中部，位于北京、天津、雄安"黄金三角"的核心位置，是京津冀协同发展的核心区，三大历史性工程——北京城市副中心、大兴国际机场、雄安新区从北向南辐射全域，让这里拥有得天独厚的区位优势和丰富的文化旅游资源。

　　廊坊历史文化积淀深厚，拥有京杭大运河、燕南古长城遗址两处世界文化遗产以及众多国家级非物质文化遗产。近年来廊坊又拥有了众多毗邻京津的美丽乡村，全市 A 级旅游景区达到 31 家，一座新兴的现代休闲旅游城市，正在京津冀世界级城市群中加速崛起。

　　廊坊市，"乡村休闲、温泉养生、影视文创、骑行竞技"四大旅游品牌风情各异，来到这里可尽情泡温泉、采蔬果、游小镇、品美食，体验不一样的民俗风貌，尝试不一样的运动休闲，感受"京津乐道 绿色廊坊"的独特魅力。

永清天圆山庄
——康熙皇帝曾 12 次驻跸

—— 讲述人 ——
武瑞征
廊坊市民间文艺家协会副主席、永清县文化广电和旅游局文化顾问

精彩聆听,
请扫描二维码

图片来源:由讲述人提供

朋友们大家好,我是廊坊市民间文艺家协会副主席、永清县文化广电和旅游局文化顾问武瑞征,今天我带大家走进廊坊永清县。说永清之前,先给大家做个比较。不知道各位朋友读《红楼梦》的时候有没有注意过这样一个情节,元春省亲之前,贾琏的乳母赵嬷嬷曾经说过这样一段话,"如今还有现在江南的甄家,嗳哟哟,好势派!独他们家接驾四次"。赵嬷嬷说这句话的时候啊,充满了骄傲。可见在封建时代,能够多次接驾皇帝,是多么荣宠的事情。而永清的一个小村子,却曾接过康熙皇帝 12 次的驾,可以说是非常传奇,这个小村子叫南戈奕村。

康熙帝为什么总来这儿?

康熙皇帝为什么这么频繁地到一个小村子来驻跸呢?这得从永定河说起。永定河过去浑浊易决,号称

永清天圆山庄

"三年一改道，十年九泛滥"，原称"无定河"，也被认为是整个直隶省最难治理的河流。康熙皇帝是一位非常杰出的帝王，他 16 岁的时候就立下了宏愿，说一生要做好三件事：一是平藩，二是治河，三是漕运。关于治河，他就把离北京又近又难治理的"无定河"作为了他的试验点。

因为永清位于"无定河"治理的重点区域，所以康熙皇帝就频繁地到永清来勘察、巡视。据康熙朝《清实录》记载，康熙皇帝一生当中，有明确记载的，曾经 24 次驻跸永清，其中 12 次在南戈奕。因为南戈奕处在"无定河"南岸的一处河湾上，是一处险工，是康熙皇帝需要重点考察的地方，加上此处也还算繁华，所以就经常驻跸在这儿。

康熙帝亲自赐名永定河

康熙三十七年（1398 年），康熙皇帝为了根绝水患，采用人工筑堤改道的方式，对"无定河"进行了第一次大规模治理。而筑堤改道的末端，就在

永清县。完成这项工程之后，为了祈求"无定河"永无水患，康熙皇帝就把"无定河"改名为"永定河"，从此有了现在的名字。而南戈奕这个村，就是这段历史的一个标志。经过康熙皇帝的治理，永定河稳定了 40 余年的时间，但到了乾隆时期就又发生了 6 次改道，这种情况一直延续到中华人民共和国成立以后，最终是在中央政府的集中治理下，才真正实现了永定河永远安定的目标。

永定河对永清的影响，可以说是非常深远的，它深刻地改变着当地的生产生活方式，如对当地土质的改变。过去永清地势非常低洼，河湖密布，多为胶质土。但因为永定河长期泛滥，造成了泥沙不断淤积，把当地变成了现在一马平川的模样，也覆盖上了一层厚厚的沙壤土。这种胶质土上覆沙壤土的土层结构，非常适合种果树，因为果树的根系深，可以深入到胶质土层来吸收营养，而表层的沙壤土，透水性、透气性又好，所以这种土种出的水果非常好，皮薄、色艳、口感甜。永清也因此成为远近闻名的水果之乡。

康熙南巡图（局部）

永清农庄十二园之天圆山庄

现如今，南戈奕的村南就有几百亩百年树龄的老梨树，而依托这片梨园，打造了一座倡导原生态、慢生活的休闲庄园——天圆山庄。这里环境非常优美，也是 2019 年永清县首届文化旅游产业发展大会的主会场。永清县像天圆山庄这样，200 亩以上的大型农庄共有 12 座，并称为"永清农庄十二园"，每一园都各有特色。

天圆山庄最值得推荐的有两样，一是梨花，二是温泉。每年四月是天圆山庄百年梨树梨花盛开的时节，漫天飞"雪"、春光浩荡，特别的美。当此时节，也会举办梨花节，邀请远近的朋友赏花踏青。这些百年梨树，根系依旧发达，生命力仍然旺盛，在重新嫁接后，现能出产 20 多个新品种，包括黑色的梨子，都非常好吃，值得游客购买和订购。永清是有名的温泉之乡，天圆山庄也有温泉，这里的温泉锰铁含量比较高，这在华北地区是少见的，对于康养健身有一定的效果。

欢迎您在鲜花盛开、果子成熟的时节，来到天圆山庄，来到永清，看我们的百年梨花园、万亩桃花海，或者品尝甘甜的水果，一起来痛痛快快地张开双臂、拥抱自然！

香河县文化馆
——吃"天下奇饼",品古韵悠长

—— 讲述人 ——
丁海佳
香河县文化馆辅导老师

精彩聆听,
请扫描二维码

图片来源:由香河文
化馆提供

各位朋友大家好!我是廊坊香河县文化馆辅导老师丁海佳,今天就由我带大家走进廊坊的香河。香河,地近燕山,四水环流,潮白河横穿东西,大运河贯通南北,当地历史悠久、民风醇厚,迄今已有1000多年的历史了。

乾隆帝为香河肉饼赋诗

提到香河,大家第一个想到的可能就是香河肉饼,那我就给大家讲讲香河肉饼的由来。

香河肉饼,有据可考的历史只有200多年,但真实历史或许可以从一些传说中寻找端倪。相传,明成祖朱棣迁都北京之时,曾有大量回民被安置在京东香河一带,其中一户哈姓人家即以牛羊肉作馅经营起肉饼生意来,随着生意的火爆,此种小吃便逐步推广开来,至今已成为香河汉回等民族共同喜爱的美食。

廊坊香河中信国安第一城（摄影：赵东）

　　据传，他们制馅时在将肉剁好后，还要用刀背把肉砸成肉泥，而且只加葱、姜和相应香料，最后用香油搅拌成馅。和面则需要温水和成，并且需要醒面一段时间。香河肉馅的特点是，皮薄馅厚，通常一张大饼要用一斤面、两斤肉、一斤大葱烙成，直径两尺左右，当然也可以根据饼铛的大小按比例调整。香河肉饼的烙制也有讲究，需要在饼面烙制起鼓时以豆油刷面，这样将饼皮焦黄、外酥里嫩、脆香不腻，深受人们喜爱。

　　据说乾隆皇帝和大臣刘墉曾来香河品尝过香河肉饼，对其大加称赞，并在临走时赐诗一首："哈家有奇饼，老妪技艺新。此店一餐毕，忘却天下珍"。如今，香河肉饼已成为香河的一块金字招牌而誉满华夏，其独特的风味吸引着越来越多的人来香河品美食、看美景。

香河文化艺术中心——方寸之间的大世界

　　除了香河肉饼，我还要为大家介绍一个地方，它即是香河文化艺术中心，请大家跟随我，看看这方寸之间的大世界。

香河文化艺术中心位于香河核心区，北临新华大街，东邻市民广场，西侧为运河公园，是北京进出香河市区的必经之地。荷花是香河的县花，所以艺术馆的设计理念源于国画大师张大千的《荷》和宋朝著名画家钱选的《山居图》，主体建筑以荷花为原型，五个塔楼如同荷花的花瓣，塔楼之间的路径如同花茎，中心的庭院成为花蕊。此外，建筑中还蕴含着传统文化对山水意境的追求，北侧的三个塔楼作为建筑的主要轮廓，体现了"三山五岳"的文化意境。

文化艺术中心由文博馆、图书馆、剧场、戏楼、非遗中心、文化馆、影城等12个功能区域构成，是集文化、艺术、休闲、娱乐于一体的多功能性文化建筑。其中，文博馆全天免费对市民开放。展陈空间分为一、二层，一层为香河历史展，二层为香河文化展。总面积1272平方米，展出以唐、宋、辽、清等出土文物为主。

镇馆之宝——《佛顶尊胜陀罗尼经》经幢

一层历史展，以"京畿首驿，如意香河"为主题，聚焦香河历史沿袭与文明遗址。展出了镇馆之宝——《佛顶尊胜陀罗尼经》经幢一座。经幢高1.38 米，偏白色大理石质地，八面刻，大小边，无明显收分。三面已被人剔凿了，另五面字迹不清，但尚可见首题"佛顶尊胜陀罗尼""圣十年三月"等字迹。由此分析是辽、宋时期的经幢。经幢主要是古代宗教石刻的一种，一般分为六角形、八角形和圆柱形，一般摆放在寺院当中、陵墓两旁或陵墓道中。

二层文化展，以"富美于斯，历久弥新"为主题，聚焦香河文化传承与生活场景。前面给大家分享了香河肉饼的由来，在文博馆里则相应展出有哈家店肉饼店的场景复原。感兴趣的朋友，可以到此一探香河肉饼的秘制作法。

香河不仅有名誉天下的肉饼，还有更多其他的美食，更有丰富的人文历史和美丽的景色风光，欢迎大家在适当的时候，来到香河吃肉饼、看美景、休闲度假、旅游观光。

燕南春酒文化博览园
——体验亲手酿酒的乐趣

—— 讲述人 ——
赵洪江
燕南春集团副总经理

精彩聆听，
请扫描二维码

图片来源：由燕南春
酒文化博览园提供

各位朋友大家好！我是燕南春集团副总经理赵洪江。今天我要带您走进廊坊市永清县的燕南春酒文化博览园，来一场工业之旅。

白酒是如何酿造的？

说到酿酒，中国有着几千年的酒文化，燕南春白酒酿造技艺秉承了中国白酒泰斗周恒刚老先生的酿造精髓，2013年被河北省政府列入了《河北省第五批非物质文化遗产名录》。中国白酒按生产工艺分为液态发酵和固态发酵两种，而燕南春酒属于固态发酵。固态发酵就是在发酵过程中，水包含在粮糟及辅料当中，基本看不到游离的水。固态蒸馏酒，权威的说法，起源于元代。明代药物学家李时珍在《本草纲目》中所写，"烧酒非古法也，自元时始创，其法用浓酒和糟入甑，蒸令气上，用器承取滴露，凡酸败之

燕南春酒文化博览园非遗酿艺

酒皆可蒸烧"，其中"其法用浓酒和糟入甑"这句就说明元代就有了固态蒸馏技术。

酿酒主要工具为甑锅（桶）和冰桶（冷却器），我们的酒采用东北自有基地的糯高粱，将高粱破碎到 1 ～ 1.5 毫米的颗粒，也就是业内常说的老八瓣。蒸好粮以后加大曲入池发酵，发酵到一定时间后，将发酵好的酒醅分层装入甑桶。随着分部室蒸汽压力的增大，酒醅中发酵的酒也同时汽化随蒸汽上升，通过过气管进入冷却器。外部冷却水不断循环，使冷却器降温，这样进入冷却器的酒蒸汽便遇冷成液，从冷却器底部流出，最后得到我们通常所说的"甑馏白酒"。

刚刚蒸出来的酒味道还不是很完美，会被装进酒坛封存老熟，陶坛自身的质密性不是太高，在贮存过程中酒与外界的空气可以进行交换，使坛内的酒体进行氧化，促进酒的老熟，浓香和酱香型酒一般储存三年以上才能销售。

体验亲手酿酒的乐趣

作为工业旅游景区，我们最大的亮点是大家在游览酒博园过程中，除了解当地的历史文化和酒文化外，还能在酿造车间利用我们准备的小型蒸酒设备，亲自体验酿酒的过程。这是不是很吸引人呢？而且你自己酿造的一锅酒，既可以带回家，也可以放在这里的白酒封藏馆封藏，非常有纪念意义。

此外，蒸酒的时候还可以在酒醅里放上鸡蛋，这样待酒蒸完了鸡蛋也就熟了，这样得来的酒糟鸡蛋别有风味，不但美味，而且还有润肺的功效。每月 9 号我们会在园区举行一次封藏仪式集中封坛，同时每年的农历九月初九会举行封藏大典，这也是廊坊市的白酒文化节。欢迎对酒感兴趣的各位游客届时能够参加我们的封坛仪式和大典，亲酿属于自己的美酒。

酒博园整体采用中国传统建筑风格，以燕南春酒文化展示、生产工艺展示

燕南春酒文化博览园宋辽酒文化街

和体验为主，园区设有酒博物馆、酒文化名人园、白酒酿造车间、白酒灌装车间、白酒 DIY 体验馆、3000 平方米窖池群、百年酒海等特色展区。

在参观完整个生产区后，大家还可以观赏燕南湖风光，如果赶上 4 月份还能在万株牡丹园拍照留念，更可以在游客中心品尝永清地方特色的风味美食，让大家游有所学、游有所获、游有所乐。

有的时候关于酒的记忆能把我们拉回到从前。小时候父辈们聚在一起时总爱提一壶白酒，包装不算特别精美，简单的纸盒子将浓郁的酒香团团包住。觥筹交错之间，父亲会把酒倒在瓶盖里，轻轻凑到孩子的嘴边砸一下，火辣刺激的味道让人望而却步，这是关于燕南春酒遥远而真切的记忆，让人仿佛回到小时候，回到对酒充满好奇的年代！

梦东方未来世界
——中国首家航天主题乐园

—— 讲述人 ——
王路
梦东方未来世界航天
主题乐园营销部

精彩聆听，
请扫描二维码

图片来源：由梦东方
未来世界航天主题乐
园景区提供

亲爱的读者朋友，大家好！我是梦东方未来世界航天主题乐园营销部的王路。从东方红响彻天空到神舟飞天、嫦娥探月、天宫对接……中国已然成为世界航天大国之一，如今航天已不再神秘，普通人也有机会接触航天、体验航天，今天就带您到梦东方未来世界航天主题乐园圆一场航天梦！欢迎您搭乘我们的"未来号"飞船，一起探索宇宙奥秘！

中国首家航天主题乐园

梦东方未来世界是中国首家、全球第二家航天主题乐园，是国家 4A 级旅游景区，位于河北省廊坊市三河市燕郊高新开发区，是河北省十大文化产业项目、河北省科普基地、河北省全民科学素质教育基地和廊坊市最佳研学景区。景区将许许多多的航天知识，融入互动体验项目中，通过寓教于乐的科普形

梦东方未来世界航天主题乐园场馆夜景

式，激发孩子对航天事业的热爱，为孩子种下科学的种子，启迪航天梦想，是中小学学生学习与成长的第二课堂，目前，景区已发展成为全国极具影响力的"航天游、科技游"研学旅游目的地。

梦东方未来世界既是一个航天科技馆，更是一个航天主题乐园，景区内设有 30 余项高科技互动体验项目，通过整合与运用全球优秀创意与先进科技，营造出时空穿梭、太空迷航等逼真体验，带您进入到梦幻神奇、惊险刺激的未来世界。

踏上飞船，开启宇宙之旅

就让我们收拾行装，一起开启这场神秘的飞天之旅吧！

当您踏上这个外观奇特的"未来号"飞船时，首先映入眼帘的是"时空之门"，它借助光影效应为您呈现一场精美绝伦的感官盛宴，震撼您的视觉和听

梦东方未来世界航天主题乐园体验项目——时空之门

觉，仿佛打开了时空之门，任您在浩瀚宇宙中，畅游美丽星河，看时光流转，生命变迁。

跨越了时空之门，我们正式开启此次的航天之旅，漫步航天展厅，13 项航天科普体验项目带您学习了解航天科技知识，这是成为航天员的第一步。

完成了知识储备，您将来到航天训练基地，接受真正的训练。

能量风暴项目将带您了解能量储存、能量转换等科普知识，学习未来能源知识。在太空医疗中心，学习如何为航天员治病，体验奇妙的未来航天医疗科技。在基因中心，运用高科技创造新物种、合成新植物，解决月球移民的生态循环和食物问题。

当然体能训练也是必不可少的！高能专业的航天训练器，模拟航天员训练项目，让您的意志接受考验。在木星训练基地，锻炼您的身体协调性与控制力。堡垒危机项目，考验您在航天基地出现紧急状况时的应急处理与判断能力。

当完成所有的学习与训练，成为合格的航天员后，您将迎来更加惊心动魄的航天体验！

太空追捕、宇宙勇士、星际影院，通过运用高科技手段，营造出太空迷航、时空穿梭的逼真场景，带给您身临其境的震撼体验。黑洞迷旋，您将乘坐未来飞船与宇宙中的黑洞擦肩而过，感受天旋地转的刺激体验！不过，请不要担心，这些项目都是有惊无险的。惊险过后，您还可以来到陨石剧场，与多利亚星球上神秘可爱的外星生物们一同狂欢！

每逢重大节假日，景区还将举办精彩纷呈的大型主题活动，让您的太空之旅更加缤纷多彩。如中国航天日科普活动，神舟返回舱、降落伞实物展览，长征 2 号 F 运载火箭残骸专展，航天专家亲临现场为小小"航天员"加油等，能让您有更直接的体验和深入学习的机会。

孩子是国家的未来，每个孩子都有探索太空与未来的梦想，现在，我在"未来号"飞船向您发出诚挚的邀请，期待未来的一天，我们能在神秘的"未来世界"相遇，一起学习探索宇宙未知的奥秘，一起为中国航天梦想的实现加油！

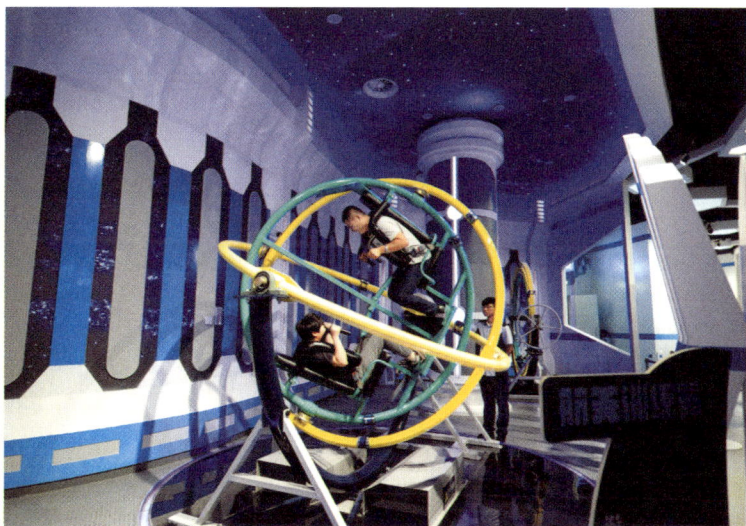

航天训练器

华夏民间收藏馆
——不可不看"中国最贵的自行车"

讲述人
董晴晴
华夏民间收藏馆讲解员

精彩聆听，
请扫描二维码

图片来源：由华夏民间收藏馆提供

听众朋友们大家好，我是廊坊霸州市华夏民间收藏馆的讲解员董晴晴，今天我将带您走进霸州市华夏民间收藏馆，去听一听那里的故事。

霸州市华夏民间收藏馆是霸州文化名城建设中的地标性建筑。整个馆藏由历史博物馆、民俗风情馆、善行道德馆、中国自行车博物馆和书画馆等组成。今天为您讲述的故事主角就是位于博物馆四层的中国自行车博物馆。

河北省第一家"国字号"博物馆

霸州的自行车博物馆来头可不小，它是我国唯一一座经国务院审批建立的自行车博物馆，是目前国内藏品最多、种类最全、世界最大的自行车展馆。这座自行车博物馆也是河北省第一家"国字号"博物馆。

它是在著名自行车收藏家王明玺先生的帮助和支

华夏民间收藏馆——自行车博物馆

持下建成的。整座自行车博物馆中收藏了产自世界各地的不同品牌的精品自行车 300 多辆。既有享誉海内外的英国产白金人、三枪等著名自行车，也有我们熟悉的国产四大品牌——红旗、永久、凤凰、飞鸽自行车，还有德国的蓝牌、奔驰自行车，美国的哈雷自行车等。

在 20 世纪的 80 年代之前，自行车可以说是我国当时的主要交通工具。还记得当时，每当上下班的早晚高峰期，路上到处都是潮水般的自行车流，而随着时代的发展，自行车曾经的辉煌已经一去不复返了，城市里成了汽车们的天天拥堵的地方。

中国最贵的自行车，一辆劳斯莱斯也换不来

说起最贵的自行车，当属馆里的镇馆之宝"白金人"了。王明玺与这辆车相遇是在 20 世纪 70 年代，而这辆车的原主人是住在北京龙潭湖光明楼的一位老人，他十分喜欢"白金人"，隔三岔五便骑着这辆精心保养的老名牌在玩

车人中显摆，怕把车磨坏了，骑着的时候，他还特地换身衣服，戴上白手套。而这辆车去到哪里都会成为人们关注的焦点，王明玺作为一位自行车爱好者，对于这辆车更是爱慕已久，于是上门求购，打算用 1500 元人民币，把这辆车收入囊中，却遭到老人的拒绝，无论怎么说就是不卖。王明玺不死心，前后跑了五六次，然而每一次都是落空而归。但是五六年后，王明玺突然发现在玩车的人中间见不到这位老爷子了，一打听，才知道老爷子因病故去了，而老人的孙子嫌这辆车占地儿正要出手，于是王明玺正好捡漏花了 1000 元把"白金人"请回了家。

1998 年，有位收藏自行车的英国老人来北京度假旅游，得知王明玺手里收藏着一辆英国产的"白金人"，惊喜万分。因为这台车生产于 1910 年，当时是针对皇家贵族生产的，只生产了 100 辆。经过近百年历史，以及各种战争等社会动荡，这款车在英国也找不出几辆了，更何况品相还保存得如此之好。当时，该英国人曾出 10 万美元购买，但王明玺没有答应。第二天，他又提出拿一辆"劳斯莱斯"来交换，也被王明玺婉言拒绝了。英国"白金人"工厂也曾试图高价购回王明玺的这辆自行车，但也未能如愿。王明玺说："这种车早已绝版，将来要办自行车博物馆，它是难得的珍品，我把它换了汽车，将来上哪儿找这么好的'白金人'去？"

如今，百岁高龄的"白金人"安稳地停放在博物馆内，保存完好，还因通体镀银，散发着崭新的光泽，展示着那个时代开启的先进生产力。

自行车博物馆的落成

霸州市政府在建设华夏民间收藏馆时，听说了王明玺老人的故事，便找到了他，希望为他的自行车藏品设立了一座专门的博物馆，这样的想法正好呼应了王明玺老人的初衷，于是一座占地 4000 平方米的自行车博物馆建成了，并于 2008 年 10 月 28 日正式开馆，而王明玺的 300 多辆自行车藏品也从此有

自行车博物馆镇馆之宝"白金人"

了归宿，并了却了老人多年的夙愿，使得河北有了第一家"国字头"的博物馆——中国自行车博物馆。

博物馆是历史的保存者和记录者，也是保护和传承人类文明的重要殿堂。待疫情过去，希望大家来到华夏民间收藏馆参观，了解霸州的文化和历史，在藏品中了解那些已经消失却曾经璀璨的人类文明。

兴安湖生态运动公园
——骑行爱好者的天堂

——讲述人——
靳辉
兴安湖生态运动公园
总经理

精彩聆听，
请扫描二维码

图片来源：由兴安湖
生态运动公园提供

朋友们，大家好！我是廊坊兴安湖生态运动公园运营团队的负责人靳辉，欢迎大家和我一起进入精彩的户外运动世界。

兴安湖生态运动公园位于河北固安，处于环境优美的永定河畔，占地近 2000 亩，突出"生态、运动"主题，生动还原了永定河水岸风情。以"野趣"为主要特色，围绕"生态观光、户外运动、亲子休闲"三大核心，建设形成了自行车主题区、户外运动区、野趣休闲区、湖景观光区四大区域。这里春季百花盛开，夏季水景沁人，秋季收获满满，冬季冰雪欢乐。公园先后荣获国家 3A 级旅游景区、河北省体育产业示范基地、中国金单车奖最佳场地、中国大学生自行车训练基地、河北不得不去的网红打卡地等多项荣誉，已成为京津冀极具特色的户外运动公园。

俯瞰兴安湖生态运动公园

骑行爱好者的天堂

园中最具特色的是自行车主题区，占地 500 余亩，是由"国际山地自盟"规划设计，专门为自行车骑行服务的自行车主题公园。有公路赛道、各类越野赛道、岩石技巧、泥地竞速等 10 余种自行车赛道，能够为各类人群提供精彩、有趣、安全的骑行体验。

在打造专业场地的基础上，为更好地满足游客骑行需要，公园提供了专业运动自行车及装备租赁服务，有近千台各种类型的自行车供租赁使用，可以满足 2 岁以上所有人群的骑行需要。另外，公园有专业教练团队，开设自行车入门及进阶等多种普及课程，也为广大企业、机关等团体提供丰富、有趣的户外团建服务。同时，公园承办各类专业自行车赛事和活动。先后举办了中国自行车公开赛、中央国家机关运动会自行车赛、全国高校自行车联赛、中国儿童滑步车赛等各类赛事活动百余场。

兴安湖生态运动公园越野骑行

原汁原味的河畔郊野风情

春暖花开时，正是公园景色最美的时节。其中的花海景观，占地5.4万平方米，是用各类绿植、野花组成的"GUAN"字母标识，形成了近1万平方米的大地景观，周边大面积格桑花、野花环绕，高空俯视，飞行航拍，都十分壮观。另外，公园还种植各类绿植、野花约20万平方米，与原生野生植物相映成趣，体现了原汁原味的河畔郊野风情。

在公园里，我们打造了总面积10万平方米的兴安湖，是由5个形态迥异的湖面组成，由西至东依次为1～5号湖。其中5号湖为独立湖区，1、2、3、4号湖水系相连，有步道相连接。公园主路围湖蜿蜒环绕，内侧以彩沥路、砂石路交错相连，可以休闲散步，也可以骑车游玩。

在体验内容上，我们以环湖路为主线，将若干运动、休闲项目的"点"进行串联，打造连续不间断的运动休闲场景。全地形车越野、户外亲子运动乐园、房车露营、皮划艇、桨板、划船、音乐广场穿插其中，整个公园生机勃勃，运动氛围极其浓郁。

兴安湖生态运动公园

在公园的北侧，就是永定河的主河道，公园与北京只有一河之隔，随着永定河流域综合治理工程的稳步推进，河道通水后，游客沿河骑行、散步，更有一番风味。

在此，我代表公园全体员工，衷心地欢迎广大朋友在闲暇之余带着家人、领着孩子，到公园进行一次深度体验，感受户外骑行运动的欢乐和这里的原生态"野趣"之美！

小朋友在兴安湖生态运动公园骑行

林栖谷森林温泉度假区
——到天然氧吧，泡树上温泉

— 讲述人 —
刘宁
林栖谷森林温泉度假
区综合经理

精彩聆听，
请扫描二维码

图片来源：由林栖谷
森林温泉度假区景区
提供

各位朋友们大家好，我是林栖谷森林温泉度假区刘宁，今天由我来带领大家走进"京南万亩森林"林栖谷。林栖谷森林温泉度假区位于廊坊市永清县韩村镇，地处京津冀都市圈核心地带，从度假区出发仅1小时车程可达北京、天津和雄安新区。

万亩森林 京南天然氧吧

平原之上何来的万亩森林呢？这要从20世纪60年代说起，当年为改造永定河故道上的沙荒地，大批知青挥洒着青春和汗水，将这片荒芜贫瘠的土地建成了河北最具规模的平原人造生态林。现如今这里成了枝繁叶茂的京南绿色长廊，树林郁郁葱葱、浓荫蔽日，空气清新如洗，简直是名副其实的天然氧吧。

整个度假区的森林覆盖率达到80%以上，树高林密环境清幽，林下空间开阔，特别适宜森林度假。度

林栖谷森林温泉度假区

假区内树上温泉、林下花海、森林步道、木屋民宿、儿童乐园等游玩场所，可让游客充分享受"野奢"的乐趣，回归自然，乐享其中。

童话里的森林木屋

度假区内上百间木屋民宿散落在密林之中。树上木屋、温泉木屋、亲子木屋、情侣木屋等各具特色，屋内环境干净整洁，内部设施完备齐全。木屋客房采用全实木材料，绿色环保，保温节能，室内空气中含有大量的芬多精和被称为空气维生素的负离子，我们誉其名为"会呼吸的房子"。

其中几套树上木屋处于林梢之上，游客们可以体验原始的居住气息，它们也是孩子的最爱，仅有4间，每次都会被一抢而空，其中房型有两种，一个名为松子屋，一个名为太空舱。太空舱虽然小，但是里面设施齐全，非常温馨。松子木屋顾名思义外形像一个松子，里面的床是圆的，房屋顶部有个天窗，晚上很适合看星星。在清晨的时候，阳光会透过天窗照射进来，格外温馨！

除去树上木屋外，度假区内还有树下养生木屋、北欧亲子木屋、情侣木屋等各具特色的独栋木屋，每个木屋配有独立的庭院、温泉泡池。带着一整天的忙和累往天然的地热温泉里一泡，顿时会感觉神清气爽、浑身舒畅。泡完温泉，坐在摇椅上看孩子们在草坪上玩耍嬉戏，休闲又惬意。

神奇的树上温泉

泉依树涌，树傍泉生。林栖谷森林温泉是典型的碳酸中温温泉，水温常年保持在 40 ～ 80℃之间，水质细腻柔滑，富含多种矿物质及微量元素。绿荫环抱中的树上温泉，也是景区的特色之一。密林之中，老树怀抱，林鸟环绕，沉浸在大自然的恩赐中，呼吸森林中的负氧离子，这才是梦幻森林里的慢生活。

林栖谷森林温泉度假区树上温泉

林栖谷森林温泉度假区林下花海

林下花海斑斓醉人

度假区内的树木以杨树为主，银杏树、槐树、柳树、果树等树种错落有致，百亩林下花海中有 31 种绚丽花卉应季绽放。在这百花齐放、绿草如茵的极致景色中，既可以乘坐观光车在步道上游览体验，也可以骑行脚踏车享受树林花海带来的优雅宁静，感受自然环境散发的洁净清新。还可以独坐咖啡厅，细品香浓咖啡，也可以和孩子们共同畅玩"森林猴国"亲子乐园，观看猴戏表演，体验非凡乐趣。

近年来度假区连续举办了三届 PWT 世界定向精英巡回赛。未来，这里还将融合现有的康养理疗设施，建设森林康养中心、知青部落等，并争创省级度假区。

一书一画，妙笔丹青，抚平心灵上的躁郁烦闷；一花一木，锦绣青葱，体验大自然的风和景明。待到疫情过后，欢迎朋友们来到林栖谷，在林中休闲、在林中娱乐、在林中疗养，享受属于您的"慢生活、梦森林"。

水岸潮白

——远离尘嚣，归隐田园

—— 讲述人 ——
刘欢
水岸潮白景区总经理

精彩聆听，
请扫描二维码

图片来源：由水岸潮
白景区提供

各位朋友大家好，我是水岸潮白景区总经理刘欢。寻梦乡愁，游生态大美田园，享非遗文化之旅，接下来我带领大家一起走进位于廊坊市香河县蒋辛屯镇北李庄村的水岸潮白景区。香河县区位优势独特，县域三面接壤京津，县城距北京市中心 50 千米、北京城市副中心 30 千米，离天津市中心 70 千米。

水岸潮白景区是国家 3A 级旅游景区，景区占地 500 亩，是依托潮白河休闲带和北李庄村的田园环境、历史文脉和产业特色而打造的一个集乡愁体验、休闲农业、亲子研学、手工艺体验、特色美食、精品民宿为一体的京津冀乡村旅游度假目的地。

水岸潮白田园综合体拥有共享农庄、文创火车商业街、李家大院、别处潮白民宿群、房车营地、农事体验区、林下杭白菊、林下散养区、儿童研学区、花海、景泰蓝 DIY 工坊等项目。

水岸潮白景区（摄影：郑磊）

潮白水畔的梦幻田园

　　北李庄村是著名的景泰蓝非遗之乡，它承载了太多的人文情怀，潮白水畔、水墨丹青、如诗如画，勾勒出一幅别样的风景。北李庄建村于明初，距今已有600多年的历史，中华人民共和国成立后以制作非遗景泰蓝闻名于世。景区为充分挖掘北李庄村景泰蓝制作的非物质文化遗产资源优势，投资建设了李家大院。

　　李家大院为三进院落：一进院用于展示推广景泰蓝产品，同时将村子内的老农具、老家具等带有历史记忆的民俗物品集中于此，开设村史馆以供展示保存；二进院是特色餐饮区，由专业餐饮团队采买绿色健康的有机食材，打造了精品菜系——李家私房菜；三进院是住宿区，设计有六间客房，每两间组成一个套房，由一间中厅相隔，客房内设计有传统北方火炕，能让入住客人亲身体验北方民居特色。此外我们还利用村民的原有空闲住宅，打造了一院一主题的"别处潮白"主题民宿，并获得了"最美民宿大奖"。

火车商业街是难得的网红打卡地，吸引众多亲子家庭的到来。绿皮火车＋七彩涂鸦，于是火车便成了一件艺术品，在火车内开辟独特的餐饮休闲区域，老式火车满满都是回忆，一边欣赏窗外美景，一边享受精品美食，更是别样的体验。烧烤、亲子营养餐、小火锅、海鲜大咖等精品美食能满足所有"吃货"的需求。靠近火车的林下，那里是真人 CS、丛林拓展的天地。

以李晋王后裔乘船到达北李庄村繁衍生息为故事主线打造的"晋王号大船"，加入绳网、滑梯等娱乐设施建成了供孩子们娱乐的主题乐园。同时景区的萌宠乐园里还饲养了孔雀、鸵鸟、矮马、松鼠、小白兔等可爱的动物，可投食、喂养、认养，这里集互动参与、娱乐科普为一身，也深受孩子们的喜爱。

来到景泰蓝非遗之乡，体验非遗制作是必不可少的。可以在匠心广场体验景泰蓝 DIY，通过参观整个制作工艺流程，深度了解国家非物质文化遗产的极致之美。制胎、掐丝、点蓝、打磨，领略匠人们指尖上的技艺，也会在繁复庞杂、精益求精的工艺中发现景泰蓝的灵气和内涵。

丰收美食广场以农民丰收为主题，是农事体验、民俗演绎的绝佳场所。共享农庄栽种有几十种绿色、天然无公害蔬菜及应季瓜果，园内种植多种果树，可供采摘。在占地 65 亩的营地区，建设有水岸星空房车营地，包括房车旅馆、星空帐篷、高端集装箱等住宿选项，提供有 80 个营位可供房车停靠，并为露营游客提供补给。

这里没有浩瀚的大海，没有峻险的山峰，没有奇绝的美景，却有醇厚的乡

游人在水岸潮白景区花海采菊花（摄影：郑磊）

韵，勤劳朴素的传统和"耕读传家久，诗书继世长"的祖训。投身这片美丽的田园，定能洗涤城市的喧嚣，净除内心的纷扰，度过一段难忘的欢乐时光。在此，我们欢迎大家来水岸潮白景区做客。

保定篇

BAODING PIAN

　　保定位于河北省中部，地处北京、天津、石家庄三角腹地，以"保卫大都，安定天下"而得名，素有"京畿重地""首都南大门"之称。

　　保定文化底蕴深厚，旅游资源丰富，是中国历史文化名城、中国优秀旅游城市。拥有世界文化遗产 2 处、全国重点文物保护单位 59 处、省级文物保护单位 74 家、市县级文物保护单位 468 家，是河北省第一文物大市。拥有国家级非遗项目 14 项、省级非遗项目 99 项、市级非遗项目 342 项。现有 A 级旅游景区 43 家，其中国家 5A 级旅游景区 3 家、4A 级旅游景区 12 家、世界地质公园 3 家、国家森林公园 5 家、省级旅游度假区 2 家。著名的有：太行龙头野三坡、北方奇山白石山、世界文化遗产清西陵、狼山竞秀狼牙山、金缕玉衣的故乡满城汉墓、全国唯一保存完好的清代省级衙署直隶总督署、全国十大名园之一的古莲花池、中国近代史上将军的摇篮保定军校等。

狼牙山
——英雄山和两双布鞋的故事

—— 讲述人 ——
李芳
狼牙山五勇士陈列馆
馆长

精彩聆听，
请扫描二维码

图片来源：由狼牙山
景区提供

大家好，我是狼牙山五勇士陈列馆馆长李芳，接下来就由我和大家一起走进壮美的狼牙山。

狼牙山位于河北省保定市易县，它是一座英雄的山，因五勇士的英雄壮举而闻名于世；它也是一座风光绮丽，景色秀美的山，以雄、险、奇、峻著称。清代易州知州杨芊曾作诗赞叹"三十六峰横一州，森如剑戟景偏幽，排空鸟道青难断，是处藤崖翠欲流"。独特的地质环境、人文景观与自然景观交相辉映，形成了"春看山花、夏感绿，秋赏红叶、冬嬉雪"的四季景观。现在已成为集教育传承、绿色生态、休闲观光、娱乐体验于一体的综合型旅游景区。

为了纪念五勇士的英雄壮举，缅怀先烈，教育后人，在山脚下于 1998 年修建了五勇士陈列馆，馆内陈展着历史资料、抗战文物、战斗场景雕塑等，真实而生动地反映了抗日战争年代军民的英勇斗争和可歌

狼牙山风光

可泣的大无畏英雄主义精神。今天和大家分享的就是一则馆内文物背后的故事。在我们馆里陈列着两双很普通的布鞋，看似普通的旧鞋子却有着不平凡的往事。

那是 1943 年的冬天，进入腊月天气更是寒冷。这天，狼牙山下的李老汉和他的大儿子背回来两名伤病员，当把他们放在炕上，给他们脱鞋时发现，鞋子的前面都张开了大口子，这鞋子穿着时也就是挂在脚上，露出的脚趾冻得肿胀，出了脓疮，还有血口子，李老汉两口看到后，心疼地皱了皱眉，赶紧解开自己的大破棉袄，把两双脚捂在了怀里。

到了晚上，老两口睡不着了，李老汉吧嗒吧嗒不停地嘬着旱烟，小脚的李大娘在屋里来回踱步，"哎！孩子他娘，和你说个事"李老汉说，大娘停住脚步走上前，"嗯，你说！""咱家里不是还有一块布吗？就是小儿子月底娶媳妇要用的那个，你和大儿媳妇看着给那俩孩子做两双鞋"，"好啊，我也这样想呢，那我就去叫她，赶紧着做"大娘认同地说。她们娘俩把平时舍不得用的小油灯拿出来，低着头，借着微弱的灯光，裁布料，打糨糊，粘鞋面，纳鞋底儿，一宿没合眼，终于天亮的时候两双布鞋做好了，大娘悄悄地把两双鞋放在了战士们的枕头旁边。

经过半个多月的悉心照顾，两名战士伤愈了。他们想趁着天不亮就悄悄地走，把这两双鞋留下。可是当他们推门出来的时候，却看到两个冻得瑟瑟发抖的身影，在院子里来回走。原来，大爷和大娘就怕他俩不穿那两双鞋，悄悄地走，已经守了两个晚上。大娘看着俩孩子脚上没穿新鞋，便进屋拿出来，硬是往他们脚上穿。两名战士流着眼泪推脱，因为他们通过这段时间的相处，很清楚大爷家的状况，全家十来口人，没有一个人的鞋不是露脚趾头的，都有冻疮，尤其是三个孩子，在这寒冷的冬天，只有一条破旧的薄棉裤，谁出去，谁就穿，不出去的就穿着单衣盖个薄被片子依偎在炕上。

所以他们也舍不得穿啊，你推我让，最后，李老汉厉声地说："孩子！听话！我们穿上了也就是个脚暖和，你们就不一样了，穿着它们上战场多打鬼子，战争就会早点结束，到时候咱们所有的人都会有新鞋穿，也有穿不完的新衣服"。两名战士推脱不掉，穿上新鞋流着眼泪拜别老两口。

回到部队，二人奔赴前线，在上战场之前，他们告诉战友：如果牺牲了，一定要替他们把鞋子还回李大爷家，这是他们用全家仅有的一块布做成的。随着战斗越来越残酷，敌人的搜山行动越来越密集，战斗打得越来越激烈，他们冲锋在前，勇敢杀敌，暗下决心："一定要多打鬼子早点儿取得胜利，让千千万万个大爷大娘这样的家庭吃饱穿暖！"

然而炮火是无情的，两位年轻的战士先后壮烈牺牲。两双鞋子也辗转回到了李老汉手中，他颤抖地抚摸着这两双沾染着血迹的布鞋，老泪纵流，他紧紧地将鞋子抱在怀里，仿佛就是抱着那两名年轻的战士。许久后，他转过身，对家人说"咱们就是冻死也不能穿这两双鞋，这上面有他们的气息和鲜血呀！为了咱们能过上太平的日子，他们连命都不要了啊！"即使在最难最苦的时候，

狼牙山五勇士纪念塔

一家人也没有动过这两双鞋，李大爷一直珍藏着。

李老汉临终前嘱咐儿女"现在真的过上太平日子了，都穿上新鞋了，这是他们用命换来的，咱们不能忘了他们，不能忘本啊！"

在艰难困苦的战争年代，正是这样的军民团结，这样的至深鱼水情，才使得我们赢得了最后的胜利，而这种伟大的抗战精神一直在传承、延续……

如今，我们在新时代，更要齐心协力，众志成城，不但打好抗疫战，更要建设好美丽中国！欢迎待疫情结束后，您来到狼牙山，一同追忆抗战精神！

野三坡

——"世外桃源"野趣多

——讲述人——
杨爱影
野三坡景区市场部经
理

精彩聆听，
请扫描二维码

图片来源：由野三坡
景区提供

　　大家好！我是野三坡景区杨爱影，今天我将为大家讲述河北保定野三坡的故事。野三坡地处太行山脉，由于特殊的地质构造，形成了独一无二的自然山水景观，享有"京畿胜景""世外桃源"之称。作为河北省著名景区，野三坡的美被很多人熟知，但你知道野三坡名字的来历吗？其中的"野"字又有何来意？

　　野三坡的历史可谓源远流长，《涿州志》里记载："三坡隶属涿由来久矣，无可稽查。"但是元、明、清代诗人对此地吟赋的诗词却有不少。有诗云：

　　此地即桃源，不知汉魏，遑论金元。

　　逃名岩谷，循迹林泉。

　　大好河山，忍终袖手无人管。

　　满坡积雪，山色有无间。

　　透过这首古词，对野三坡的历史渊源，虽可以捕

野三坡拒马河风光

捉到一些踪影，但仍没有明确考证。

野三坡地势由南向北逐渐增高，差异很大，故此分为上、中、下三坡。《涿州志》中记载："上坡与下坡因山脉之障蔽，气候亦有不同，寒暖相差半月许，每逢春令，下坡核桃已结实，上坡始花。雨降稍迟，耕种亦随之转移。"由此可见，三坡之名是由地形变化、气候不同而产生的。

《涿州志》是清朝年间出版的书籍，可见野三坡在清代就已经久负盛名。那又为何在"三坡"的名字前加一个"野"字呢？

说到野三坡的"野"字，还要从一段民谣开始说起："野三坡，野三坡，燕王扫北没扫着，头上束着野雀窝，穿的鞋子向上撅。清朝不让进考场，祖祖辈辈血泪多。"这是对野三坡历史的写照。史料记载：明初燕王朱棣兴师扫北至三坡境界（奴才岭），见山中野兽（松鼠）捧食松果，王意以为拱手施礼，当谓左右曰："兽且归顺，况人民乎？！"遂颁恩诏免除丁粮。至今野三坡还广泛流传着受过皇封的传说。时至清代，因三坡人民崇敬明朝，清代朝廷对这里的人民施加压力，勒令三坡人民不许介入科举之列，取消求得"功名"的权利。这时有些域外匪盗勾结官府也来敲诈勒索，三坡人民忍无可忍，遂树起"反清复明"的旗帜，推举"家道殷实，素孚众望"的"老人官"综合打理坡内的一切事务，被迫组织了护坡武装队伍，保卫乡里。由于对封建势力的反抗，清朝官府给三坡人民强加了一个"野"字。从此，野三坡的"老人官制"也就流传下来，一直延续到民国十八年（1929年）。《涿州志》称老人官制"实开民选之前列，独树自治之先声"。

后来，在抗战时期，野三坡是平西抗日根据地的中心腹地，英勇顽强的三坡人民积极参军抗战，勇往直前，付出了重大代价和牺牲，涌现出许多可歌可泣的英雄事迹。对此，聂荣臻在《聂荣臻回忆录》中曾给予高度评价。至今，景区内的八路军挺进军司令部旧址、冀热察区委旧址、平西抗日烈士陵园等革命遗迹仍保存完好，野三坡这个革命老区已成为爱国主义教育的天然课堂。

野三坡有五大主景区，分别为百里峡、拒马河、鱼谷洞泉、龙门天关和百草畔景区。

百里峡景区有海棠峪、十悬峡、蝎子沟三条峡谷，峡谷全长105里，故称"百里峡"。

拒马河蜿蜒流淌，河水清澈见底，长流不息。当夏季来临，数以万计的游人云集拒马河畔，白天蹦极、漂流、划竹排、滑沙、骑马等，夜晚点起篝火，燃放鞭炮烟花，举办歌舞晚会，品尝独具特色的三坡烧烤，拒马河两岸就会成为消夏避暑的胜地，游人欢乐的海洋。

鱼谷洞深1800多米，洞内类似石人、石马的钟乳石和千奇百怪的石幔雕像，别有洞天。其南侧的鱼谷洞泉甘冽清凉，长年涌水不息，是难得的天然矿泉水。鱼谷洞泉每逢农历谷雨节前后，就会不断地向外喷鱼，成为千古之谜。因此，该泉成为世界"八大怪泉"之一，被列为世界奇闻。

龙门天关景区山峰挺拔，断崖绝壁高耸入云，山谷中清泉溪流激浪奔腾，景色尤为壮观。自古以来，这里是京都通往塞外的交通要道，是兵家必争之地，金、明、清各代都把此地视为军事要塞，派重兵把守。景区有许多文物名

野三坡鱼谷洞泉景区

胜遗留至今，现有的"大龙门城堡""蔡树庵长城""摩崖石刻"等都是国家重点文物保护单位。龙门天关景区 2018 年增加了喊泉、悬崖秋千、步步惊心、飞天索桥等体验项目，游客在这里可以实现对自我的挑战，感受到前所未有的惊险刺激。

百草畔素有"太行山中的绿色明珠"之称。春季冰川杜鹃、夏季高山草甸、秋季漫山红叶、冬季银装素裹，一年四季季季有景，景景奇特。

最后，野三坡景区向曾经奋斗在疫情一线的医务工作者、人民警察致敬！你们用满腔热血守护生命，我们愿以山川风月调剂你们的心灵，共祝我们的生活越来越美好！！

清西陵

——万亩古松林与半部清代史

——讲述人——
那炜
易县清西陵景区导游
主管

精彩聆听，
请扫描二维码

图片来源：由清西陵
景区提供

大家好，我是清西陵景区讲解员那炜，下面请跟我一起了解保定市易县世界文化遗产地——清西陵。1961 年，清西陵被国务院列入第一批全国重点文物保护单位，2000 年 11 月，清西陵被第 24 届世界遗产委员会列为世界文化遗产，列入《世界遗产名录》，2001 年 1 月评为首批国家 4A 级旅游景区。2020 年 1 月 7 日，文化和旅游部确定清西陵为国家 5A 级旅游景区。这里共有 14 座陵墓，包括雍正的泰陵、嘉庆的昌陵、道光的慕陵和光绪的崇陵，另外还有 3 座后陵。此外，陵区内有千余间宫殿建筑和百余座古建筑、古雕刻。除了深厚的历史文化，这里还有着充满故事的万亩古松树。

万亩古松缘何而建

古代讲究"陵寝以风水为重，荫护以树木为先"，

清西陵

所以说，清政府非常重视陵区内树木的栽植。据记载，当年清西陵种植古松柏大概有 20 万棵。但是，清朝灭亡后，因为兵灾战乱，人为砍伐，现在保存下来的古松树就只剩下 15000 棵了。

这些古松树有三个特点：一是非常古老，平均树龄在 300 年以上，最长的甚至可以达到 500 年，被誉为"清西陵活着的文物"。二是长得特别漂亮，形态风骨奇绝，成千上万的古松柏分布在北易水河畔及陵寝周围，也是叹为观止的松海奇观。三是康养功效极佳，古松树中蕴含丰富的芬多精，具有很好的镇静、镇痛、降压、抗炎、安眠等功效，被誉为是天然的"维生素"、民间的"长寿药"、自然的"清新剂"。

现在清西陵的松林中松树大中小不同，老中青结合，松林规模早已超出了之前剩下的 15000 棵。这是因为在 1949 年以后，西陵文物管理处，对陵区内的松林进行了大面积的恢复补种，又栽种了幼松 20 多万棵，生长至今已经初步恢复了曾经的万亩松林景观。现在，这里空气中的负氧离子含量很高，是城市的几百倍甚至是上千倍，也被誉为可以做深呼吸的"天然大氧吧"。

梁鼎芬自费栽树

清西陵古松林以泰昌陵区域的帝王松景点最具代表，树木品种以油松为主，但是光绪皇帝崇陵的松树品种却很不同，是白皮松，这里还有一个故事。

崇陵修建于 1909 年至 1915 年，跨越了清末和民国初年。在民国时期虽然陵寝已经修完了，但是当时谈判条款里并没有种树的约定，以至于崇陵完工后，没有树木的荫护，既影响美观，又影响风水，显得甚是凄凉。

这个时候有一个人，叫梁鼎芬，就想到了一个很好的办法。梁鼎芬本人是非常效忠于大清王朝的一位遗老，当他发现崇陵缺少树木荫护，而民国政府又撒手不管的时候，就利用自己一生的积蓄，从北京买了很多瓷瓶，冬天的时候到崇陵宝顶收集雪水，再把这些装有雪水的瓷瓶运回北京，写上崇陵雪水的字样，赠送给清朝的遗老遗少，请求他们为崇陵栽树贡献自己的力量，捐献资金。资金筹措到位后，他便买来白皮松，并亲自参与栽种，还留下了种树时的照片。后来，宣统皇帝的老师陈宝琛曾有一首诗记载了梁鼎芬为崇陵栽树的事情："补天挥日手能闲，冠带扶锄土石间。不见成荫心不死，长留遗蜕傍桥山。"正是由于当时梁鼎芬的不懈努力，才使得今天的崇陵有了这些百年松树的映衬，显得更加庄重肃穆。

清西陵唯一开放的地宫

崇陵最后由民国政府修建完工，是封建社会最后一座帝王陵寝。之所以民国政府能够为清朝皇帝修陵，那是因为在当年清帝逊位的时候，民国政府和清皇室签署了《优待皇室条例》。其中第五条规定"德宗崇陵未完工程，如制妥修。其奉安典礼仍如旧制，所有实用费用均由中华民国支出"。正是基于这个条款，崇陵的修建和光绪皇帝的入葬都是由民国政府出资完成的。

虽然，光绪皇帝及其皇后顺利地在 1913 年葬入了崇陵，但遗憾的是，

崇陵

二十几年以后，即1938年秋天，崇陵地宫被军匪所盗掘，大量的随葬物品被盗走，几乎成了一个空陵。崇陵也就成为清西陵四座皇帝陵中唯一地宫被打开的一个。现如今，也是清西陵唯一开放的地宫。

一座清西陵，半部清代史。如果你想深入地了解大清王朝，那就请走进清西陵景区，饱览建筑艺术，感悟大国工匠，守护文化传承！

直隶总督署
——清代省府第一衙

—— 讲述人 ——
李丹
保定直隶总督署博物
馆讲解员

精彩聆听，
请扫描二维码

图片来源：由直隶总
督署景区提供

大家好！我是保定市直隶总督署博物馆宣教部讲解员服务组组长李丹。很高兴和您一起走进清代省府第一衙——直隶总督署，讲传奇故事，品历史文化。

俗话说得好，有官便有衙。但官有官阶，那衙是不是也有衙阶呢？在古代，有京官和地方官两类，京官包括六部等有司衙门的官员，而地方官则是各省府州县的官员。地方官员除了有品级的差异，还分属不同级别的地方行政机构。清朝时，最高一级的地方行政机构为省，其对应的衙门为省级衙门。实际上，清代康熙之后，真正一省对应的省级官员为巡抚，每省有且只有一名，为从二品或正二品。同时，清朝还在全国设立一定数量的总督，一位总督往往兼理多省事务，特别是军事事务，级别较巡抚要高，为从一品或正二品，如两江总督、陕甘总督等。其中，最为紧

直隶总督署大门

要的当数直隶总督，其负责直隶地区军务、粮饷、河道等事务，还往往兼任直隶巡抚，是清朝九位最高级别的封疆大臣之一。清代比较有名的直隶总督有于成龙、李卫、曾国藩、李鸿章、袁世凯等历史人物，他们都曾经风云一时。直隶总督署即是直隶总督办公的衙门，初建于雍正七年（1729 年），建成时分为东、中、西三路，占地总面积约 3 万平方米，是一座典型的北方衙署建筑群，也是我国目前唯一保存完好的清代省级衙门，有着"一座总督衙署，半部清史写照"之称。

在这座森严肃穆的古衙里，曾经有这样一位直隶总督，他虽然不如李鸿章、袁世凯那样声名显赫，却堪称是最廉洁的直隶总督——唐执玉。唐执玉，江苏武进人，也就是今天的江苏常州市人，康熙四十二年的进士，雍正七年以左都御史署理直隶总督。两年以后请辞直隶总督，但于雍正十一年（1733 年）再次被任命为直隶总督并死于任上。

说起唐执玉的清廉，可以用一个词来形容，那就是"箧无一物"。你可能会想，堂堂封疆大吏至于穷到如此吗？而这正是唐执玉最难能可贵的地方。"一年清知府，十万雪花银"，这句话的背后虽然多含有官员搜刮民脂民

直隶总督署大堂

公生明牌坊

膏的成分在里面，但是按照清代官员的正常收入，也不至于穷困潦倒成唐执玉那样。按照清代雍正之后的官员俸禄制度，直隶总督的薪俸加起来大概是八百两银子，除此之外还有一项"养廉银"收入，这是雍正开创的低薪制度下，为了防止官员贪污腐败所采取的特别工资制度。其是否能够防止腐败不好说，但确实解决了不少廉洁官员的生活生计问题，使得他们不至于过度清贫。按规定，一品官员的养廉银是一万五千两至一万八千两，可以说高于正常薪俸的近20倍。但是唐执玉的清廉本色此时就充分体现出来了，他将按规定属于自己收入的"养廉银"只取用了十分之三四，剩余的全部上缴国库，还给朝廷。同时他还教育他的子孙后代们，不要贪图钱财，以至于雍正十一年病逝在任上时，实为"箧无一物"，甚至于他的遗体也无钱装殓，还是在继任总督捐资的情况下，才运回原籍安葬。雍正皇帝为了表彰唐执玉恪尽职守、廉洁奉公的精神，曾特旨颁匾"恪恭首牧"，作为其他封疆大吏学习的楷模。此后该匾便悬挂在直隶总督署的大堂之上，以供继任者勉力而行。

这次的故事就暂讲到这里，直隶总督署还有着许多传奇故事，恭候大家到来一同探寻。

白石山
——神奇的世界地质公园

大家好，我是河北白石山景区营销部区域经理李华超，今天就由我带领大家走进风景秀美，既有神秘色彩又具有历史韵味的白石山风景区。

在绵延 400 余千米的太行山脉中，有数不胜数的奇峰雄山，但在河北保定涞源地区的太行山腹地，有一片奇特的白色峰林王国——白石山。

白石山景区现如今是世界地质公园、国家 5A 级旅游景区。最高峰佛光顶海拔 2099 米，拥有独特的大理岩峰林地貌。景区有三顶、六合、九谷、八十一峰，兼具了山岳景观的奇、雄、险、幻、秀五大特点。白石山集峰林、怪石、绝壁、峡谷、森林、云海、佛光、长城等景观于一体，景点分布集中，规模容量大，自然生态环境一流，是观光游览、度假休闲、生态养生的极佳场所。

白石山景区独特的地理位置和气象条件，造就了

白石山云海

白石山奇特壮美的云海奇观。同一个位置，不同的季节，不同的视角，时而云雾如海、波涛汹涌，时而轻纱幔帐、渺茫其间，让人恍若置身仙境之中。如此美妙的仙境自然能激发人们想象出一些奇幻的故事。传说，白石山是太行老祖的道场，是三十六洞天七十二福地中的总玄洞天，太行老祖在这里炼草为丹、教化万民，深受当地百姓的尊崇。现如今，景区韭菜园的太行老祖塑像，仿佛还原了这个传说。太行老祖赤脚凌空，腰系宝葫，右手拂袖，左手执铜钱，下方是一尊金蟾，昂首张口，似要接住老祖赐予的铜钱，整组雕塑狂放不羁间带着些许神秘。

白石山不乏文化遗迹和传奇故事。白石山北麓的长城保存得相当完好，属内长城，修建于明朝万历年间。登上白石顶，远眺长城岭，长城像一条巨龙蜿蜒于其上，实为胜境。白石山也是自然与人文的分界线，春秋时渡岭分燕赵，辽宋时一山分两国。

抗战时期白石山脚下留下了一系列红色故事和传奇人物，有耳熟能详的驿马岭阻击战、东团堡攻坚战，有国际共产主义战士白求恩、少年英雄王二小，还有在黄土岭战役被击毙的日本山地战专家阿部规秀中将，敌人曾哀叹"名将之花，凋谢在太行山上"。黄土岭战役我军共歼灭日军 1500 余人，沉重打击了日本人的侵略气焰，这些故事记录在景区东门涞源抗战纪念馆内。

接下来给您介绍一条集观光、亲子体验、研学、康养为一体的景区旅游线路——海拔 1900 米的双雄石游览线。

首先来到景区东门的抗战纪念馆，这里记载着中华民族史上苦难而光辉的一页，无数抗日先烈用他们的青春和鲜血换来了今天祖国的独立和富强，如今硝烟随风但警钟长鸣，我们绝不能忘记我们的英雄，一定要努力富强，再不走积贫积弱的老路。之后，乘车通过 13 千米蜿蜒的盘山公路，来到了富有神秘气息的太行老祖像下，准备开始山间的步行。接着，拾阶而上，一路清新，一路美景，一直到海拔 2057 米的晴云峰，山顶常有云雾缭绕，故称"白云晴云"。

白石山的景观，晴不如雨，雨不如雾，雾不如云。但有时，白石山的"雨""雾""云"是很难截然分开的，大都是瞬间交替，或同时出现，有时远处是云，近处是雾，雾中有雨。清代诗人纪朋陵曾有诗句赞美此景：

白石晴云

一片晶莹石，山奇石益奇；晴开千里照，云拦九霄垂。

绚彩光纠漫，为章色陆离；应知作霜雨，出岫莫嫌迟。

接下来还会看到邂逅爱情的山盟台、富有童话色彩的红桦林等景点，以及将这些景点串联起来的临崖而建的 16 千米悬空栈道。

白石山是河北省三大生物多样性分布区之一，植被覆盖率高达 98%，负氧离子含量每立方厘米达 30000 个，是真正的"云端氧吧"。负氧离子被誉为空气"维生素"，对人的身体大有益处。置身于白石山"有云无霾"的仙境中，畅快"森"呼吸，让神奇的"负离子洗肺"，让亚健康无所遁形。登白石山既能欣赏美景，又能增强体魄，何乐而不为！

白石山仙境

　　白石山拥有北方得天独厚的山川和云海资源，记录了沧海桑田的变迁，保存着自然原始的美景，留存有感人至深的人文历史，是不可多得的观光休闲康养胜地。我们期待，八方游客来到景区，感受奇特的大理岩峰林，穿越惊险的绝壁栈道，呼吸清新的负氧离子，观赏壮美的云海奇观，品尝浪漫的云端咖啡，邂逅圣洁的山盟台，聆听动人的白石山故事。

易水湖

——山水灵秀地，悲喜故事长

—— 讲述人 ——
马晨瑾
易水湖旅游度假区营
销部总监

精彩聆听，
请扫描二维码

图片来源：由易水湖
景区提供

读者朋友们大家好，我是易水湖旅游度假区营销负责人马晨瑾。

你是否记得上一次轻嗅小草的芬芳是什么时候，自然的气息总能战胜悲伤；你是否记得上一次被微风拂过面庞是什么时候，温暖而又阳光。疫情过去，春的约会如期而至，冰消、花开、雁归来，而我则欢迎你，来到山清水秀的易水湖，度过一段宁静的时光，放松曾经疲惫的心灵。

易水湖旅游度假区位于河北省保定市易县县城西南 25 千米处，距北京约 150 千米，距雄安新区约 100 千米，易水湖四面环山，背靠紫荆关，东临清西陵，西连五峰寨，南望狼牙山，宛若太行山群山环抱中的一颗璀璨明珠。

易水湖景区为国家 4A 级旅游景区、国家级水利风景区、省级旅游度假区，景区规划面积 108 平方千

易水湖

米，水域面积 27 平方千米，是以乘船游湖、登山赏景为主的山水休闲旅游度假区。易水湖景区内建设有老子峰十二景、养生岛湖景木屋别墅酒店、金坡商业街区、水上运动等休闲度假服务项目，是康养度假的好地方。

老子峰景区山石林立、造型奇特、雄奇险峻，沿着山崖建设有 3100 米的临水栈道，蜿蜒曲折，宛若"蛟龙"，拾级而上湖光山色可尽收眼底，移步异景，是易水湖度假区的精华所在，大道之源、天地根、无为屏、天门云梯、观水、鹤鸣桥等 12 处风景贯穿整个栈道路线，既能欣赏无限风光，又能平稳行走，无体力不济之虞。

　　易水湖度假区设有金坡、金龟、大坝三个码头，各类游船四十余艘，包括双层豪华游轮、中小型快艇等，每天可供上万名游客游乘。乘坐快艇踏波逐浪、御风而行，可畅意尽享易水湖 27 平方千米的湖光山色。

　　远在战国时期，易水河畔便响起过荆轲辞别燕丹的悲壮歌声——"风萧萧兮易水寒"，如今这歌声穿越了时光，依旧回荡在易水湖的上空，历经岁月的洗礼，慷慨悲歌之士，其精神与钟灵毓秀的山川相融合，使得人们望见这里的山、看见这里的水，都能想起他们的故事，如这里的不死柏，如这里的神龟石，如这里的无为屏，无一不凝聚了后人们对慷慨赴死英雄的心灵寄托。

如此美丽的山水，自然也存在于无数的神话传说中。曾有诗道："赤壁千寻晴拂雨，明珠万颗画垂帘。"老子峰上一道飞泉奔泻而下，犹如灿烂的水帘，如同《西游记》中的水帘洞，故而传说此处便是孙悟空的第一个家。还有传说，当年八仙曾在此修炼成仙，其中的七仙在度曹国舅成仙时，于此处遭遇一只穿山甲阻碍，其将易水湖周边的山上钻了一个又一个洞，众仙奈何不得，只得请出取经归来的孙悟空，降伏妖怪后，孙悟空将自己的面容映在山上镇压此妖，由此易水湖多了一处悟空崖。或许此类故事过于荒诞，但是自然知识有限的古人，面对这样鬼斧神工般的自然美景，也只能借助想象中的神话故事来解释它们的神奇了。

易水湖，山势雄奇险峻，空气洁净无尘，湖水清澈柔美，林木繁盛茂密，又有着深厚的历史文化基因，犹如一幅秀美的水墨画，向游人展示着美丽的湖光山色，乘船沿湖赏景，人便进入了画卷中。何不远离城市喧嚣，来此一方净土，回味一次人生悲喜，做一回出世悟道之人。

感谢各位读者朋友们，等到疫情过去，易水湖的好山好水好风光等着您的体验，易水湖欢迎您！

青山绿水八卦阵（摄影：陈林）

恋乡·太行水镇
——安放乡愁的心灵驿站

——— 讲述人 ———
杨菊
恋乡·太行水镇营销
策划部副总经理

精彩聆听，
请扫描二维码

图片来源：由恋乡·太
行水镇景区提供

不知不觉中，我们迷失了回家的路。

无论你处身城市还是乡村，总有一种找不到原汁原味儿故乡的感觉。

四十年的改革开放，城乡都改变了模样。

哪里是家乡？

哪里可以安放我童年的灵魂？

哪里可以让我安静地进入甜美的梦乡？

就是这里，你梦想的乡村：恋乡·太行水镇。

大家好！我是恋乡·太行水镇营销策划部副总经理杨菊，从事乡村旅游工作，亲身经历、亲眼见证了恋乡·太行水镇从一处易水河畔人迹罕至的荒河滩，变成闻名全国的太行风情体验地，成为河北省乡村旅游的标杆，乃至在国内有着一定影响力和风向标作用的乡村旅游景区，被游客亲切地称为"梦里水乡"。

恋乡·太行水镇

　　恋乡·太行水镇乘河北省首届旅游发展大会的东风，以最成功的旅游示范项目快速发展、提升，让游客在这里走进曾经的故乡，走进回不去的童年，走入梦想的乡村。

　　在这里，你可以看到青砖、灰瓦、毛石、原木、黄泥墙等传统建筑材料构建的太行山区特有的原始乡村聚落，易水河畔的古码头、大牌楼、木栈道，轻轻流过的易水河，河里的竹排、木船，水里的野鸭、鸳鸯，这些熟悉的环境与事物能让你找回童年的乐趣与天真。

　　来自太行山区及全国各地的百余种美食可以满足游客最挑剔的味蕾，水街、水溪可以让年轻人和孩子们尽情地撒欢儿，黑闺女饺子、剪纸、驴肉火烧等十几种非物质文化遗产，可让游客在旅游中体验到浓浓的历史和文化。太行山货街里有太行崖柏、太行干菜、核桃工艺等具有太行地域特色的山货，能装满游客的汽车后备厢。

　　这里有民俗的项目、身心的回归。漫步街头，能欣赏街头杂技艺人的奇招绝活、老茶壶的戏曲表演、相声演出、庆丰谷场的抛绣球招亲等，它们都是太行山区特色民俗的生动展示。这里"周周有活动，月月有节庆"，任何时候过来总能碰上好玩热闹的主题活动。

奇幻宫、星空蜡像馆采用现代声光电技术营造了时光交错的体验场景，是著名的网红打卡地，能带给你超燃的视听体验。价值29.8亿元，由奇石打造的包含八大菜系、满汉全席的"天下第一奇石盛宴"更是能让游客"垂涎欲滴""惊喜连连"。

恋乡·太行水镇还推出了包括乡村大院、农家厨房等以乡村生活体验为主题的乡村亲子研学乐园——乡淘院子，另有200多套亲子研学课程，适合有3～12岁孩子的家庭，能让孩子们在游乐中学到知识。

乡间菜园新摘的时令果蔬，传统手艺粉条坊漏制的红薯粉条，豆腐坊清晨磨制的白玉豆腐，劈柴、挑水、生火、做饭，新鲜的食材加上游客的自我劳作，可以让游客在一展厨艺的同时，在太行大院尽享农家生活的乐趣。

玉米冒险村是恋乡农场首个品牌项目，以玉米作物为主题，通过挖掘古老的北福地乡村生产生活要素，导入产业融合功能，利用独有的乡村资源，打造集欢乐体验、农业耕种、农品研发为一体，四季经营、昼夜运营、主题鲜明、活动不断的太行乡村休闲目的地。

在发展乡村小镇旅游的同时，我们强调和周边乡村、县域一起发展，共同进步，招聘大批乡村员工就业，鼓励大学生和复转军人回乡创业，支持乡村集市和文化设施的建设，用乡村大讲堂引导广大农民朋友通过旅游服务行业，改善家庭生活，实现脱贫致富。太行水镇助推了易县全国贫困县的脱贫攻坚工作，获得了全国旅游扶贫示范项目的荣誉。

小镇的目标是建设华北地区最有特色、最富吸引力的乡村旅游、休闲度假、康养娱乐的综合园区，用我们的勤劳和努力，实践"绿水青山就是金山银山"的理论，和乡村一起发展，通过旅游产业，实现全社会共同富裕。

恋乡·太行水镇

　　景区交通便利，欢迎朋友们来到恋乡·太行水镇感受乡村生活，体验太行风土人情，放松身心，回归从内到外的"慢生活"。恋乡·太行水镇欢迎您！

天生桥
——太行山深处的"香格里拉"

——讲述人——
张伟
阜平县天生桥景区办
公室主任

精彩聆听，
请扫描二维码

图片来源：由阜平天
生桥景区提供

大家好！我是保定市阜平县天生桥景区办公室主任张伟。下边由我带领大家走进天生桥景区，感受这里的传说故事，领略这里的四季美景。

天生桥景区地处太行山东麓，晋冀交界处，西临五台山，南靠西柏坡，是一处集地质、地貌、冰川、生态、人文景观于一体的国家 4A 级旅游景区、国家地质公园、国家森林公园。境内重峦叠嶂、沟壑纵横、溪瀑多姿、植被茂密、风景雄险奇秀，集"中国最大片麻岩天生桥，北方最大瀑布群，华北最好原始次生林"于一身，以山奇、水奇、桥奇、林奇、草奇、洞奇、冰奇而著称，是阜平优美自然风光的精髓和灵魂。主峰百草坨海拔 2144 米，被誉为"太行山深处的香格里拉"。

主体景观天生桥瀑布群由中国最大的片麻岩天生桥和中国北方最大的瀑布群构成。天生桥桥长 27 米，

天生桥景区

宽 13 米，高 13 米，是我国首次发现的变质岩天生桥，距今 28 亿 ~ 29 亿年。天生桥景区岩石矿物成分复杂，纹理构造多变，是太行山脉独特的地层结构系统，享有"五台东门户，京津西花园，华北古基石，绿水济平川"的盛名。

天生桥上方是 60 米的银河瀑布，下方是 112 米的瑶台瀑布，水流由银河瀑布倾泻，穿天生桥呼啸而过，形成瑶台百米瀑布，气象宏伟，堪称天下奇观。桥下仰望，天桥与瀑布相映成趣，溪水于万仞绝壁之上，似九天银河从桥洞喷涌而下，声如巨雷，龙吟虎啸，气势磅礴，瑰丽壮美。从桥上俯视，奔流从桥洞飞泻百米悬崖，如天河倒挂直入万丈深渊，令人不由得感叹造化神奇。

天桥沟谷内瀑布成群，高低错落，大小有三十余处，其中较大的有九条，与相邻沟谷的多条瀑布，上下相连，交融汇集，形成罕见景观。丰水期如万马奔腾，气象万千。由于瀑布分布集中，规模宏大，造型秀美，被专家鉴定为中

天生桥瀑布（一瀑）　　　　　　　　银河瀑（二瀑）

国北方最大的瀑布群。一谷内由瀑布、高峰、峡谷、林海、云雾、花潮、天生桥共同组成的天桥瀑布景观，是华北地区绝佳的旅游景观，是保定西部山区最大的亮点之一。

百草坨和原始次森林是天生桥景区的重要组成部分。百草坨拥有十几万亩的原形态山场，被称为原始生态园，素有"百草百花百种药"之说。以6000亩人工栽植落叶松和70000亩白桦林为主，乔灌木杂树共生的原始次生林，让峰岭更显高峻灵秀。峰顶宽坦如砥，花繁草茵，五颜六色，十分优美，堪称"空中花园"，植物学家称之为"五花草甸"。这里既有"一山有四季，十里不同天"的特殊山体景象，也有一山两季的人间奇观。初夏时节，阴坡冰雪尚未融化，阳坡业已百花斗艳，姹紫嫣红，令人流连忘返，惊叹不已。主要景点有坨峰观日、大圣倚天、镇海塔、城堂峰、小黄山、唐僧石、

百草坨（牛羊云上行）

悟空崖、伏象峰、巨鼠山、雄狮云海等 30 余处，相传《宝莲灯》的故事就发生在百草坨西山腰上的辽道背村。这里是植物的王国，有高等植物 120 科、357 属、532 种，其中不乏国家级保护植物。这里是动物的乐园，有陆生脊椎动物 159 种，其中被列为国家级重点保护的动物有金钱豹、金雕等 14 种。这里花草芬芳、林木葱茏，飞禽翔集、走兽自得，每天都在演奏着一曲曲自然和谐交响乐。

天生桥景区不仅自然风光秀美，而且还附着有深厚的历史人文积淀。景区边缘穿过的定龙公路，康熙、乾隆上五台曾多次路过，被后人称为古御道。教厂行宫、马刨泉、龙宿庵、回龙巷、招提寺、三箭山，这一串串地名，仍能勾连起一个个帝王佳话。那盘桓于崇山峻岭中的古长城，一座座残垣断壁的烽火台，似乎仍在飘散着历史的狼烟。

从 20 世纪末揭开神秘面纱，发出深山呼唤，张开双臂笑迎八方来客，到如今成为誉满华北的知名景区，天生桥景区越来越显示出朝气蓬勃的青春张力。春暖花开，天生桥景区欢迎您！

云花溪谷
——鸡鸣闻四县，花开两省香

—— 讲述人 ——
田玉明
河北云花溪谷旅游开
发有限公司副总经理

精彩聆听，
请扫描二维码

图片来源：由云花溪
谷景区提供

大家好！我是河北云花溪谷旅游开发有限公司副总经理田玉明，下面请跟我走进云花溪谷感受它独特的人文景观。

秋来山林美，花开两省香

云花溪谷景区自然环境优美，位于占老太行山北段，与石家庄平山驼梁、灵寿五岳寨、山西五台驼梁共生一体，最高峰海拔 2281 米，是国家级地质公园、国家级森林公园、省级自然保护区，保留着有 26 亿年历史的古老地质地貌。

景区内植被茂盛，水量充沛，年降水量 700 ~ 900 毫米，空气清新，夏季清凉，年平均气温 22℃，是五台山脚下的避暑休闲胜地。著名景点包括玫瑰谷、秋波潭、古板栗林、玫瑰坨、金莲花海等，素有"鸡鸣闻四县，花开两省香"的美誉。

景区拥有景色优美、刺激且安全的人气戏水体验游乐项目——胭脂河漂流。漂流全程长达 8 千米，落差 180 米，全线用时 2 小时，分为激流勇进、奇趣戏水、花海迷宫、峡谷穿行等特色体验漂段，是夏天最受欢迎，人气爆棚的网红打卡地。

"应禁官山"与自然保护区

云花溪谷景区的人文景观也很丰富，文化遗址有省级文物保护单位瓷旺长城及古代军事要塞旧营村，古称青竿岭。加上附近的一道庄、二道庄、城南沟等地名，显示着这里曾经是功能完备的重要军事防御关口。在城关下行 100 米处有一块巨石，石头崖壁上刻有"应禁官山"四个大字，小字显示石刻制于明朝嘉靖四十二年（1563 年），距今已有 400 多年的历史，是当时的巡关按察使巡视时所立。官山，即官府所管之山，是明令禁止开矿、狩猎、砍伐树木行为的禁山，类似于今天的自然保护区。巧合的是，这个 400 多年前"应禁

云花溪谷

官山"碑刻所在的位置，正好是河北省银河山自然保护区的边界位置。可见古今政府对自然生态环境的保护有着一致的共识。这样的涉及生态保护内容的碑刻在全国其他地方尚未发现，是国内唯一。

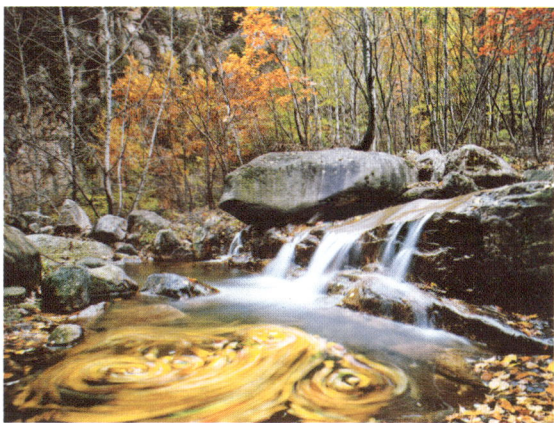

秋波潭

电影《敌后文工队》外景地

景区内有十多个保存完好的原始自然古村落，如面盆村的高家地沟和香炉石自然村，海拔均在 1000 米左右，环境优美，民风古朴，村庄依山傍水，"绿树村边合，青山郭外斜"，犹如世外桃源。云花溪谷景区是电

玫瑰谷山顶花海

影《敌后文工队》的外景地，并因此于 2019 年 12 月荣获海南国际电影节优质电影拍摄地授牌。

板栗树的神奇之处

古树沧桑，在有 400 多年历史的二道庄古村的周边，生长有百十棵粗大的古板栗树，村里的老人也说不清这些树的年龄，只知道他们小时候起老树就已这么大，最大的一棵需要四人才能环抱。这些板栗树有两大神奇之处：一

古板栗园

是历经数百年，老树仍然枝繁叶茂，硕果累累，丝毫不见苍老，还显得很年轻。二是这些板栗树只在二道庄这条沟里大量生长，而在左右相邻的其他沟里，却很少见有板栗树的影子，偶尔有一两棵，也都树龄不大，直径不粗。为此我们咨询了相关专家，专家告诉我们，凡是板栗树生长好的地方，肯定土壤里含铁的成分高，那里肯定有铁矿之类的矿藏，我们到现场一打听，果然如此，这条沟里到处都有铁矿。

药王的故事

在景区内有个口上村，村口桥头有个小庙，供奉着药王孙思邈和痘娘娘，当地人称作药王庙。据传说，药王孙思邈曾在此地行医采药三年，救死扶伤无数，百姓为了纪念他的功德，特地修了药王庙，每年农历三月二十三，是药王庙会，十里八乡的人，会纷纷来赶庙会，亲戚朋友也会被邀请过来看戏，家家像过节一样。药王庙旁边有座药王桥，桥面离水面十来米，桥上也没有护栏，行人以及各种车辆进出频繁，据说因为药王的护佑，数百年来，一直很安全。

春暖花开，欢迎大家来保定云花溪谷景区旅游，一起体验激情漂流，在浪漫溪谷中休闲度假。云花溪谷景区欢迎您的到来！

沧州东临渤海，西望太行，南接齐鲁，北依京津，是一座气质儒雅、底蕴深厚的东方古城。素有"金丝小枣之乡""鸭梨之乡""武术之乡""杂技之乡""中国历史第一侨乡"的美誉。

沧州旅游资源丰富，现有全国重点文物保护单位7处，省级重点文物保护单位26处，A级旅游景区32家（4A级旅游景区2家、3A级旅游景区9家、2A级旅游景区21家）。扁鹊行医、徐福东渡、献王集书、张之洞引领洋务运动、荀慧生另起京剧篇章等故事，流传至今。吴桥杂技更是惊险奇绝，被誉为"世界杂技艺术的摇篮"。这里流淌着世界文化遗产京杭大运河，坐落着世界上最长的不对称石拱桥——单桥，更有沧州铁狮、河间府署、南皮石金刚，它们虽历经岁月沧桑，却神采依旧、气势恢宏。

沧州篇

CANGZHOU PIAN

吴桥杂技大世界
——了解"世界现代杂技之父"的故事

—— 讲述人 ——
张玲
沧州吴桥杂技大世界
新闻接待主任、导游
部经理

精彩聆听，
请扫描二维码

图片来源：图片由景
区提供

大家好，我是沧州吴桥杂技大世界新闻接待主任、导游部经理张玲，今天我将带您走进沧州吴桥，了解这里的杂技文化和历史。

吴桥，作为我国杂技艺术的发祥地之一，以其悠久的杂技历史和精湛的杂技艺术在国内外杂技界被称作杂技艺术的摇篮。

"上至九十九，下至刚会走，吴桥要杂技，人人有一手。"在吴桥这句流传千年至今的民谣，生动反映了吴桥杂技文化的广泛性和深厚的群众基础。吴桥涌现出了许多蜚声中外的杂技名人，今天我们讲讲"世界现代杂技之父"孙福有先生的传奇人生。

说起近代中国对世界的贡献，杂技绝对算得上是没争议的一项。在清末民初时期，中国的杂技艺术处于世界的领先地位，以吴桥为代表的杂技之乡向世界输送了大量的杂技人才和技艺，真正推动了世界杂技

吴桥杂技大世界江湖文化城全景

艺术的发展。吴桥人的杂技更是演遍了全世界，除了南极北极之外，没有没到过的地方。在此期间，吴桥涌现出了众多扬名中国、震惊世界的明星大咖，如享誉欧美的北京班创始人孙凤山、天桥八大怪第一怪狗熊程、落户俄罗斯的驯兽大王窦庆富、解索大王王玉林、最早带领杂技班走出国门的刘荣贵和吴树贵等。其中，世界影响力最大，对现代杂技艺术贡献最大的当数中华国术马戏团创始人孙福有。

孙福有，1882 年出生于吴桥县的孙龙庄，父亲早亡，家里穷苦，几岁时便开始自练杂技，9 岁时便开始出门卖艺，20 岁时便开始走出国门闯荡世界。不到 40 岁时，便创建了中国第一个马戏团——中华国术马戏团，演员规模曾达到 130 多人，大象、狮、虎、熊等大型动物数量众多，建有可容纳 3000 多观众的演出大盖棚，而且自带两台发电机设备，使得杂技演出可不受时间、天气和硬件条件的限制，能够进行巡回演出。同时，他还首次发明并使用了高

世界现代马戏、杂技之父孙福有

空保险绳，一方面从根本上消除了杂技艺人的人身安全隐患，另一方面也为更多高难度技艺的创新提供了可拓展的空间。此外，他还是第一个将乐队应用于杂技表演中的人，并且融汇了东西方乐器，使得杂技表演增加了更多的观赏性，增强了杂技表演震撼人心的力量。他的系统创新大大促进了现代杂技业的形成和发展，因此被法国"明日"与"未来"杂技节主席、世界马戏协会主席莫克莱尔先生称为"世界现代马戏、杂技之父"。

在杂技技艺方面，孙福有也善于潜心研究，能够融会贯通马戏、杂耍、戏法、魔术等各种东西方技艺。比如，他为半道出家的俄罗斯夫人嘎丽娅设计了一套扑克牌戏法儿，共有400多种，每天登台都不一样，清灵而神奇，让她获得了"扑克牌皇后"的称号。又比如他创新设计了《大鞍子马上丢球》《马背上火棒子》《大车轮》《空中飞人》等一批高难度大型节目，受到了观众空前热烈的喜爱，进而到达了杂技事业的巅峰。同时，他也广收门徒，注重杂技艺术的传播和杂技艺人的培养，他的很多徒弟后来成了新中国各杂技团体的骨干，为中国杂技事业发展做出了不朽的贡献。

除此之外，他曾经还有过一个身份，那就是"大中华民国国民政府外交部特派广东交涉员"，他曾在20世纪30年代前后，带领演出团队在越南、新加坡、泰国、缅甸、印度尼西亚、印度等地巡回演出达四年之久。因为阵容强大，节目精彩，在各国巡回演出期间深受当地政要及社会各界的热烈欢迎和喜爱。其至在泰国演出时，还曾被泰国国王邀请进皇宫进行表演，并因此而获得泰王颁发的勋章。他的演出加强了中国与东南亚各国的文化交流，推动了中国文化艺术领域的外交工作，增进了各国人民之间的感情。

作为一名中国人，孙福有始终挂念着中华同胞。当 1933 年黄河决口，百万人受灾，国民政府电邀其回国赈灾义演时，他毅然中断了在东南亚的巡演，回到上海进行义演赈灾，将数月间演出所得 20 万银圆悉数捐献。然而，随着日本全面侵华，我国各地都陷入了战乱之中，孙福有的杂技事业也被迫中断。至 1945 年年初，孙福有因病在重庆去世，距离抗日战争胜利只有半年的时间。当时军界、政界、演艺界数万人参加了他的葬礼，这既是对其杂技事业的肯定，也是对其杂技创新和爱国主义精神的缅怀。

如今，新一代吴桥杂技人继承了老一辈杂技人留下来的勤劳勇敢、坚韧不拔、勇于创新、为国争光的杂技人精神，相信他们能够为我们带来更多更新奇、更震撼的杂技表演。

在此，我代表吴桥，欢迎各位来到"杂技之乡"，观看和体验神奇而魔幻的杂技艺术，留下终生难忘的回忆。

吴桥江湖文化城

铁狮子
——缘何别名"镇海吼"

—— 讲述人 ——
周钧平
沧州市文化广电和旅游局宣传与对外合作交流科科长

精彩聆听，
请扫描二维码

图片来源：图片由沧州市文化广电和旅游局提供

沧州——运河古郡·渤海明珠，是著名的杂技之乡、武术之乡、石油之城、管道之都。一提到沧州，大家多会想到铁狮子、杂技，以及著名人物纪晓岚和张之洞，今天我就带您走进"故事里的沧州"。

沧州建城 1500 多年，是一座底蕴深厚、气质儒雅的东方古城。丰富的自然资源和人文资源造就了古城沧州"河海相济·文武相兼"的独特魅力。为什么沧州的标志是"铁狮子"，它又为何被称作"镇海吼"，就由我来给大家讲述这一段故事。

沧州铁狮子，相关史料记载铸造于后周广顺三年（953 年），至今已经有 1000 多年的历史了。关于其来历，有三种说法：第一种说法是后周世宗柴荣北伐契丹时，为镇沧州城而铸造；第二种说法是沧州开元寺僧众集资铸造的文殊菩萨青狮坐骑；第三种说法是当地百姓为纪念镇服海中恶龙的狮子而铸。

沧州铁狮子

　　实际上，历史上后周世宗柴荣北伐契丹时，已经是 959 年以后的事情，而且周世宗在 954 年继位后，是历史上有名的励精图治的好皇帝。短短几年间，澄清吏治、选贤任能、重视民生、南征北战、开疆拓土，使得中华大地在经历了上百年的乱世后，终于迎来了一丝江山大治的曙光。所以他不可能在强敌环伺、国家百废待兴的情况下，花费如此大的财力物力去做这样的事情。

　　倒是从 955 年他下诏限制佛教发展的事情上，可以发现此事的端倪。955 年，周世宗为了增加全国的人力，下诏废除了全国 3 万多所寺院，仅保留了不到 3000 所，还俗僧尼达 6 万多人，而当时后周的主要兵力也不过数万。可见，在此之前佛教是多么的兴盛，而且后来有人发现在铁狮子的腹内有经文，并留下有拓片，且采用的是背负莲花宝座的造型，这倒说明了沧州铁狮子可能是寺院僧众集资所造。只不过在世宗下诏罢佛之后，随着寺庙的湮没消失，只留下了这个"不易损毁"的铁物，随着人们对寺庙记忆的中断，它渐渐与佛寺脱离了关系，从此沦为普通民间之物。

　　第三种说法则是与其另一名字"镇海吼"有关。据说，沧州以前临近渤海，气候温和、土地肥沃，家家户户的日子都过得很好。有一年谷子黄梢的时

献县单桥风景区——单桥旧貌

候，海面上突然刮起一股黑风，卷着海浪，虎叫狼嚎一样咆哮着直扑沧州城。眼看着船翻桅折，房倒屋塌，满洼的好庄稼被海水吞没，老百姓来不及躲避，人也淹死了不少。那情景是真是惨不忍睹！

这黑风恶浪怎么突然来得这么猛呢？原来是一条恶龙在兴妖作怪。它看着沧州这块地方好，就一心想独吞做它的龙宫。就在恶龙兴妖作怪、残害黎民百姓的时候，人们猛地听到山崩地裂般的怒吼。只见一头红黄色的雄狮，从海边一跃而起，像鹰抓兔子一样，嗖的一声，冲向大海，直扑恶龙。恶龙跑了，海水退了，沧州一带的老百姓，又能安居乐业了。人们为了感谢为民除害的雄狮，就请一位叫李云的打铁名匠，带领着九九八十一个手艺高超的徒弟，用了九九八十一吨钢铁，铸造了九九八十一天，终于在当年雄狮跃起的地方，铸成了这尊活灵活现、雄伟威严的铁狮子。那条恶龙虽然没有死，可是它一望见这头铁狮子，就浑身发软，爪子发麻，再也不敢兴妖作怪了，所以后来人们又把这尊铁狮子叫作"镇海吼"。

其实，这则传说是后人对于铁狮子的美好寄托。中国自古即有在大江大河岸边铸造铁牛镇水的习俗，而沧州近邻渤海，也易遭受台风的侵袭，所以人们为了抵御台风、祈求风调雨顺的美好愿望，将原来寺庙荒废后留下的铁狮子用作镇海神物也是自然而然的。前面的传说自然不会是真的，但是从中反映的人们对铁狮子的美好寄托却一定是真的。

如今铁狮子历经千年沧桑，虽然尚能保留狮子的外貌，但早已破损不堪，历史上的铁狮子曾经因为降水过多而被多日不去的雨水浸泡过，从未也不会有镇海的功能。倒是随着现代科技的发展，人们已然能够准确预报台风和海啸，而且在沿海修建防浪堤等各类防海啸工程后，已经能够将传说中的"恶龙"降服，并将损失降到最低。

在沧州铁狮与旧城遗址公园景区，主要有沧州铁狮与旧城文化展览馆、沧县民间文化展览馆、铁狮文化园和铁钱库四个部分。

疫情过后，欢迎大家来到古城沧州，寻迹访古！

沧海文化风景区

渤海新区

——滨海旅游新兴目的地

—— 讲述人 ——
王莉
沧州渤海新区文化旅
游办公室副主任

精彩聆听，
请扫描二维码

图片来源：图片由景
区提供

大家好，我是渤海新区文化旅游办公室王莉，下面请跟我走进渤海新区畅游沧海文化风景区，了解徐福东渡的故事。渤海新区位于河北省东南部，东临渤海，西连华北平原，北依京津，南接齐鲁，成立于2007年7月，总面积2400平方千米，是一个年轻却活力十足的地方！

说它年轻，是因为在短短的十几年里，它已经发展成国家级经济技术开发区，并荣获"中国滨海旅游新兴目的地""中国最佳运动康养休闲旅游景区"等7项旅游大奖；说它古老，则是因为2000多年前，徐福曾在这里率千童东渡。

相传秦始皇统一六国后，为了巩固统治，开始了全国巡游，当巡至齐国时，方士徐福对秦始皇进言，说东海之中有三神山，山上居住着神仙，有长生不老之药。于是，在秦始皇二十八年，秦始皇派徐福带着

东渡码头徐福东渡石雕

童男童女数千人，从这里入海东渡求仙。这一次出行，徐福自称见到海神，海神以礼物太薄，拒绝给予仙药。对此，秦始皇深信不疑，后来秦始皇三十七年，增派童男童女3000人及工匠、技师，并携带谷物种子，令徐福再度出海。

徐福的第二次东渡，其路线与第一次相同。这一次的东渡，是一次政治避难行为。鉴于之前的"坑儒"事件，他便一去不复回。可以说徐福东渡是一次寄托人类长生梦想的寻梦之旅，这次大规模的航海行动，推进了中华文明的输出。

为了纪念2000多年前徐福东渡的这一伟大壮举，渤海新区修建了东渡码头，正门南侧的泰山石，雕刻着"东渡码头"四个醒目大字，高8米，宽3.8米，厚1.5米，总重约120吨，预示着东渡码头景区安稳如泰山，乐在此中游，也寓意着渤海新区风调雨顺。细心的游客不难发现，在景区停车场对面，便矗立着徐福东渡大型石雕，该雕像栩栩如生，是东渡码头标志性建筑物之一。

来到东渡码头，怎可以不出海呢！这里有多种船型可供选择，您可以选择惊险刺激的动感飞艇，体验海浪拍打在身上的乐趣；可以选择观光快艇，一览两岸风光；可以选择稳定性较高的大型旅游客船，老人孩子乘坐完全没有问

东渡码头游船

题；还可以选择观光渔船，在欣赏海景的同时，体验一把做渔民的乐趣。

历史与现代的碰撞，造就了渤海新区的"沧海文化"。海与陆在这里彼此交融，大片的滩涂，潮来为海，潮去为陆，堪称地球上海与陆最亲密的接触。

面朝这片沧海，可以深刻感受造物主造就的地理奇观！眼前，浑浊的海水、泥质的滩涂、广阔的潮间带，苍茫混沌，原始洪荒！背后，则是一望无际的大盐田、大湿地、大平原，它们共同构成"沧海"并"桑田"的独特视觉盛宴。

下面，让我们一起走进沧海文化风景区，该风景区是渤海新区打造"国际滨海休闲度假旅游目的地"的重要举措，景区规划建设主题文化、养生休闲、教育科研、商业购物、美食品鉴、湿地净化等功能区域，重点打造"海洋科普、湿地净化、教育科研、商住综合服务及滨海养生"五大特色文旅产业带。

其中，建设有十里金沙滩，已于 2019 年正式对外开放，金黄细腻的海滩沙与沧海水完美地融为一体，浑然天成。十里金沙滩弥补了我们这里"有海无沙滩"的遗憾，同时也使得这里成为津京两地、河北中西部地区看海、玩海，

沧海文化风景区金沙滩

海滨度假的热门旅游目的地。

东西方向的景观路叫环海路，在环海路上矗立了4座极具异域风情的大门，分别是捷克门、希腊门、巴基斯坦门和泰国门，这四座地标性建筑已经成为游客来金沙滩游览的打卡胜地。走进沙滩，您可以吹海风，洗海澡，坐快艇，也可以静静地搭起一个帐篷，享受暖暖的日光浴。

除此之外，在旅游旺季每个门都会有不同形式的夜场演出和餐饮活动，啤酒、灯光秀、文艺演出等异常热闹，让游人流连忘返。

渤海湾旅游，其实已至、其势已成、其兴可待。"潮平两岸阔，风正一帆悬"。渤海新区正以最饱满的热情邀您：畅游沧海百川，共赏碧水蓝天。

沧海文化风景区金沙滩夜场演出

河间府署
——"京南第一府"古今话传奇

—— 讲述人 ——
韩芳
河间府署接待中心
主任

精彩聆听，
请扫描二维码

图片来源：图片由景区提供

大家好，我是河间府署接待中心主任韩芳，请跟随我走进"京南第一府"。

河间府署，位于沧州河间市，素有"京南第一府"之美誉，昔日是与保定、开封、济南府齐名的京南四大名府之一。这里是目前国内保存制式最完整的衙署建筑，也是除故宫以外，唯一允许设置穿堂议政的行署建筑。

河间历史源远流长，至今已有2700多年。其名始于东周，历代曾在此建府、立州、设郡、置国，自古就是政治、经济、军事、文化重地，堪称文物荟萃之土，人杰地灵之邦。

据史料记载，河间府署始置于北宋大观二年（1108年），坐北朝南，气势雄伟恢宏，衙署的主要建筑均分置于中轴线上，附属建筑分布于东西两侧的附属轴线上，形成东中西三路轴线。

河间府署大堂

　　来河间，首先该向您介绍古城"河间"一名的由来。《康熙几暇格物编》曾根据《尚书·禹贡》中黄河"至于大伾，北过泽水，至于大陆，又北播为九河"等的记载，得出"九河故道不出沧、景二三百里间也"的结论。

　　相传，大禹治水之时，黄河流到此处分为九条河流，而河间即为九条河流中间的陆地，因"九河之间"，得名"河间"。河间在春秋属燕国之域，战国时期分属燕、赵二国，秦属巨鹿郡。

　　秦始皇废封建为郡县，沿袭春秋战国旧县名置武垣县，这就是河间县的前身。从汉至晋的400余年间，4次建河间国，其间时国时郡。直到隋炀帝大业初，以武垣县境介于沙（子牙河）唐（古寇水）两河之间，才把武垣县改为河间县。隋至唐属河间郡或瀛州。五代时瀛州归契丹辖。宋置高阳关路安抚使。宋大观二年（1108年）罢瀛州改府。

　　河间府署距今已有900余年，英才辈出，最有代表性的就要数包拯了。1052年，包拯出任瀛州知州，任职大概一年的时间，后因大儿子包繶去世返乡

河间府署

料理丧事，后改任他职。包拯就任时，正值河间一带严重夏涝，居民流亡未复，然而瀛州当时为宋朝的边关要冲，文武官员迎来送往费用很多，行政支出很大。包拯为了减轻百姓的负担，节省经费开支，挥笔写下了《论瀛州公用疏》一文，充分彰显了他忠君爱民的形象。虽然包拯任职时间不长，但是他的勤政爱民、清正廉洁的形象深入人心，他的事迹也为后人千古传颂。

想必大家对《诗经》并不陌生，但你们不知道的是，河间府署的诗经斋中藏有旧籍《诗经》各类版本8000余册，是研究《诗经》的重要资料藏馆。

《诗经》是我国最早的一部诗歌总集，其创作年代是在西周初年至春秋中叶，据传后经孔子删定，共得305篇，故称"诗三百"。现在我们读到的诗经，是汉学大儒毛亨毛苌叔侄所注释的毛诗。

公元前 212 年，秦始皇焚书坑儒，以语诗为业的毛亨从鲁地北上，来到相对荒僻但是水草丰美、民风淳朴的武垣县（今河间市）居住下来，在此重新整理了《诗经诂训传》，并亲口传给侄子毛苌。

西汉时河间国国王刘德广求天下古籍文献，有"修学好古，实事求是"的美誉，他曾在古河间国筑日华宫、君子馆，聘请毛苌为博士传授《诗经》，使《诗经》得以流传。当时刘德与毛苌等人研习《诗经》的曲调，通过吟唱的方式讲解《诗经》，至今古曲犹存，被称为"河间歌诗"。"河间歌诗"曾于 2006 年 6 月被评为我国第一批国家级非物质文化遗产。来到河间，大家可以有机会聆听唱出来的《诗经》，或许可以窥探 2000 多年前人们的唱腔，"蒹葭苍苍，白露为霜，所谓伊人，在水一方"。

来到这里，您不仅可以了解古城河间悠久的历史、建筑规制、名人轶事，还能了解古代官制文化、庙宇文化、廉政文化、诗经文化、民俗文化等。此外，还可以品食当地美食"河间驴肉"，欣赏牡丹、芍药、丁香、海棠，以及晚樱、棣棠、连翘、蔷薇等各种鲜花，相信定让您不虚此行。

包拯塑像

毛苌公雕像

南大港湿地

——京津南花园，天然大氧吧

——— 讲述人 ———

刘洪睿

沧州南大港湿地和鸟
类自然保护区管理处
科员

精彩聆听，
请扫描二维码

图片来源：图片由景
区提供

南大港湿地位于河北省沧州市渤海新区，东邻渤海，南接黄骅港，是著名的退海河流淤积型滨海湿地，由草甸、沼泽、水体、野生动植物等多种生态要素组成。由于这里独特的生态环境，使其成了东亚—澳大利西亚鸟类迁徙路线的重要节点，每年候鸟迁徙期都会看到大批的候鸟在此停留栖息。

南大港湿地绵延 7500 公顷，地貌复杂，物种丰富，经专家考证，湿地现有植物 237 种、昆虫 291 种、鸟类 268 种，淡水鱼类 27 种，并有多种浮游生物以及狐狸、野兔、蛇等几十种陆地生物在此繁衍生息。

一年四季，景随时移。春水连天、万鸟翔集，夏雨滴翠、虫声绕廊，秋芦飞花、鹤鹿逐浪，冬雪飘银、獾奔兔忙，四季风光各有千秋。

湿地内已发现的 268 种鸟类中，有国家一级重点保护动物 8 种，分别为黑鹳、白鹤、丹顶鹤、中华秋

南大港湿地全景图

沙鸭、白肩雕、大鸨、东方白鹳和金雕；有国家二级重点保护动物 40 种，包括大天鹅、小天鹅、白枕鹤、灰鹤、大鸨等。

下面和大家分享三种鸟类的故事。它们虽然没有列入国家一级重点保护名录，但却居于世界自然保护联盟濒危物种红色名录或世界濒危鸟类红皮书中，珍稀性不言而喻。

第一个是青头潜鸭，它们和普通的野鸭子体形相似，不同之处在于它们的头和颈是黑色的，且具有绿色的光泽，体圆头大，憨态可掬。青头潜鸭对环境的要求特别高，堪称环境质量好坏的指示物种，可靠数据表明，全球现存数量不足 1000 只。在 2016 年 4 月 18 日，湿地国际中国办事处陈克林主任和湿地国际鸟类专家英国人 John Howes 带领的黄渤海沿线迁徙鸟类监测调查组在南大港湿地调查时发现了 4 只青头潜鸭，足以证明南大港湿地环境的优越性。

第二个是震旦鸦雀，它比普通的麻雀略大一些，黄色的嘴带有很长的嘴钩，脚是粉黄色，眼睛是红褐色，有狭窄的白色眼圈。震旦鸦雀是中国特有的珍稀鸟种，古印度称华夏大地为"震旦"，且这种鸟的第一个标本采集是在中国南京，故得此名。由于震旦鸦雀仅生活于芦苇荡中，如同熊猫仅生活在竹林繁盛地区一样，且数量极为稀少，人们叹之为"鸟中大熊猫"。2018年，摄影爱好者在湿地拍摄时发现了它的身影，景区工作人员前往湿地开展鸟类调查时，也频频发现它们的踪迹。

第三个是黑脸琵鹭，俗称饭匙鸟，黑面勺嘴，因其扁平如汤匙状的长嘴与中国乐器中的琵琶极为相似，因而得名。它的分布区域极为狭窄，种群数量也极为稀少，是全球最濒危的鸟类之一，已被列入ICBP世界濒危鸟类红皮书。至2011年黑脸琵鹭的最大越冬地，仍在我国台湾，而2019年3月20日，南大港摄影爱好者在湿地拍摄到了在此栖息的10多只黑脸琵鹭，这是南大港湿地环境指数提升的又一明证。

每年的3—6月及9—11月为候鸟的迁徙期，届时南大港湿地都会迎来了数以万计的候鸟，有大雁、白鹭、天鹅以及各种野鸭，它们将分批在保护区内停歇一到两周的时间，如果该阶段来到南大港湿地，就能真正体会什么是万鸟翔集。

南大港湿地美景

　　每年管理员都会发现一些翅膀或者腿部受伤需要救治的鸟类，他们会通过专业的医疗手段，保证鸟类完全康复后，将它们放飞，让其重新回归自然！正是因为有他们的守护，我们才能拍到、看到这些珍稀鸟类。

　　说到这里，不得不说一说南大港湿地的清新空气了。负氧离子是空气质量的重要指标，被誉为"空气中的维生素"，可以改善人体大脑功能，改善肺功能，增强人体免疫力。同时能抑制细菌的生长，起到人体保护伞的作用。而湿地景区内的负氧离子含量最高值可达 18733 个每立方厘米，素有"京津南花园，天然大氧吧"之称。

　　来到南大港湿地景区，可以乘龙舟体验舟行苇荡的惬意；可以站在观鸟亭码头，与伴船飞来的鸿雁打招呼；可以登高望远，看候鸟在苇荡中雀跃的身影；也可以走进雁荡湖广场，近距离欣赏斑头雁的展翅翱翔。

　　待到春暖花开，疫情过去，欢迎您来南大港湿地！

南大港湿地——鸿雁迎宾

衡水市是河北省下辖的一个地级市，位于河北省东南部。大禹治水划天下为九州，冀州为九州之首，其含有河北大部，河北省称冀，也缘于此。现衡水市仍有冀州区，在后世历经国、州、郡等不同行政区划的变化过程中，冀州区长期为州郡治所所在地，历史底蕴深厚。衡水属于环渤海经济圈和首都经济圈的"1+9+3"计划京南区，被社会经济学家费孝通先生称为"黄金十字交叉处"。

衡水是旅游业新兴城市。目前，全市各类景区有110多家，自然风光秀美。碧波千顷的衡水湖是华北平原单体面积最大的淡水湖，被誉为"京南第一湖""京津冀最美湿地"。衡水湖还是国家4A级旅游景区、国家生态旅游示范区，有各类动植物1100余种，每立方厘米负氧离子含量高达4600个。武强年画博物馆是国家4A级旅游景区，武强年画是"美丽河北·最美旅游纪念品"。周窝音乐小镇是中国特色小镇、中国乡村旅游创客示范基地，也是"不得不访的河北十大美丽乡村"。衡水老白干工业园区是首批国家级工业旅游示范区。

孙敬学堂

——"头悬梁"，源远流长

大家好，我是河北闾里文化传播有限公司总经理王志红。我想大家在上小学的时候，一定都学过"头悬梁，锥刺股"的典故，多数也熟悉"悬梁刺股"这个成语。但是你了解，这典故中的人物吗？知道他们家在哪里吗？今天，我就给大家讲一讲"头悬梁"的主角——孙敬的故事。

刻苦读书"头悬梁"

宋代《太平御览》曾在摘引《汉书》《楚国先贤传》时，记录了"孙敬好学，晨夕不休，及至眠睡疲寝，以绳系头悬屋梁，后为当世大儒"的故事，从此为我们留下了"头悬梁"的典故。

相传，他年少好学，博闻强记，而且嗜书如命，晚上看书学习常常通宵达旦，平日里几乎足不出户，邻里们都称他为"闭户先生"。由于长时间用功读书，

孙敬学堂

所以读书过程中难免会不自觉地打起瞌睡来，可是一觉醒来，他又非常懊悔。为了找到一种能自动提醒自己的办法，他也动了多番脑筋，但都不见效。

后来有一天，他偶尔出门，看到街边有大人拽起小孩的发辫逗他们玩，他顿时灵光一闪，找到了破解难题的方法。回家之后，便找来一根绳子，一头系在房梁，一头系住发髻。如此一来，当他累了低头打瞌睡时，系在房梁上的绳子便会扯住他的头发，瞬间他就在头皮的扯痛中醒来，于是又能打起精神继续读书了。

刻苦精神要发扬

后来，孙敬的故事便与《战国策·秦策一》中记录的苏秦为督促自己刻苦学习而"锥刺股"的故事一起，形成了如今的"头悬梁，锥刺股"的典故，留下了"悬梁刺股"这句成语，他们也成为我们刻苦勤奋学习的榜样，世世代代流传至今。

今天，在孙敬的故乡，著名的"衡水中学"培养的每一名学生，也都展现出争分夺秒、一心向学的以刻苦学习改变人生命运的奋斗精神，这种奋斗精神正是"头悬梁"精神的延续。

为了传承和发扬以孙敬先生为代表的古代先贤们尊师重教、刻苦学习的精神，我们倾力打造了国内首家以中国传统礼孝文化为主题的体验式研学基地——衡水闾里古镇·孙敬学堂。

尊师重教记心房

自古衡水就是尊师重教、人文鼎盛的地方，涌现出了董仲舒、孔颖达、高适、孙犁等古今历史文化名人。行走在衡水的大街小巷，无有不受尊重的老师，无有不懂礼貌的学生，整个社会都形成了"学习为上、知识为高"的社会氛围。

钟鼓王比赛

　　当朋友们来到闾里古镇·孙敬学堂，首先会被气势恢宏的汉式建筑所吸引！当我们穿上汉服学习古礼，当我们在活字印刷课中体验中国文字的魅力，当我们在沙画馆画出传统古诗词的奥妙，当我们在编钟编磬的雅乐课程之中学习汉舞的曼妙身姿，当我们在书画院凝神静气去体验传统文化的墨香……当我们做一名彬彬有礼的小君子和小淑女，跟着老师整齐地诵读："餐桌礼，学自立，细嚼慢咽不挑剔；敬茶礼，学感恩，跪拜父母行孝悌；拜师礼，学君子，圣贤古训永牢记"时，中华优秀传统文化培养出来的文化自信会伴随着我们的一生！

　　在此，我们欢迎全国各地的小朋友们，在疫情过后能够跟着爸爸妈妈及家人，来到闾里古镇·孙敬学堂，在汉风实景研学基地体验传统文化，激发学习兴趣、丰富知识内涵、培养良好习惯、涵养艺术气质，做知礼明孝的小君子、小淑女。

祭孔大典

衡水湖

——沧海桑田的"遗孤"

—— 讲述人 ——
李会龙
衡水滨湖新区旅游发
展委员会市场开发科
科长

精彩聆听，
请扫描二维码

图片来源：由衡水湖
景区提供

大家好，我是衡水滨湖新区旅游发展委员会的李会龙，下面将带您走进"故事里的衡水湖"。

沧海桑田的幸运儿

5000 年前，在人类的社会活动尚未对自然产生过多影响的时候，从淮河到海河的广大北方地区，这里气候温暖、湿润，河流密布、湖泊众多，林草丰茂、动物繁多，可算得上最适合人类生存的地方，而这片广大而富饶的土地，也滋养了无数的早期人类部落，进而诞生了人类最早的文明之一——华夏文明。然而，再美的家园也不是绝对的天堂，在这片土地之上，始终存在着一个巨大威胁，那就是时常改道的大河——黄河。

"黄河之水天上来"，流至中游则是一片黄土高原，在这里夹杂裹挟了大量的泥沙，待翻山越岭向东

衡水湖南岸飞鸟翔集

过了河南孟津后则是下游无边的开阔地，此时落差明显减小，水势明显减弱，黄河水里的大量泥沙不断地在河道里沉积下来。这样日复一日、年复一年，终于有一天河道淤堵了，而此时上游的洪水在连天的大雨之后翻腾而下，"随意地"在某处河道冲开了一个口子，滔天的洪水，便沿高就低，一路咆哮向前。有时会冲开一条新的河道，终流到海，也有时候，找不到新的河道，则会四处横流，将整个下游广大地区都漫灌了。

而在4000多年前，中华大地就遭受了一次这样长期的水灾，严重威胁了黄河两岸人民的生存与发展。华夏先祖们被迫与洪水进行了长期的抗争，最后终于在大禹的带领下，黄河流域各个部落，一同出人出力、一同出钱出地，采用以疏为主，疏堵结合的方法，通过精确测量，挖河筑堤，沟通了华北许多湖泊、沼泽，沿着新乡、安阳、邢台、衡水、沧州一线，为黄河找到了一条合适的入海通道，实现了黄河水患的大治理，使得黄河流域保持了1500多年的"海晏河清"。

在此后的漫长岁月里，黄河仍旧源源不断地从上游运输大量的泥沙，充填下游的湖泊、沼泽，堵塞下游的河道，使得因大禹治河而连通的很多湖沼不断变小并最终消失。而黄河也在河道的不断堵塞中，再次进入改道的轮回，甚至夺淮入海，或者夺海入海，成了一个人类难以驯服的"下凡天神"。

而如今，中原及华北地区保存下来的湖沼已经不多，历史上的大野泽、菏泽等曾经与黄河有过联系的北方大湖早已因泥沙淤堵消失在了人们的传说中，只能供我们进行想象。保留下来的湖泊，要么有幸没有成为黄河故道，如白洋淀等，要么就变成了相对小的湖泊，如衡水湖等。衡水湖可以说是千百年来，沧海桑田的遗孤，是华北平原唯一保留沼泽、水域、滩涂、草甸和森林等完整原始湿地生态系统的自然湖泊，这样看来实为万幸。

观鸟的胜地，运动的天堂

当地人常说，衡水湖既古老又年轻。它古老是因为它一路从古代走来，没有消失在茫茫历史中。而它年轻，则是因为它也曾短暂地离我们而去，并重新回来。在 1949 年以后，国家在一段时期里推广围湖造田，在衡水湖成立了我国第一个机械化农场——冀衡农场，占用了大量的沼泽和湿地，使得湖区面积大为缩小。至 20 世纪 90 年代，随着相关水利工程的修建及生态的治理，衡水湖再次迎来长期稳定的蓄水，使得冀衡农场的数万亩农田重新变成了湖区，衡水湖又恢复了新的生机。

2003 年 6 月，衡水湖被批准为国家级自然保护区，2011 年 1 月成立了衡水滨湖新区管理委员会，一个崭新的衡水湖展现在了世人面前。

如今，衡水湖是鸟类的天堂，是观鸟的胜地。湖区观测到的鸟类有 323 种，其中的大明星是青头潜鸭。它已被列入世界自然保护联盟濒危物种红色名录，属于极危物种，全球不足 1000 只。2017 年 3 月 8 日，相关监测团队在衡水湖一次观测到 308 只青头潜鸭，引发了世界关注。2018 年 6 月，鸟类专家还首次影像记录到了青头潜鸭在衡水湖的成功繁育。此外，每年春季，衡水湖会陆续

衡水湖游船

迎来大批的北迁候鸟，已成为东亚全球候鸟迁徙的重要落脚点及中转站。

优美的水文环境，既是鸟类欢娱的胜地，更是人类激情运动的天堂。衡水湖修建了环湖赛道，从 2012 年开始举办国际马拉松赛事，至今已成功举办 8 届。8 年来连续获中国田协"金牌赛事"荣誉，2019 年 5 月获国际田联"金标赛事"殊荣，是名副其实的"双金赛事"。环湖健身已经成为衡水这座城市的新时尚、新名片。

在此，我们欢迎各位朋友，来到衡水湖，寻访禹河故道，探究远古的故事传说；观鸟骑行，体验新时代的幸福生活。

滏阳河
——衡水人的母亲河

—— 讲述人 ——
王中保
衡水滨湖旅游有限公
司办公室主任

**精彩聆听，
请扫描二维码**

图片来源：由衡水滨
湖旅游有限公司提供

大家好，我是衡水滨湖旅游有限公司办公室主任王中保。

滏阳河发源于太行山东麓，滏山南麓，故名滏阳河。它属海河流域子牙河系，曾多次与漳水合流，并多次改道，在这里流传着"金龟醉酒"的神话故事。

"金龟醉酒"的传说

相传大禹治水之时，玉皇大帝见大禹治水日夜奔波，十分辛苦，就派金龟将军前来当他的坐骑。金龟将军自天上来到人间，自以为是玉帝驾前的一员大将，根本不把大禹放在眼里，不甘心当他的坐骑，就当起了治河的开路先锋。有一天，金龟将军擅离职守喝得酩酊大醉。大禹对金龟将军说："滏阳河是太行山以东天水入东海的主要河道，应该挖宽一些。"金龟将军酒醉神志恍惚，将大禹"挖宽一些"的指令，误

滏阳河俯瞰图

听为"挖弯一些"。结果，他迷迷糊糊地将滏阳河挖成了九曲十八弯，直到现在滏阳河还是弯弯曲曲的。

"长堤春水绿悠悠，畎入漳河一道流"

唐代大诗人王之涣曾于开元十年（722年）到衡水任职，有诗写道："长堤春水绿悠悠，畎入漳河一道流。莫听声声催去棹，桃溪浅处不胜舟。"这首诗正是描写当时的美丽春色。蜿蜒的长堤、奔腾的河水、欢乐的笑声，此情此景令人流连忘返。滏阳河水量充沛，造就沃野千里。春汛时滹沱河、漳河、滏阳河经常合流，冰凌水在现衡水城西汇集形成一片片沼泽，现在仍保留北沼、南沼这样的村落名称。洪水退去，肥沃的土地露出，明成化十一年（1475年）滏水脱漳，始形成滏阳河道雏形，迁移到此的人逐渐增多。

滏阳河还曾是河北东南部地区至天津的主要航运通道，直到20世纪50年代中期仍有小型货船往返，有的从上游邯郸等地驶来，船上载满了陶瓷、煤

滏阳河附近的九州广场

炭、山货，有的从下游天津驶来，载满了布匹、绸缎、煤油、百货，船只经过衡水到老桥渡口时通常会转运衡水老白干等地方物产，再通过陆路、京杭大运河转至北京、杭州、扬州等大都会。

这里同时还为船工提供生活补给，各种小吃摊点摆得满满当当，煎饼果子、老豆腐、馄饨、大饼等应有尽有。沿岸商业活动十分繁荣，店铺林立。当地老百姓把货物摆放在河畔"等人问津"，客商还会打听这里距离天津有多远、航道情况如何等。至今滏阳河畔依然保留着"问津街"，是衡水老白干产品及其他糖酒副食集散批发基地。

"十里长廊，龙脉滏阳"

甘甜的滏阳河水、本地产的优质高粱、发达的水陆交通，这些得天独厚的自然条件催生了滏阳河沿岸酿酒产业的诞生，其中衡水老白干最为出名。历史

滏阳河边保利大剧院

上的滏阳河可谓风光无限，记录了那个时代衡水的荣光，衡水的酿酒业至今依然是这座城市的骄傲。

如今，滏阳河景区是国家级水利风景区，以"十里长廊，龙脉滏阳"为主题，以九州广场至萧何广场间河段为航线，可游船观光、沿河观看绿道、品读历史长廊、游览都市夜景。保利大剧院、奥体中心、九州广场、萧何广场等场所，是现代文明与历史文化浑然天成的产物。清风习习、惬意自然，远方皓月当空、繁星点点，扬帆起航只为等你。

经过初期运营，目前滏阳河、衡水湖景区、园博园、闾里古镇、衡水老白干酒厂、保利大剧院等多条旅游路线已经串联在一起。

此时此刻您肯定已经放飞思绪，想来到这个历史厚重、底蕴丰富的滏阳河走一走、转一转。这是一条从历史走来的长河，带着故事走来的长河，它的一江清水依旧在滋养着古老而新生的衡水城。待到疫情过后，我们欢迎您沿着滏阳河一路探寻衡水的湖、衡水的酒、衡水的古镇！

周窝音乐小镇
——时尚乡村故事多

大家好，我是周窝音乐小镇接待经理葛杏丽，下面由我带您走进故事里的周窝音乐小镇。

与音乐结缘的周窝村

周窝村虽然没有青山绿水，但却是一个不平凡的村子。无论街道、胡同都横平竖直，成方成块，如同城市街道一般，这在农村属于罕见的规划。在20世纪60年代，这个村的老支书带领村民共同致富，统一规划家园，形成了现在的样子，街道宽敞、房屋整齐、尖顶红瓦、绿树成荫，是鲜明的北方民居特色。

在20世界80年代的时候，周窝村的农民们又与西洋乐器结缘，开始了生产西洋乐器的历史。当时只有十几个工人，全是翻地割麦干农活的农民，他们白手起家，学会了制作吉他、萨克斯、单簧管、小提琴等手艺。经过40年的励精图治，努力拼搏，现在这

小镇东外环麦田

里已经是中国最大的西洋管弦乐器生产基地。

2012 年，依托这里强大的乐器产业基础和深厚的文化底蕴，周窝音乐小镇诞生了。景区以音乐为核心，将散落在村子里的近百家闲置民房，尽可能在保留原汁原味的北方民居风貌的基础上，加以现代艺术元素与音乐元素包装，把临街院落打造成餐厅、酒吧、咖啡屋、各种乐器体验馆和文化艺术展览馆等商业性门店，里面的房子则打造成各具特色的民宿客栈。村庄的一砖一瓦、一花一木都与音乐相连，处处体现音乐创意，形成远近高低一门一景、一户一品的景色格局，吸引了大量游客，成了中国最具文艺气质的音乐文化产业园。

音乐小镇的时尚与浪漫

来到小镇可以体验北方民居特色，随着时代的发展，乡村游已经是一种时尚，而乡村里会呼吸的健康阳光房又是时尚中的时尚。

周窝"不一样的院子"独具创意特色和田园风情，中西结合，相得益彰。娱乐设施有迷你影院、自动麻将桌、DIY 厨房等，可以在自主烧烤中，放声狂

小镇形象代言"懂音乐"

欢、看烟花满天。

作为普通人，也可以去体验一下乐器的制作和演艺。走进吉他作坊探究吉他的制作秘密，在白板吉他上任意绘画、自由涂鸦、潇洒提名，给自己制作一把世界上独一无二的吉他，留下一生难忘的体验。

音乐，渗透在周窝的每一个角落。随着音乐的潜移默化、耳濡目染，如今周窝上至80岁的老人，下至3岁的孩童，都能弹一段或吹一曲。不仅如此，村民们还自发成立了"农民西洋乐队"，闲暇之余便开始吹拉弹唱起来。走近他们，你会发现，一股浓浓的文化气息扑面而来，一种掩饰不住的幸福在他们脸上肆意绽放。

让音乐创造无限可能

小镇既有满足散客家庭需求体验的特色庭院，也有适合各种团建活动的原

小镇北门牌坊

创公社主题民宿，还有专供音乐家、音乐人入住的音乐人乡墅。

周窝音乐体验中心采用先进的设计理念，运用尖端的音乐设施与体验系统，引导探索和享受各种类型和形式的音乐。小镇每年举办各种国内外音乐品牌活动，通过周窝村搭建的国际交流平台，展示世界音乐的风采。已经成功举办的麦田艺术节、管乐节、波兰艺术中国行、肖邦钢琴音乐比赛、乐动中国等活动都吸引了众多国内外音乐人前来交流。

周窝音乐小镇作为原创音乐基地，已与多个全国大型 IP 项目合作，如永久落地了中国大学生音乐节青春音乐学院。每年都会有来自全国的优秀的原创音乐人集结周窝，一起学习音乐、一起创作音乐，每年在这里会诞生上百首原创音乐作品。

疫情过后，期待大家来到周窝音乐小镇，听音乐、玩音乐，让音乐创造无限可能！

衡水园博园
——桃城新貌，风景独好

—— 讲述人 ——
卞浩
衡水市园林中心

精彩聆听，
请扫描二维码

图片来源：由衡水园
博园景区提供

大家好，我是衡水市园林中心的卞浩。河北省园林博览园紧邻享有"东亚蓝宝石""京津冀最美湿地"之称的衡水湖，依湖造园，借湖成景，湖园相映，集中展示了燕赵园林景观艺术，是一个体验未来幸福生活，圆我们美好园林梦的地方。

燕赵园林真美妙

园博园内共有3个特色建筑，36座园中展园，让游客在衡水湖之滨开启一段全新的园林体验之旅。

自园博园西门进入，首先映入眼帘的是标志性建筑主展馆。主展馆以衡水的市花"桃花"为创意原型，桃花花瓣巧妙地被设计成了主展馆会呼吸的屋顶。蓝天白云之下、湖光水韵之间，主展馆就像一朵永恒绽放的桃花高高耸立在衡水湖畔。主展馆分两层，一楼是衡水历史文化博览馆，二楼是衡水城市规

园博园西门

划展览馆，充分展现了衡水的历史与未来发展。

滏阳楼是园博园内的最高建筑，建立在堆土15米高的假山之上，楼高24米，主体三层，按照宋代《营造法式》的规制进行设计，为传统十字歇山顶，红色圆柱，飞檐斗拱，四面置窗，周边花式栏杆，青黛色瓦檐。

整个建筑气势宏伟，古朴凝重。登顶滏阳楼可俯瞰全园景观，远眺美丽的衡水湖。游客们攀缘而上，会不自觉地想起唐朝王之涣"欲穷千里目、更上一层楼"的千古名句，更为巧合的是这位大诗人王之涣，曾任衡水县主簿，真不知大文豪看到滏阳楼的景色，又会吟咏出怎样的传世名句来！

自古以来，建造园林讲究"水为血脉，山石为筋骨，草木为毛发"，可见水在园林艺术中的极端重要性。园博园内也自然分布着"映花湖""邀月湖""滏阳湖"三处湖泊，加之众多庭院中的池塘跌水小品，像散落的一块块绿宝石，构成了园博园异彩纷呈的水系景观，也充分彰显了"湿地园林"的主题，展现了一派山水萦绕的湿地风光。

园博园内滏阳楼

衡水"城市名片"真迷人

在园区的东部是我省各设区市和辛集、定州市建设的 13 座城市展园。这些展园都是名家设计，风格各异、各有千秋，展示了经济强省、美丽河北的独特魅力，展现了燕赵大地的迷人风采。

园内一年四季美景不断，春赏郁金香花海，夏观映日荷花红，秋看精品菊花展，冬逛新春大庙会。漫步园中，气势恢宏的滏阳楼、各具特色的城市展园、独具衡水特色的主展馆……随处可见游人结伴游玩、拍照留念，这里周六免门票，市区有直达公交车，为衡水市又增添了一张精彩的"城市名片"。

园博园还是一年一度衡水湖国际马拉松赛 5 千米迷你赛事的举办地，欣赏着园内如画的美景，呼吸着天然氧吧的新鲜空气，更加激发了跑者的速度与激情。园内接待过全球各地的贵宾，无一不由衷感叹园博园的美丽。

踏遍青山人未老，风景这边独好。园博园正跳动着绿色的音符，谱写新时代衡水市生态优先、绿色发展的华美乐章！朋友们，待到疫情过后，让我们相约衡水，相约园博，感受大美湖城的迷人风采！

衡水老白干

——匠心传承，酿造绝味

—— 讲述人 ——
谷丽君
衡水老白干景区讲解员

精彩聆听，
请扫描二维码

图片来源：由衡水老
白干景区提供

大家好，我是衡水老白干景区讲解员谷丽君。说起酒，衡水老白干也和贵州茅台、北京二锅头一样声名在外，就算没喝过，多也听说过！下面，我将带领大家了解衡水老白干的历史故事。

衡水老白干原来是个"高富帅"

巍巍太行之边、缓缓滏阳河畔，绝佳的气候和优质的水源，孕育了流传千年的衡水老白干，被酒友们誉为"高富帅"。

"高"，是因为它是目前国内，及世界上酒度最高的酒种之一，可达 67 度。"富"，是指目前衡水老白干生产能力达 12 万吨，年销售额 40 亿元。"帅"，是指景区为"河北省花园式工厂"，古酒坊与现代化园林工厂交相辉映，已成为古韵新颜并存的园林式景区。

2008 年，衡水老白干的酿造工艺被原文化部认定

衡水老白干酒库大门

为"国家级非物质文化遗产"。老白干独特的小麦中温大曲、地缸发酵、续茬配料、混蒸混烧老五甑工艺，成为值得重点传承和保护的国家级非物质文化遗产。来到景区，你可以参观和体验古法酿酒的整套工艺，了解衡水老白干酒生成的整个过程，最后品尝一下在外面没有机会品尝到的原浆酒。还可以跟着国家级、省级品酒师学习品尝各种美酒差异的方法，了解自己更适合喝哪一种。

说起酒，我们知道除了价格差异大、度数差别大外，还知道酿造时间长短也有极大的差异。对此，大家可能会很好奇。但实际上这个差异主要体现在原浆酒的储存时间上。衡水老白干原浆酒的最短储存时间是13个月，长的几年、十几年、几十年的都有。你可以想象一下，今年生产的原浆酒，需要等到一年以后，甚至几年、几十年以后，才会制成最终成品进行销售，这其中的耐心和等待，需要怎样的一种心境。所以每当我们端起酒杯，喝起酒时，要想象一下这个酒的历史，细细地品尝它曾历经的岁月，学会做一个儒雅的饮酒人。

兴起于汉代，繁荣于明代

衡水的酿酒历史，据文字记载可以追溯到汉代。汉和帝永元十六年（104年），河北发生了严重的涝灾，汉和帝下诏"冀州比年，雨多伤稼……诏禁冀

衡水老白干陶藏酿酒地

州沽酒"（《真定府志》载）。翻译成白话文，大致的意思是说："冀州的雨水量太大了，影响到了庄稼的丰收。下令冀州禁止有酒类的买卖。"我们都知道，酒的主要原料是粮食，"一斤粮食半斤酒"，所以在古代风调雨顺的年景，才会有多余的粮食用来酿酒，而遇到灾荒年，为了维护社会安定，保障百姓有饭吃，官府往往会对酒业进行管制。而皇帝下诏这件事情，也从侧面反映了衡水的酒业当时规模很大，甚至已经有了一定的政治影响力，以至于需要由皇帝下诏禁酒。

到了唐代，经济繁荣，国力强盛，对酒业实行开放政策。衡水民间，多设酒馆，或在门口吊一木牌，或用锡箔纸糊一立体酒嗉子，上写一个"酒"字，下坠红布条，吸引了众多文人墨客及过往商贾，极大地促进了衡水酒的传播。唐神龙年间，大诗人王之涣曾在衡水任主簿。相传，王之涣初至衡水尚未入城，就闻到酒香浓郁，急忙催马上前寻找，却是一处酒肆，下马品尝，发现醇香醉人、甘洌可口。此后王之涣宴客必用衡水酒，并赞曰：闻香须下马，开坛十里香。

与岑参并称"高岑"的衡水边塞诗人高适，更常以酒入诗，其诗恰如其分地体现了"诗是酒之魂，酒是诗之神"。据清代李汝珍《镜花缘》中故事，武周年间，武四思大摆酉水阵，摆出天下名酒 55 种，其中便有"冀州衡水酒"，可见当时衡水酒的名气与影响。

明朝时期，社会稳定，衡水酒业随着蒸馏技术的应用也兴盛起来，衡水境内烧锅越来越多，烧酒质量也越来越好。出现了"古桃城，虽不大，烧锅却有十八家"的盛况。明嘉靖三十二年（1553 年），滏阳河上建石桥，工匠们常到附近的"德源涌"酒坊聚饮，不断称赞"真洁，好干"，后广为传颂，遂得名"老白干"。"老"指衡水酒的酿造历史悠久，"白"指酒体清澈透明，"干"指燃烧后不留水分，它标志着衡水酒在酿造和蒸馏技术上已经达到领先水平。"老白干"是行业内唯一因消费者的赞誉而得名的酒，从此与衡水密不可分，成为衡水地方特产和名片。

桃花灼灼柳花扬，滏阳桥头酒飘香。经过千年的传承与发展，现在的衡水老白干已成为当地的骄傲。景区内定期开展"看装甑，学酿酒""看酒花，识酒度""跟大师，学品酒"等一系列的旅游专项活动。酒已斟满，门已敞开，欢迎各地游客，随时到来！

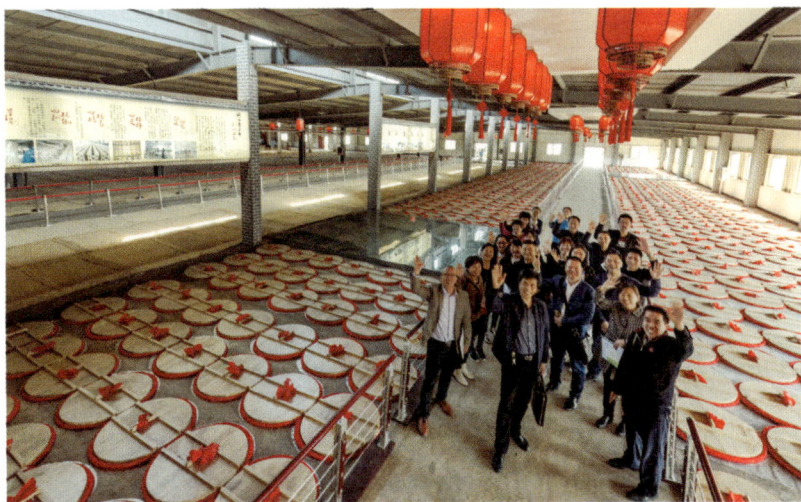

衡水老白干酿造原浆用的地缸发酵区

邢台，简称"邢"，古称邢州、顺德府，是河北省地级市、京津冀城市群节点城市、河北省级历史文化名城、冀中南先进制造业基地和物流枢纽。

邢台市历史悠久，拥有 3500 余年建城史，历史上曾四次建国、五次定都，有"五朝古都、十朝雄郡"之称。邢台市拥有国家级非物质文化遗产 14 项，省级非物质文化遗产名录 41 项；国家 A 级旅游景区 50 家（4A 级 13 家，3A 级 26 家，2A 级 11 家）；全国重点文物单位 23 家，河北省文物保护单位 79 家。其中，国家重点文物单位邢窑居河北四大名窑之首，素有"邢州白瓷甲天下"的美誉。

邢台西依八百里太行，旅游资源类型齐全、特色突出，这里自然风光绮丽多姿，被誉为太行山最绿、最美、最奇的地方。目前已形成山水风光游、休闲农业游、历史文化游、古村名镇游四条特色线路，能满足游客旅行体验的多种需求。

XINGTAI PIAN

邢台篇

崆山白云洞

——鬼斧神工，自然奇迹

—— 讲述人 ——
胡博
崆山白云洞景区办公
室主任

精彩聆听，
请扫描二维码

图片来源：崆山白云
洞景区提供

　　大家好，我是崆山白云洞景区办公室主任胡博，崆山白云洞形成于 5 亿年前的中寒武纪，是我国北方一处难得的岩溶洞穴景观，是全球同纬度最大的溶洞。这样一个 5 亿岁的洞穴中有过什么样的故事？隐藏着什么秘密？是如何形成的？下面请跟我走进"故事中的崆山白云洞"，领略大自然的神奇与璀璨。

　　崆山白云洞位于邢台临城县境内，是"中国 80 个最美旅行地"之一、中国十大著名洞穴。它是一个天然形成的喀斯特洞穴，发育在距今 5 亿 ~ 5.13 亿年前的古生界寒武系灰岩中，"洞体幽深、景观密集、造型独特、小巧玲珑"。

　　洞内常年几乎保持恒温 17℃，湿度 86% 以上。游览面积约 4200 平方米，游线总长 1080 米。主要景观近 200 处，非常罕见的绝景有七处。根据景物组合，分成五个洞厅，形象地取名为"人间""天

白云洞

堂""迷宫""地府"和"龙宫"。五个洞厅，五重天地。

今天我想为大家讲述的是岈山白云洞最大的洞厅——天堂。天堂洞厅南北长 120 米，东西宽 65 米，高 20 米，等同于一个足球场的面积，而这么大的空间是如何形成的呢？

在洞顶有一条南北向的断裂破碎带，早在寒武纪中期 5.13 亿年前，这里是一片汪洋大海，含有二氧化碳的地下水沿着这条断裂破碎带溶蚀岩石并造成垮落，日久天长就形成了这么大的空间，而后地壳抬升地下水面下降，就露出了洞厅。

天堂洞厅湿度很大，很多还在滴水发育，当洞内外温差较大时，洞顶裂隙的内外两股气流便碰撞产生雾气，产生的雾气随之飘浮于洞厅之中，洞厅之内便云雾缭绕起来，好似天堂仙境，天堂洞厅也因此得名。

5 厘米的距离，500 年的光阴

当移步走到万寿台，就会看到一组景观叫"玉簪对净瓶"，这绝对是自然造就的一件精美绝伦的艺术品。

315

上方玉簪是悬挂在洞顶长 2 米左右的钟乳石，上面"镶"满了一簇簇洁白的石针、石花，造型有的像金龙戏珠，有的如玉凤展翅，整体如同妇女头上插的玉簪。下端正对着一个大型石笋，像是观音菩萨手中所持的净瓶，因此取名"玉簪对净瓶"。这么件奇珍异宝在其他溶洞极为罕见，是我们白云洞的一大绝景。如果你来洞中看，细心的话会发现，这玉簪和净瓶马上就要接住了，大概还有 5 厘米的距离。但朋友们知道吗，这短短的 5 厘米据专家考证还需要将近 500 年的时间。

又施魔法，奈何"节外生枝"

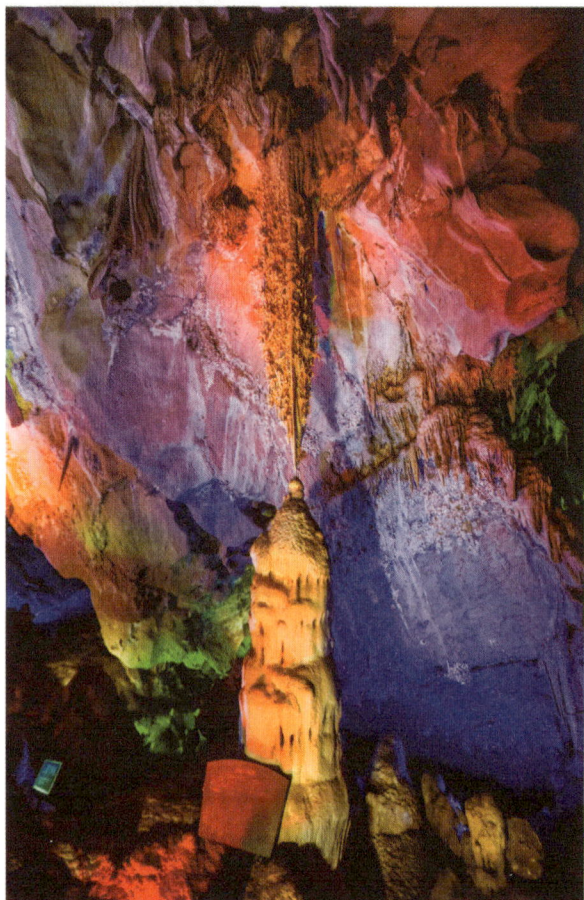

玉簪对净瓶（摄影：赵政雄）

向上还有一个令人惊奇的景观，叫作"横天一枝"，又叫"节外生枝"。在石钟乳上横向长出一个形似树枝的卷曲石，这在其他溶洞中尚未发现，是目前世界上绝无仅有的一大奇观，是白云洞的又一绝景。

至于它是如何形成的，至今还没有权威定论。它不按一般原理垂直向下生长，而是摆脱了地球引力横向生长，更奇特的是，它忽而向上弯曲，忽而向下弯曲，这实在是有些难以解释。你要是感兴趣，可以来此一探究竟，或许会有重大的科学发现呢！

最后，这里还有一片"玉竹成林"，并排生长的一根根石柱，不仅有粗有细，而且每一根还长着"竹节"。有专家说，竹节的形成是由于在5亿年的地壳运动中，因为上边顶板和下边底板受力不均，而造成石柱断裂开口，随后被钙化物堵塞，继而形成了竹节状遗迹，一个遗迹就是断裂过一次的证据。当然这样的说法也有待考证，毕竟顶部的竹节形成更晚，而石柱的断裂为何能从下到上按照时间顺序依次分布，却也难解释。还需要你到此一探究竟。

对人们而言，崆山白云洞还蕴藏着很多秘密，保留有很多地球形成的历史信息，有着更多的气候变化线索，这些都是大自然在恩赐给我们如此精美的艺术品的时候，给我们留下的谜题，需要感兴趣的你，来探索、来发现。白云洞中游一日，探知世间千万年，欢迎你来到这个洞里的天堂仙境，发现自然的秘密。

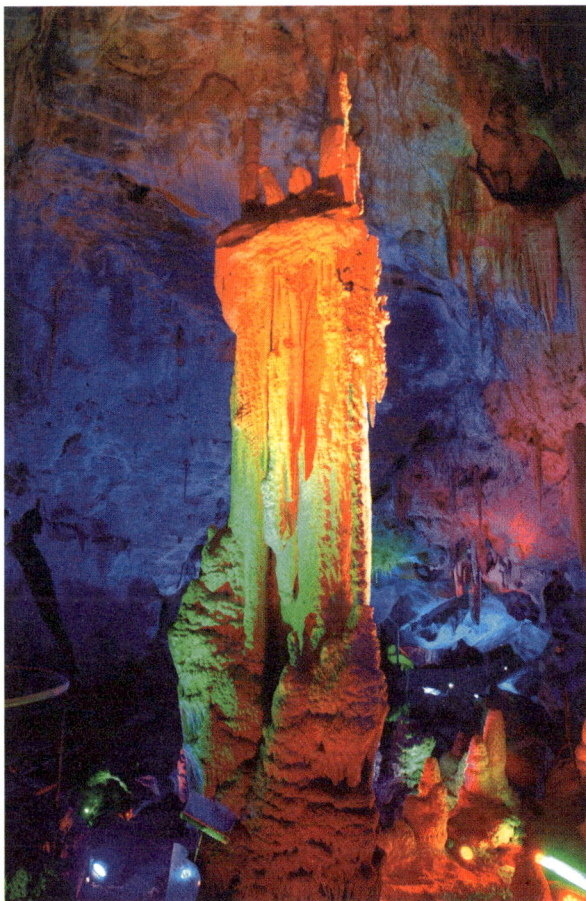

白云洞（摄影：赵政雄）

邢襄古镇
——过一天十二时辰的慢生活

—— 讲述人 ——
李乐
太行邢襄古镇策划部
经理

精彩聆听，
请扫描二维码

图片来源：邢襄古镇
景区提供

大家好，我是太行邢襄古镇策划部经理李乐，现在我由带您了解太行邢襄古镇。

邢襄古镇坐落在河北省邢台县，是以打造红色旅游、诚义燕赵、神韵京畿、生态农业、康养休闲为主题的京津冀短途休闲度假旅居休养地。项目集合"吃、住、行、游、购、娱、学、养、思"九大产业项目。

邢台，拥有 3500 余年文明史，曾四次建国、五次定都，有"五朝古都、十朝雄郡"之称，是黄河以北地区，建城最早的"第一古城"，也是中国最早的古都之一，着实是一座"仅京城与是"的壮美城池。曾涌现出郭守敬、李牧、宋璟、刘秉忠等先贤，走出了郭威、柴荣、孟知祥、孟昶等帝王。勤劳智慧的邢襄儿女创造出了璀璨夺目的民族文化。在这片神奇的热土上，那浓郁的盛世之风，从太行山吹向了世界的各个角落。

万亩花海

　　走进太行邢襄古镇，踏着古朴的道路，品味时光的轴线，带着岁月的古朴与深邃，寻找历史的回声，感受古镇每个时辰给您带来的静谧和悠闲。来到古镇的窑洞历史文化长廊，这里展现了邢襄大地的悠久历史文化，悠悠岁月，滔滔长河。

古镇十二时辰

　　卯时，是古镇新的一天的开始，在清晨的第一道阳光中到来，清脆的鸟鸣、柔美的霞光，唤醒了静谧的邢襄古镇。

　　辰时的古镇是宁静的，让所有的节奏慢下来，睡到自然醒，伴随着阳光推开客栈的窗，听得见清脆婉转的鸟鸣声，闻得到清幽素雅的青草味儿，看得到波光粼粼的河面上一条条闪闪发光的银色小鱼摇着尾巴游来游去。

　　巳时的古镇，游人熙熙攘攘，络绎不绝。欣赏着行进中的邢襄演艺，一边

邢襄古镇山头俯瞰

游览、一边拍照。顽皮的孩子们从古镇的街头奔跑着穿梭至巷尾，水声、蝉鸣和每个人欢快的话语声交织在一起。

午时，太阳渐渐升高，烈日当头，你是不是早已饥肠辘辘，那就先品尝街区的美食，再到老茶馆，来个饭后品茶闲聊，边躲避烈日，边消消食，感受生活的祥和、岁月的静好、现世的安稳。

未时，可以躲避城市的喧嚣，寻找到属于自己的闲暇时光。你可以捧一杯"网红奶茶"为小桥、流水、人家的格局而迷恋，也可以体验一把360°球幕、VR体验馆带来的另一番激情，还可以走进邢襄书院与好友切磋琴棋书画，更可以走进"牛小灵"文创店，找寻更多乐趣。

申时的古镇已是傍晚，河水静静地流淌，犹如一条巨大的玉带，抱香谷花香扑鼻而来，让人陶醉。家家户户都在做着热腾腾的饭菜，等待客人到来。

邢襄古镇晚霞

　　酉时，趁着夜色微浓，华灯未亮，穿梭到窑洞大院，感受那里宁静悠闲的生活，平平淡淡而又充满幸福感。夕阳西下的美感，日落淡淡的余晖，无一不在诉说着美好，淡淡的甜甜的陶醉了整个心扉。

　　戌时的古镇，温柔宁静。这里没有艳遇的浮华，只有音乐的跳动，让人思绪万千。听一曲民谣、饮一杯醇酿，让温柔的曲调柔化在迷人的夜色里。

　　亥时，古镇再没有别的喧嚣，白天的繁华、夜晚的梦幻，将在此后的梦里重现，而此时静得能让人浮躁的内心瞬间平和起来。

　　你若是厌倦了城市的喧嚣，那便来邢襄古镇感受这里的日与夜吧。待疫情过后，春暖花开时，来到这里看春风十里，看满山花海，做一个慢享家，感受古镇另一般的岁月静好，另一般的人间烟火，静享小镇质朴悠然的生活，度过一段自由自在的时光。

紫金山
——山里藏着一座古"清华大学"

——— 讲述人 ———
赵纪红
紫金山景区宣传部经
理

精彩聆听，
请扫描二维码

图片来源：邢台紫金
山景区提供

大家好，我是紫金山景区宣传部经理赵纪红，现在带您走进河北省邢台信都区的紫金山景区。

紫金山位于太行山主脉中段东侧邢台信都区白岸乡前坪村，与邯郸市武安、山西的左权交界，东距邢台市55千米，景区面积28平方千米。

这里千峰竞秀，万树相拥，平湖飞瀑，潭溪成串。植被覆盖率高达97%，八月份日平均温度23℃，卓越的生态环境使这里的负氧离子含量高出一般工作环境100～300倍，是八百里太行的大型天然氧吧。

景区集秀峰、幽谷、涌泉、飞瀑、奇峡、怪峙、坑盆、潭坝于一体。有鬼斧神工全国罕见的"天瓮奇观"、韩湘子古宅"韩仙庄"、飞瀑叠岩的"七星潭""蚌仙池""水滑梯"、横看成岭侧成峰的"板山群落"、千年滴之不尽的"圣水洞"等自然景观。

紫金山是紫金山书院创建地，紫金书院创建于元

紫金山入口追梦楼

代，至今已有 700 年的历史，培养出了刘秉忠、郭守敬、张文谦、王恂等一批在科学和政治领域有重大建树的人才，在我国文化、科学史上占有重要地位。因此，紫金山书院也被誉为中国古代的"清华大学"。

书院始现于唐代，是封建社会推广社会教育的重要组织形式。宋代时，由于政府和社会的广泛支持，书院遍布天下，并诞生了应天府书院、白鹿洞书院等四大书院。及至元代，承接宋制，一样重视全国的书院建设，只是更为重视关于数学、天文学等"理科"书院的建设，"紫金山书院"就是其中的典型代表。

"紫金山书院"以位于紫金山而得名。史书记载：一跃成为蒙古亲王忽必烈座上宾的刘秉忠在邢台为父亲守孝期间，于紫金山滴水涧创办书院讲学。少年郭守敬拜刘秉忠为师，与张文谦、王恂、张易等人同学于紫金山书院。刘秉忠将蒙汉文化高度融合，把渊博的学识和以天下为己任的理念植入教学过程，共同潜心研究经天纬地、治国安民的学问。

后来五人均入仕元朝成为重臣，辅佐忽必烈创建了疆域空前的大元王朝，完成了中华民族大版图的统一。此五人，史称"邢州五杰"，又名"紫金五杰"，他们不仅是邢台人的荣耀，也是中华民族的骄傲。他们中科学贡献最大的当属郭守敬，他主持修订了《授时历》，与现今公元历法仅差 25.92 秒，大大领先于当时世界，代表了中国古代最高的科学水平。

静品文化，动玩山水

紫金山也兴建有空中漂流、丛林穿越、极速滑道、高空滑索、民俗乐园、断崖秋千、喊泉等游乐项目，让您游在太行，玩在紫金山。

邢台紫金山景区拥有独特的古代科学文化遗迹，是河北省研学拓展、休闲度假的成熟基地。

等到疫去春来，我们在紫金山欢迎大家的到来！

天瓮奇观

天河山
——"七夕"打卡地，中国爱情山

—— 讲述人 ——
梁立鑫
天河山景区市场营销
副总经理

精彩聆听，
请扫描二维码

图片来源：天河山景
区提供

大家好，我是天河山景区市场营销副总经理梁立鑫。下面请跟我走进邢台天河山，一起了解这座爱情山的故事。

天河山海拔 1780 米，森林覆盖率 92%，属于"太行山最绿的地方"，这里风景秀美、牛羊成群，是著名的"太行水乡""云顶草原"。景区最高峰天河梁，传说为天河上的一座桥，天河山也由此而得名。

早在新石器时期，天河山地区就有人类居住，有着丰富的人类文化遗存。春秋时期，孔夫子曾游学过此，"夫子岩"由此得名。抗日战争时期，天河山是八路军主要根据地之一，129 师医院、冀南银行（中国人民银行前身）等革命遗址，至今保存完好。可以说这里既有美丽的自然风光、丰富的民俗风情，又传承着红色基因，是旅游度假、研学拓展的好地方。

特别的，邢台天河山被誉为"中国爱情山""中

鹊桥

国七夕文化之乡"，是牛郎织女传说的原生地。牛郎与织女的传说，最早见于《诗经·小雅·大东》，相传是西周中后期东方被奴役小国反映遭受惨重盘剥所作，其原生故事的发生距今该有 2500 年的历史。随着历史上的不断演绎，牛郎与织女逐渐呈现出了更多神话般的色彩，由最初的一般民间故事，演变成了最终的神话传说，并且反抗和批判的对象也发生了转变。如今随着人们科学认知水平的提高，已不再相信这样的传说，但借神话故事所反映的人们对美好生活的追求却是真实存在的。

实际上，在《诗经·小雅·大东》里，牛郎与织女是天上的星宿，它们被借来比作西周统治下被长期奴役的各个东方小国，或者小国中的男男女女，他们是实实在在的真实人间的写照和代表。相传西周初年"三监"之乱后，参与叛乱的东方大小国家遭到了西周中央政权的严厉制裁，他们被西周贵族集团横征暴敛，变得穷困交加，国内濒于破产、百姓衣食无着，男人被大量安排从事农牧等徭役，女人被安排从事纺织，长期徭役似乎永远没有尽头。由此造成了大量男女之间，甚至夫妻之间长期不得见面，普通的家庭生活秩序被打乱，曾经普通人的婚姻爱情都成了遥不可及的梦想。在这样的背景下，由牛郎与织女作为代表的爱情悲剧故事便被逐步演绎开来，成为追求爱情、反抗暴政的思想武器。

如今，经民俗专家的研究和考证，晋冀交界的天河梁、天河山一带，就是此故事的原生地，当地到处可以听到关于牛郎织女的爱情故事，周边村民对牛郎织女的故事津津乐道、如数家珍。至今还保留有大量的文化遗存，分布着与故事情节相关联的近百余处地名、自然景观与人文景观，如南天池、牛郎峪、织女寨等。在当地的七夕风俗中，有着原始而浓烈的地方特色，至今遗留着七夕之夜"看天""祭牛郎织女"的风俗。20 世纪 50 年代，长春电影制片厂拍摄电影《天河配》时，这里曾是主要外景拍摄地，当地许多村民还充当了群众演员。而河北与山西的牛郎织女传说现在分别被列为国家级、省级非物质文化遗产，与孟姜女、白蛇传、梁山伯与祝英台的故事一道成为我国四大民间爱情故事，成为人们追求自由、追求幸福的心灵写照。

2005 年，天河山在国家工商总局注册为"中国爱情山"。2006 年，天河山被中国民俗学会命名为"七夕"文化研究基地，被中国民间文艺家协会命名为"中国七夕文化之乡"。

天河山是以牛郎织女传说为主体的文化景区，景区内的各个景点，如天河湖、浴仙池、望郎亭、情人谷、牛郎庄、织女庙、鹊桥等，都与牛郎织女文化相联系，成为当代人追慕古代纯真爱情、追求人身自由的思想升华地。相信在这里，你会更能理解人们在最为艰难困苦的时候，为何依然对爱情、对婚姻有着矢志不渝的坚守，对美好幸福生活有着坚持不懈的追求，一定会更好地追求和经营自己的美满婚姻。

在此，我们欢迎各位朋友在适当的时候，一起来到浪漫之山、爱情之山、幸福之谷，一起体验和感悟纯真的爱情和幸福的婚姻，天河山欢迎您！

前南峪
——穷山村的完美蝶变

——— 讲述人 ———
冯燕敏
邢台市信都区前南峪
景区办公室主任

精彩聆听，
请扫描二维码

大家好，我是邢台市信都区前南峪景区办公室主任冯燕敏，下面请跟我走进"太行明珠"——前南峪。这里植被覆盖率达94.6%，属于"太行山最绿的地方"。

几十年来，前南峪不忘初心，从治山治水开始，让荒山秃沟变成了生态旅游区。如今，这里鲜花漫山、绿树遍野、果木成林，一派青山绿水的模样，而且乡村旅游开展得红红火火，已是一处集旅游观光、休闲度假、红色教育、科学考察为一体的旅游目的地。

前南峪村是邢台市信都区浆水镇的一个行政村，全村425户，人均6分田，7亩山。前南峪生态旅游区是国家4A级旅游景区、国家水利风景区、国家级森林公园。由抗大观瞻区、生态观光区、化山览胜区、新农村参展区四部分组成。景区内山清水秀、气

前南峪

候宜人，适宜旅游观光、休闲度假。

20 世纪 70 年代以前，前南峪村曾是当地远近闻名的穷山村，"面黄肌瘦南峪人，有女不嫁南峪村；吃粮靠救济，花钱靠贷款"曾是这个山村的真实写照。在 1963 年，一场百年不遇的洪水过后，村里仅有的一点保命田被冲走了三分之二，村里面临着巨大的生存危机，甚至有部分村民开始投亲靠友、远走他乡，而当时的村领导班子为了解决村子长期发展的问题，连续开了 7 天 7 夜的长会，制定了五年垫地、五年栽树、三年治水、七年治山，长达 20 年的发展规划，开始了前南峪村变换新颜、改变命运的伟大征程。

也就从那时候开始一直到今天，连续 50 多年，每月 15 号是雷打不动的党员活动日，大家一起讨论村里大大小小的事务，举办党课，学习党章党规、国家的政策法律法规。通过不断学习实践，不断涌现出很多优秀党员，他们在

前南峪村

工作中严格要求自己，吃苦在前，享乐在后，在发展过程中积极发挥模范带头作用，赢得了全体村民的好评。而随着党员工作不断呈现实绩，也吸引了越来越多的青年同志向党组织靠拢，呈现出组织为人民、人民相信组织的良好局面。

都说靠山吃山，而当年前南峪的山，却是"有雨遍地流，无雨渴死牛"，是不养人畜的荒山。为了解决现状，落实20年的规划建设，全村是男女老少齐上阵，早上四五点上山，晚上八九点钟下山，一天只吃菜团、糠饼等干粮，仅喝能带的一壶水，到了晚上更是摸黑干活。终于，在郭成志为书记的党组织的带领下，前南峪全体村民高度发扬抗大精神，连年坚持山、水、林、田、路综合治理，通过修滩造田、植树造林，使前南峪发生了翻天覆地的变化，形成了"材林头，干果腰，水果抱脚"的太行山绿化生产模式，最终实现植被覆盖率达94.6%。如今，当年的穷山村，山清水秀、花果飘香，成了极为宜居的世间桃源，并获得了联合国"全球环境五百佳"提名奖。

1940年，中国人民抗日军政大学由延安迁址到邢台，总校就在前南峪村。朱德、邓小平、刘伯承、罗瑞卿、何长工及抗大学员曾在这里生活、学习过。

板栗王

他们和前南峪群众亲如鱼水，结下了深厚的战斗友谊。

1984 年，前南峪村开始自建第一个简易陈列馆，先后四次进行搬迁、新建、扩建，才有了如今的抗大陈列馆。先后建成了抗大纪念碑、首长旧居、抗大花园、抗大广场、抗大碑林等红色旅游设施，如今获得"全国爱国主义教育基地""全国国防教育基地""全国百家红色旅游经典景区"等荣誉称号。

前南峪村，始终坚持党的初心使命，不断践行"绿水青山就是金山银山"的发展理念，充分利用当地的绿色和红色文化资源，大力发展旅游业，不断推动乡村优势特色产业的聚集和升级，实现了乡村的振兴发展。2019 年，前南峪村共接待游客 46 余万人次，门票收入 1300 余万元，带动周围乡村就业人员 2000 多人，带动实现食宿收入 600 余万元，带动农产品销售收入 1600 余万元，实现了产业兴旺、生态宜居、乡风文明、治理有效、生活富裕的现代化美丽乡村建设目标。

美丽的前南峪村，欢迎全国各地的朋友亲身体验美丽乡村的幸福生活，让我们一同品尝奋斗之后的喜悦。

九龙峡
——太行明珠，夷狄福地

—— 讲述人 ——
刘凤燕
九龙峡景区导游

精彩聆听，
请扫描二维码

图片来源：九龙峡景
区提供

　　大家好，我是九龙峡景区导游刘凤燕。九龙峡是中国最大的野生桃花生长地，是华北地区最大的红砂岩峡谷聚集地，也是华北落差最大、群落最集中的瀑布群所在地。这里四季风光各有不同，每个季节都有独特的美，因此享有"太行自然风光明珠"之美誉。

山得此名，源于舜帝

　　邢台九龙峡的山脉被称为夷仪山，相传舜帝时期"舜征三苗"之后，部分"苗民"仍然怀念丹朱帝，便悄悄逃到风光秀丽的襄国浆水镇九龙峡一带隐居下来。

　　在古代，这些人虽然被称为"夷狄"，但这些"山狄"懂礼仪、守规矩、讲道德，故此雅称"仪狄"。丹朱生前在"三苗"地区享有很高的威望，故

九龙峡入口

而"苗民"在其死后，长期祭祀丹朱。"苗民"善于酿酒，称之为"水酒"，而丹朱生前最为喜欢，于是"水酒"成为祭祀丹朱必不可少的供品。大禹承天子位后，水患渐息、社会清明、民族融合、百姓安居乐业，此时隐居的"苗民"也获得了公开的身份，他们为了感谢禹帝，便将制作的美酒进献给他，以表忠心。

及至商代，特别是第十四代王祖乙迁邢之后，社会商贸业高度发展，"仪狄"人酿酒技术的价值得到了充分的发挥，他们开设酒坊，大兴酒业，并随着商朝的商队贩售到了全国各地，而他们制造的酒也曾被命名为商朝的国酒。而九龙峡一代的"苗人"不断繁衍增加，成了主宰当地的部落，而这一带的山便被取名夷仪山。

东周时，狄人（鲜虞国）伐邢，邢国差点亡国，好在管仲的力主之下，齐国及时伸出了援助之手，保住了邢国，并帮助邢侯迁都到了现在的浆水镇九龙峡一带。邢侯在夷仪山下建造了新都，名为夷仪城。但历经后世的战乱，邢国最终还是亡国了，只有"苗人"酿造的琼浆玉液，保留了下来，依然名扬四海，由于"酒水"也被称为"浆水"，所以随着时代的变迁，古夷仪城也换名作了"浆水城"，也就是如今的浆水镇。

四季如诗，漫山如画

九龙峡是国内罕见的大面积野生桃花聚集地之一，有着长达 7.5 千米的观花环线，每年三月下旬到五月初，幽谷奇峡间，数十万亩的山桃花竞相开放，争芳斗艳，如霞似锦，与奇丽秀美的太行山一道绘出春天最美的样子。漫步其中犹如进入花的海洋、梦幻的世界，使人流连忘返。及至 2020 年，九龙峡已成功举办十四届桃花节，得到了社会各界的认可，成为国内春季旅游的亮丽名片，是人们踏青赏花的绝佳胜地！

九龙峡日出

及至夏季，飞瀑流泉、气象万千。这里的高山飞瀑，层层叠叠，山间溪流，水声潺潺，构成了华北最集中的瀑布群落。峡谷内，植被覆盖率达98%，负氧离子含量极高，堪称天然氧吧。九龙峡每年都会举办"夏季高山露营音乐节"，来此可以吃烧烤、玩篝火，观日出、看云海，是休闲度假避暑的理想之地！

秋天，峡内枫叶如燃，万山红遍，是八百里太行极佳的红叶观赏区，其"九龙秋色"被评为邢台"新八景"之一，成为邢台秋季旅游的形象标签。

冬季，峡谷内山瀑成冰，银装素裹，蔚为壮观。一挂挂冰瀑，晶莹剔透；一层层冰溜，美轮美奂。

一年四季，欢迎大家随时来到如诗如画、如梦如醉的九龙峡，体验自然美景、发现历史遗痕！

九龙峡秋景

扁鹊庙
——华夏医祖，神医扁鹊

—— 讲述人 ——
李媛媛
扁鹊庙景区副经理

精彩聆听，
请扫描二维码

图片来源：扁鹊庙景
区提供

大家好，我是扁鹊庙景区副经理李媛媛，这里是纪念神医扁鹊的地方。下面由我向您讲述，关于邢台内丘与神医扁鹊的故事。

扁鹊是中医医学的奠基人，他用医术普救众生，传徒著书留后世，可谓开山鼻祖。扁鹊，姬姓，秦氏，名秦越人，是春秋战国时期的渤海郡鄚州人，也就是今天的河北沧州任丘人。他是我国有史料记载的最早的一位神医，堪称华夏医祖。因其医术高明，人们便用了上古时期给黄帝治病的一种神鸟"扁鹊"来命名他。

扁鹊精通内外科、妇科、儿科，《汉书·艺文志》载其著有《扁鹊内经》《扁鹊外经》，可惜已佚，成为中国医学的一大憾事。他开创并总结了中医的望闻问切四诊之法，著于后人托名所作的《难经》之中。

相传，扁鹊34岁由沧州任丘来到了内丘，因治

扁鹊庙全景

愈了晋国大夫赵简子的五日不醒昏厥症，而得赐内丘鹊山四万亩田地，因此内丘就成了扁鹊的第二故乡。

扁鹊一生被人称为"游医"，因为他一生游历各国，将医术传播到了中华大地。在交通不便利的战国时期，他的行医足迹长达4000多里。路过赵国都城邯郸时，听说当地人尊重妇女，便作为妇科医生为妇女治病；到了周朝的国都洛阳时，听说当地人爱戴老人，便作为耳目痹医为老人看病；来到秦国都城咸阳时，听说秦人喜欢小孩儿，便作为儿科医生为小孩儿看病，随俗而变。

相传，扁鹊97岁到秦国行医时，遭到太医令李醯的嫉妒而被杀害，鹊山人悲痛万分，千里迢迢跑到咸阳想把遗体运回，可秦王不允，无奈之下，只好把他的头颅运了回来葬在这里，为了纪念便将对应的村落改名为了"神头村"。从此，人们对他的祭祀绵延至今，他的故事也得以载入史册，并且受到了宋仁宗等皇帝的敕封。如今，在他的墓旁形成了规模宏大的扁鹊庙，每年来此祭祀的人群络绎不绝。

庙前九龙桥石柏

　　虽然，历史传说中既有扁鹊医治赵简子昏厥症的说法，也有医治虢太子昏厥症的说法，更存在赵简子与秦武王相差 200 年，与其寿命 97 岁不吻合的异议，但有一点是没有争议的，那就是他对中医学的贡献，是他通过深入的理论探索与具体实践推动了中国古代医学的大发展，及至二三百年后的汉代，形成了完整的中医学基础理论和知识体系。

　　内丘秦时置县，距今已有 2000 多年，是中医鼻祖扁鹊行医圣地、扁鹊文化发祥地。内丘扁鹊庙是全国最大的扁鹊庙群，为国家 4A 级旅游景区、国家级中医药文化宣传教育基地。

　　内丘扁鹊庙汉已有之，历代均有修葺，现有很多的碑

扁鹊庙千年古柏

刻、石刻和古树见证了它的历史变迁，更是留下了很多的传说。

汉代的神兽"辟邪"依然高昂着头，元代副宰相不忽木的碑刻"一勺神浆"风采依旧，明代的影壁墙"鱼跃龙门"仍然栩栩如生，千年的古柏依然生机勃勃。

如今的扁鹊庙是依山而建，按天地人三才布局，是中医文化和道教文化相结合的传统文化传承之地。扁鹊庙一年四季常青，庙区内有全国罕见的汉柏古树群，其以年代之久、生境之奇、数量之多而闻名，还种植了芍药、牡丹、菊花、木槿、麦门冬等二十余种中草药，也是中医药研学的好地方。

扁鹊神庙，医学圣地，真诚欢迎喜欢中国传统医学朋友到此参观学习，体验感受中医学的神奇魔力！

扁鹊庙

邯郸市是河北省地级市，位于河北省南端、太行山东麓，与晋、鲁、豫三省接壤，是晋冀鲁豫四省要冲和中原经济区腹心、华北地区重要的交通枢纽。

邯郸是国家历史文化名城，旅游资源丰富，有3100年的建城史。汉代与洛阳、临淄、南阳、成都共享"五大都会"盛名。现拥有国家A级旅游景区27家（5A级2家，4A级11家，3A级9家，2A级5家）。拥有全国重点文物保护单位34家，省级文物保护单位113家。先后获得国家园林城市、中国优秀旅游城市、全国绿化模范城市、全国双拥模范城市、全国社会治安综合治理优秀城市和中国成语典故之都等称号。

邯郸市是中华文化重要的发祥地之一，8000年前，就有人类繁衍生息，孕育了新石器早期的磁山文化。赵文化、女娲文化、北齐石窟文化、建安文化、广府太极文化、梦文化、磁州窑文化、成语典故文化、边区革命文化等，博大精深，丰富多彩，是一处理想的旅游度假目的地。

邯郸篇

HANDAN PIAN

娲皇宫
——女娲祈福地，寻迹"补天石"

—— 讲述人 ——
郝琳琳
涉县娲皇宫景区讲解员

精彩聆听，
请扫描二维码

图片来源：娲皇宫景
区提供

大家好，我是涉县娲皇宫景区讲解员郝琳琳。很荣幸为您介绍娲皇宫景区的历史文化。

娲皇宫为国家 5A 级旅游景区，相传是女娲抟土造人、炼石补天的地方。此处祭祀活动始于汉代，有中国最大的奉祀女娲的古代建筑群。下面，让由我带领大家一起走进娲皇宫，品女娲文化，登活楼吊庙，看摩崖刻经。

相传，女娲是中华民族的始祖神，一说位居三皇之列，是功德昭著的传说帝王中唯一的女性，是母系氏族时期或母系向父系过渡时期的部落首领。

她曾抟土造人、炼石补天、置婚姻和夫妻、创笙簧制礼乐、教耕稼佑万民。其功德上际九天，下契黄垆；名声昭后世，光辉曛万物。女娲是可爱、可敬的，她慈祥地创造了生命，又在巨大的自然灾害和社会灾难面前，临危不惧，挺身而出，救人类于水火，

女娲像

值得我们永远爱戴和尊敬。女娲精神也是值得学习的，其所传承的"造化自然、造福人民、博爱仁慈、自强不息"的思想内涵已经成为中华民族伟大的民族品性，融入我们的血脉，值得我们永远坚守。

经历千百年的营建，娲皇宫景区现有4组古建筑群，主体建筑娲皇阁便是供奉和祭祀女娲的主要场所。它依山而建，起基于天然石窟，上建清虚、造化、补天三层木质楼阁，楼阁背后悬挂九根铁索。当楼体遇到外力时，根基不稳，楼体晃动，九根铁索即刻绷紧，稳住楼体。故而，此阁又称"活楼吊庙"，这一奇思妙想，鲜见于我国古代建筑中，实属娲皇宫在传统建筑领域的一大创举。因此，娲皇阁曾与长城、赵州桥、定州塔等建筑一道被文物专家列为"河北古建筑十大奇观"，值得古建爱好者一探究竟。

站在娲皇阁内，俯首望去：南面山峦，奇峰耸峙，如蛟龙腾空；北面峦川，山脊挺立，如猛虎俯卧。娲皇阁背山面水，周围风景秀丽，万株果木、千亩原始次生林、百亩生态水域一同构成了五光十色的山水画卷。

娲皇宫

如果说娲皇阁"活楼吊庙"能让您感受古人的聪明智慧，那么13万多字的摩崖刻经则会让您领略历史的沧桑与文化的厚重。娲皇宫摩崖刻经为北齐高氏政权所作，洋洋洒洒十三万七千四百余字，勒石至今，已历风雨一千四百载，虽面显沧桑，但神采依然，实属罕见。六部经文分五处刻于崖壁之上，字体楷隶混杂，体态圆熟逸宕，其中刚劲有力飘洒自如的魏笔书法为世代书法家所酷爱，被誉为"天下第一壁经群"。

每到农历三月，娲皇宫都会举办庙会，历时半个月，于每年农历三月初一到三月十五举行，庙会的高潮是女娲祭典，上千人的祭祀队伍会来到娲皇宫，他们全副古装、手举祭旗，随着号角长鸣、锣鼓齐奏，便会长龙巡游、彩狮舞动，之后摆出贡品、宣读祭文，紧接着各地信众伏地叩拜，完成对女娲娘娘的祭祀。虽然，女娲是上古传说中的始祖神，或许未必就是某一个具体的人物，但她至少代表了中国远古先人造福为民的精神，她的历史贡献不能因无文字记载而被磨灭，如今我们对她的祭典，既是为了不忘记"她们"的历史贡献，也是为了鞭策我们为后人做出我们应有的贡献，这才是中华民族生生不息的精神与力量源泉。

三阁楼侧景

涉县娲皇宫，正以其博大精深的女娲文化、独具魅力的山水画卷、天下奇绝的古朴建筑吸引着四海游客、五湖宾朋，在此我们由衷地欢迎各地朋友，在适当的时候来到涉县，了解始祖女皇，学习女娲文化。

祭祀大典

东太行
——赏自然造化，赞人工奇迹

——— 讲述人 ———
黄美玲
邯郸武安东太行景区
副总经理

精彩聆听，
请扫描二维码

图片来源：东太行景区提供

大家好，我是东太行景区副总经理黄美玲，下面请跟我走进邯郸武安，听我给大家讲讲东太行景区的故事。

东太行景区位于河北邯郸武安市境内，因处太行山东麓而得名，是由中景信集团耗资十几亿元，历时三年精心打造的高品质山岳景区，是一处集太行山雄、奇、险、峻和巧石、云海、清幽、变幻于一体的山岳型自然景区。

景区主体山脉由距今 14 亿～18 亿年的中元古界长城系红色石英砂岩构成，属典型的嶂石岩地貌景观。东太行景区地质遗迹典型，保护完好，具有很高的地学科研、科普价值。景区到处有亿万年历史长河中留下的沧海桑田遗迹，如波浪石、龟背石、风穴等，更有绝壁天险、林立奇石等地质奇观，能让人感叹大自然的神奇造化。

东太行全景

　　东太行景区属温带大陆性季风气候，具有雨热同季、四季分明、昼夜温差大的特点。属华北植物区系——半旱生森林灌丛草原植被区系，拥有丰富的自然植被与野生动植物资源，其中不乏珍稀濒危植物物种。植被葱郁，空气中负氧离子含量高达每立方厘米 9900 个以上，是太行山"天然大氧吧"。

　　东太行怡人的景致，尽显在峰林地貌之中，峰林地貌以雄、险、奇、幻为特色，最值得观赏游憩。景区内，群峰座座，拔地而起、高耸擎天，可谓"雄"；赤岩峭壁，排荡而来、直上直下，可谓"险"；巨峰单立，似笋如塔、如人如兽，可谓"奇"；夏秋季节，云浪流淌、山似浮岛，可谓"幻"。景区四季景色各异，春有"百花"赏，夏临"云海"观，秋来"红叶"题，冬至"山雪"香。

　　东太行好看的景色很多，好玩的东西也不少，云端栈道：一期全长 15 千米，宽约 2 米，修筑在高达千米的绝壁山腰，行走其中，既平缓舒适，又恢宏壮观，堪称太行山间的人工奇观。

云端栈道

东太行悬崖电梯共有四部，修筑在海拔 1100 米的悬崖绝壁之上，高低落差最大 98 米，采用三面透明玻璃设计，游客可乘坐电梯轻松到达下一处景点，还可透过玻璃体验在壮美山河间平地腾空的感觉，这是比一般跳楼机、城市摩天轮所难以比拟的超宏大体验，能给人天地主宰般的

北高峰

云端栈道

心灵跃升。

东太行高山天瀑，位于海拔 1298 米的高山之巅，天瀑总长 88 米，远看似红石山间垂下的一道白练，及近则雾气蒸腾，冰爽清凉，绝对是增进诗画意趣、避暑乘凉的好去处。

高山天瀑之上是天镜湖，位于海拔 1200 多米的高山顶上，面积 2000 平方米，天气晴朗之时，蓝蓝的天空映衬在湖底，朵朵白云投影在水中，与周围的红色山体和绿树彩花一道，描绘出美丽多姿的景色，如同天上的仙境，却是云间的美景，别有一番风情。

景区还有著名的观光索道，全长 1998 米，穿山越岭架设在美丽山川之间，吊箱采用全玻璃设计，具有 360° 观景视角，上下高差近 500 米。一家老小乘坐索道，就如同一群春燕，飞翔于壮美山河之间，短短几分钟之内，便可尽情饱览祖国的大好河山。

微风正好，草木萌绿，山花烂漫，空气飘香，我在这里欢迎您从 2021 年的春天开始，不断到访东太行景区，感受既真实又"水墨写意"的大好河山，放松心灵、陶冶诗情，感受大自然的美好，积蓄生命勃发的力量。东太行景区欢迎您！

悬崖电梯

东太行索道

七步沟
——古佛仙境，七步莲花

—— 讲述人 ——
李振霞
七步沟游客服务中心
主任

精彩聆听，
请扫描二维码

图片来源：七步沟景
区提供

大家好，我是七步沟游客服务中心主任李振霞，请跟随我一起去了解发生在"古佛仙境"七步沟的那些故事。

七步沟风景区位于太行山河北邯郸武安境内，由门景区、休闲度假区、百瀑峡、罗汉峡、三棱山、马武寨六个景区组成，集绿色、古色、红色旅游资源和独特地质资源于一体。

七步沟原名"漆铺沟"，这里历史上曾有大片漆树林，漆树产"生漆"，当地百姓便以割漆卖漆为业，在沟口开了许多制漆卖漆的店铺，故而此沟得名"漆铺沟"。

唐朝时，这里佛教活动兴盛，成了远近闻名的佛教圣地。当时香火鼎盛，僧侣众多，他们觉得漆铺沟这个名字难与佛教圣地相匹配，便借用佛教里"七步莲花"的故事，取其谐音，将此沟更名为"七步沟"，

七步沟牌楼

至今景区内还有唐代罗汉洞等遗存。

七步沟位于太行山东麓中南段，邯郸市武安国家森林公园、国家地质公园腹地，是国家 4A 级旅游景区、中国自驾游首选目的地之一。

七步沟集自然风光、历史人文、佛教文化、红色资源、体育健身于一体，景区内重峦叠嶂、奇峰林立，飞瀑流泉、山路蜿蜒，植被良好、空气清新，幽静凉爽、气候宜人，是观光度假的"天然氧吧"。天镜湖、南天门、石林峰、红石寨、惊喜岭等自然景观美不胜收；罗汉洞、老母庙、隐士塔、马武寨等人文遗迹历史久远；八路军野战医院的英雄故事催人泪下。

七步沟最著名的景点为罗汉洞，罗汉洞位于悬崖峭壁之上，是一处天然洞穴。据专家考证，东汉初年一个名叫台佟的人最初曾在这里隐居，"凿穴而居，采药为生"，《后汉书》和历代地方志书里都有详细记载，从台佟隐居算起，距今已有近 2000 年的历史。自唐朝末年开始，这里一直是佛教活动场所，历代

马武寨

惊喜岭

都有高僧在洞中修行，后来此洞便被称为"罗汉洞"。清朝康熙年间，当地著名诗人任嗣尹撰写的《罗汉洞碑记》盛赞："此何境也？非天也，非地也，非人间也。""山崒嵂兮云苍苍，众圣临兮龙虎藏。佛天咫尺莫徜徉，登斯境兮形自忘！"

抗日战争期间，日军大举进犯太行山八路军革命根据地进行扫荡，战斗频繁，我方伤员增多。为及时救治伤员，太行军分区在七步沟设立了战地医院，这里山高林密，便于隐藏，是伤员救治休养的好地方。

看过电视连续剧《亮剑》的人都知道李云龙，其受伤后，在战地医院里因祸得福收获了自己一生的爱情。而其原型人物之一王近山中将，也曾在武安战役中负伤，之后就在七步沟野战医院进行治疗和休养，他在住院期间受到了护士韩岫岩的精心护理，在长期的接触中两人碰撞出了爱情的火花，并结为了夫妻。这段爱情故事在当地广为流传，成为一段佳话。

春到七步沟踏青，夏到七步沟避暑，秋到七步沟采摘，冬到七步沟戏雪。来七步沟看看吧，定会让你不虚此行！

八路军一二九师纪念馆
——"九千将士进涉县，三十万大军出太行"

大家好！我是八路军一二九师纪念馆的讲解员卢丽静。八路军一二九师纪念馆是我国唯一一处全面翔实地记录了抗日战争时期一二九师历史的纪念馆，属全国重点文物保护单位、全国首批百个爱国主义教育示范基地之一。今天我将和大家一同走进太行、走进涉县、走进刘邓生前的战斗地——赤岸。

赤岸是一个美丽的小山村，它位于太行山脚下，清漳河畔。在抗日战争时期它曾经历了战火的洗礼，接纳了一支人民军队——八路军第一二九师。

一二九师是抗日战争时期中国共产党领导的八路军三大主力师之一。1937 年抗日战争全面爆发，一二九师奉命东渡黄河，挺进太行，创建抗日根据地。先遣队于同年 11 月来到涉县，司令部于 1940 年 6 月进驻涉县，直到抗战胜利。

早在抗日战争时期，涉县作为华北的前哨和战

一二九师司令部旧址

略要地，军民在这里浴血奋战，抗击日寇。并且以太行为依托，以涉县为中心，创建了晋冀鲁豫边区敌后抗日根据地。一二九师司令部、政治部、太行区党委等多达 130 多个机关单位相继进驻涉县，有的成立于涉县，并且长期驻扎于涉县，涉县随之成为整个边区的军事中心、政治中心和经济文化中心。边区的军事指挥中心——一二九师司令部就坐落在赤岸村这几座古朴宁静的小院里。

整个旧址群落由九个具有冀西南风格的四合院和一个防空洞组成。战火纷飞的年代，刘伯承、邓小平等首长在这里宣传发动群众、建立革命政权、组织人民武装、开展游击战争，打退了日军无数次的清缴与扫荡。指挥大小战役、战斗 31000 多次，收复县城 198 个，歼灭日伪军 42 万人，创建了 2400 万人口的解放区。

走进小院儿，还完整地保存着司令部的会议室、办公室、机要室，以及刘伯承、邓小平、李达、李雪峰等师首长的宿办室，正是在这个小小的地方，他们领导着边区数百万军民进行了艰苦卓绝的抗日战争，从这里发出的每一份电报、每一个指令就像一颗颗重型炸弹一样沉重地打击着敌人。

刘伯承师长的办公室是一个不足 5 平方米的小屋，他以其严谨的工作作风、高超的指挥才能培养了大批优秀指战员，带出了一支战无不胜、攻无不克的英雄之师。为壮大人民军队，巩固和发展抗日根据地，在邓小平政委的带领下成立了边区政府经济建设委员会，对敌占区实行贸易开放，扩大边区的生产发展和满足军民的各类物资需求，注重科学发展，加强文教、体育、卫生等方面的建设，实行按劳分配制度，注重促进党、政、军方面的建设，通过一系列改革和生产实践，打造了未来新中国的社会雏形。

追忆往昔，在这古朴宁静的小院里，白色的泥坯土墙，黑灰色的砖瓦和院中的丁香、紫荆树，都是那段辉煌历史的见证。尤其是那两棵树，是 1941 年刘伯承、邓小平、李达三位首长亲手栽种的，如今已陪伴小院 80 年，虽历经风霜雨雪却依旧昂然挺立、枝繁叶茂。尤其在清明时节，两棵树上繁花朵朵、竞相开放，树下游人如织、笑声朗朗，为古朴庄重的小院增加了些许浪漫和惬意。正如诗中所写："丁香花伴紫荆开，刘邓首长亲手栽。无边炮火硝烟里，太行春色早安排。"

中华人民共和国成立后，那些曾经在这里生活、战斗过的老首长，时刻关心着老区的建设和发展。黄镇、秦基伟、刘华清等首长先后多次回访涉县；而刘伯承、徐向前、李达等 20 位首长去世之后骨灰陆续安放在将军岭上，陪伴他们的战友，守望老区人民。

为了更加全面翔实地展示一二九师抗战历史，1996 年在将军岭北侧山坳建设了一二九师陈列馆。陈列馆中的每一张照片、每一件文物，都在向人们讲述着那段血与火的峥嵘岁月。

将军岭

从一二九师将士进驻涉县，到晋冀鲁豫野战军改编，再到千里跃进大别山。刘邓大军在这里完成了从小到大、由弱到强的转变。创造了"九千将士进涉县，三十万大军出太行"的不朽传奇。

八路军一二九师纪念馆在司令部旧址、将军岭、陈列馆的基础上又相继建成太行颂文化园、红色记忆小镇及相关的红色产业园区，是一处集教育传承、休闲观光、参与体验、民生改善于一体的综合性景区，这里不仅有着厚重的红色文化底蕴，也有着优美的自然景观。

响堂山石窟艺术博物馆
——这里有个皇朝遗梦

—— 讲述人 ——
赵立春
响堂山石窟艺术博物
馆馆长

精彩聆听，
请扫描二维码

图片来源：响堂山石
窟艺术博物馆提供

大家好，我是响堂山石窟艺术博物馆馆长赵立春。位于邯郸市峰峰矿区的响堂山石窟艺术博物馆，现存大小石窟7座，对隋唐以后佛教造像艺术的汉化进程具有深远的影响。

响堂山石窟在艺术和文化上的独特性和原创性是敦煌石窟、云冈石窟、龙门石窟等其他石窟所无法取代的。鲁迅先生对响堂山石窟艺术也多有偏爱，曾多次在北京琉璃厂购买响堂山石窟造像和刻经拓片并精心收藏。那么这些文物有什么故事，我们能从中了解到什么历史？我们一起来探究。

响堂山石窟的缔造者是北齐的高氏皇室，北齐是个佛教王国。史料记载，响堂山石窟的开凿有双重目的，一是作为东魏大丞相、北齐高祖皇帝高欢的陵墓；二是作为北齐高氏往来于晋阳与邺城之间沿途休憩、避暑游玩的离宫。

响堂山石窟艺术博物馆

东魏武定五年（547年）正月，高欢病逝，时年52岁。《资治通鉴》上写到，高欢"虚葬于漳水之西，潜凿鼓山石窟天宫之旁为穴，纳其柩而塞之……"鼓山石窟便是现在的响堂石窟，在大佛的后部仍然可以看到那个所谓埋葬一代枭雄高欢的洞穴。

2017年，峰峰矿区区委区政府为更好地对南响堂石窟进行文物保护、开发和利用，专门成立和新建了文保机构——响堂山石窟艺术博物馆。馆区共有四个展厅，目前以实物为主开放的主要是一、二展厅。

一展厅主要陈列皇朝遗梦·响堂山石窟馆藏石刻文物。该展厅重点展示响堂山石窟馆藏的佛、菩萨等造像，展出文物约51件。虽然此展厅中展出的佛造像和部件残缺不全，但这些残缺的文物，依然流淌着艺术的魅力，展现出特别的美，展示出古代工匠巧夺天工的技艺。这些文物从千百年前走来，又将走向千百年的后代，它们所蕴藏的历史和文化值得我们不断地探究和由衷地赞叹。

民国之际，响堂山石窟曾遭到大量的盗凿，受到了极大的破坏，目前流失到海外的造像就有200多件。经过爱国人士的保护和捐赠，幸好保存下来了一部分，在博物馆建立之后，这些保存下来的造像受到了全面的保护，并得以展陈出来能够和大家见面。

二展厅主要陈列常乐未央·北响堂常乐寺佛教造像。该展厅主要以北响堂常乐寺出土的唐代红砂石佛造像为主，展出文物约 130 件。

北响堂山下的常乐寺，旧有"河溯第一古刹"之称，多次被毁坏，又多次被重修，最后一次被焚毁是在 1947 年，之后的遗址一直保持到现在。1960 年和 1979 年，分别在常乐寺遗址的东北处和西北处出土了 300 余件和 140 余件石造像。其中，1979 年出土的一憨态可掬的罗汉头像被邯郸市誉为"邯郸微笑"，也称"峰峰微笑"。

南响堂石窟的开凿稍晚于北响堂石窟，主体工程完成于北齐，现存石窟 7 座，依次为华严洞、般若洞、空洞、阿弥陀佛洞、释迦洞、力士洞、千佛洞。大小造像 3700 余尊，距今已经有 1400 多年的历史了。

其中，第七窟千佛洞保存最为完整，由于窟中共有 1000 多尊小佛，所以得名千佛洞。窟顶的飞天藻井在全国各大石窟中也是十分罕见的，正中雕大莲花，四周两两相对、盘旋飞舞的八身飞天乐伎，一个个体态轻盈、线条流畅，最为值得研究和欣赏。

2020 年，相信每个人都深深受到了疫情的影响，或许基于此，我们方能体会石窟文物所经历的劫难，才会更加珍惜和爱护历经千百年、来之不易的文化和艺术遗存，使得它们能够为我们继续展现厚重的历史和独特的人文。在此，我代表响堂山石窟艺术博物馆欢迎大家走进石窟，感受古代艺术的气息。

太行五指山
——传说从天降，实是自然成

—— 讲述人 ——
江晓波
太行五指山景区办公
室主任

精彩聆听，
请扫描二维码

图片来源：五指山景
区提供

大家好，我是太行五指山景区办公室主任江晓波，五指山景区目前已荣获国家级风景名胜区、国家4A级旅游景区、河北影视基地等荣誉称号。下面，我们一起走进这里，一起欣赏高山草甸，一起瞻仰山巅卧佛。

太行五指山又名五行山，位于太行山东麓，河北省邯郸涉县境内。其得名，一说是五座奇峰形似如来佛的五个手指而名五指山。另一说是因一段山巅形似卧佛，而仿《西游记》故事，谓之五行山。在民间说辞中，五行山就是五指山，有"孙悟空，逃不出如来佛的五指山"的说法。但实际上，我们都知道《西游记》是附会编撰的神话故事，从来没有天降五指山、下压孙悟空的事情，不过这不妨碍我们赋予某些景点以联想，这只是为了增加游览中的趣味而已，各位游客切莫当真。

五指山红叶

　　太行山，是中国东部地区的重要山脉和地理分界线，为山西与河北、河南两省的天然界山。涉县境内的五指山属于东太行的一部分，主峰海拔1283米，山势巍峨、景观优美。因五指山、五行山取名的缘故，衍生出不少与孙悟空、《西游记》有关的故事来。

　　现如今，五指山下确有一个小小山洞，洞室窄小，仅容一人有余，内外风雨剥蚀、生死枯荣，历经了亿万年岁月，好似《西游记》中孙悟空被如来佛困住的小小洞室，故而为其取名悟空洞。游客到此，不妨入洞体验一把"被压在五行山下"的感觉。虽不能习得孙悟空战天斗地的精神，但也至少能获得虽遇绝境但不放弃的感受。在《西游记》中，孙悟空被唐僧救出五行山时，那洞口早已在天崩地裂中不知所踪了，如您感兴趣倒可以一探山洞形成的科学原理，增进些许科学知识。

　　在景区东侧有一处高山草甸，面积数平方千米，夏秋季节遍地绿茵，冬春

五指山卧佛

之际枯黄一灿。站在草甸向南遥望则是长达3千米的仰天卧佛，自东而西依次是：高高的发髻、额头、眼眉、鼻子、下巴、脖子上的喉结，再往下是衣领、躯干，两手抱握在胸前，双腿横长，两脚脚趾朝天。这一切都是那么逼真、那么惟妙惟肖，如此巧夺天工，使人不得不折服于大自然的神奇魔力。

及至傍晚，百鸟归林、行人远去，卧佛静静地仰卧在太行之巅，似在洞察宇宙之奥秘，似在聆听世间之万声，此情此景，相信你也会一秒入定，心灵沉静起来，愿所有的美好都会如期而至。

五指山景区群山环抱，山势巍峨俊秀，植被郁郁葱葱，以雄、奇、险、秀著称。景区是邯郸周边著名的森林公园、天然氧吧，集自然风光、红色旅游、佛学研修、峡谷漂流和滑雪为一体，可供游客观光游览、休闲度假、餐饮娱乐，享受健康生活。在此，我们欢迎各位朋友来到太行五指山游玩。

庄子岭
——华北逍遥第一岭

—— 讲述人 ——
张相威
邯郸市涉县庄子岭景
区负责人

精彩聆听，
请扫描二维码

大家好，我是河北涉县庄子岭景区负责人张相威，这里秋季红叶漫山、层林尽染，蔚为壮观，被称为太行山最红的地方。同时，红色江山也留下有很多"红色记忆"，现在我就带领大家一起走进庄子岭！

庄子岭旅游区位于晋冀豫三省交界处，太行山东麓，河北省涉县北部，北与山西省左权县相邻，东与武安市相邻，南接青塔湖，西临老虎沟，处于百里农家长廊历史民俗旅游带上，与娲皇宫、江家大院、刘家大院及青塔湖共同构成旅游黄金带。景区占地13000亩，主峰海拔1380米，这里春放百花、夏涌溪流、秋染红霜、冬落白雪，是融生态观光、文化体验、红色教育、休闲娱乐、避暑度假等功能于一体的综合型生态旅游景区。

庄子岭

庄子与庄子岭

庄子是先秦时期的著名思想家，是诸子百家中的重要代表，他深受老子思想的影响，一生不追求功名利禄，追求对宇宙和世界本原的探索，善于将深奥的思想问题用易懂的寓言故事加以阐释，能"独与天地精神往来"，其对中国人亲近自然、热爱自然的传统理念的形成有很大的贡献，是一位极具浪漫主义的思想家。

此处，叫庄子岭，或许未必是因为庄子曾在此隐居，毕竟历史记载中，庄子也并没有真正隐于山野之中。但此处迷人的景色、良好的生态，真的是能够给人悠闲自在的感觉，就如同庄子的作品里所曾描绘的自由世界，人若到此，虽不算到了天上的仙界，也至少算到了人间的仙境，进而超越自我、超然世外。或许正因为此，曾经的先人们为了赞誉这里的佳景，而为之取名"庄子岭"，使之成为一个理想国。

一年四季山色变

春天的时候，庄子岭到处生机盎然，满山遍野的连翘花早早开放，成片的黄色夹杂着其他五颜六色的鲜花，共同构成了花海的世界。行走其间，尽可享受春天的美好，感受生命的气息。

夏天的时候，庄子岭变成绿色的海洋，草木萋萋、青翠欲滴，树荫蔽日、清爽宜人，瀑布飞泻、山泉汩汩，绝对是纳凉避暑的好地方。

秋天的时候，庄子岭变得最为"魔幻"，一夜秋风，山上的绿色便变成了红色。山上山下、岭前岭后，庄子岭红叶便像火烧云一般铺天盖地地翻滚过来，把大峡谷渲染成赤色洪流。

冬天的时候，山中一片寂静，只留下刺骨的山风在吟唱。然而，飘飘扬扬一场大雪过后，这里就又换了人间。雾凇、冰挂，以及岭坡上还偶尔露着红叶的积雪，把这里变成了冰雪般的仙境，一切都是那么美好。

红色记忆久流传

有人说，庄子岭红叶不同于普通红叶，是因为庄子岭的红叶浸染着烈士的鲜血，虽然这并不科学，但代表了人民对英雄们的深刻缅怀。这里的热土，也曾洒满了烈士们的鲜血，有《新华日报》首任社长何云殉难处、"八路军母亲"李才清故居等 43 处红色景点，是河北省重点打造的爱国主义教育基地。

1942 年，抗日战争时期，日军为了消灭我党的抗日力量，对我八路军前方总指挥部进行了突袭。在保护总部机关转移的过程中，左权将军牺牲在了与庄子岭临近的十字岭，而《新华日报》社长何云在带领报社 200 多人向庄子岭转移的过程中，也遭到了敌人的袭击，不幸牺牲，我党一下子损失了"一武一文"两员大将。

在随后的大扫荡过程中，无数人民群众自觉掩护我党的相关人员和设备并帮助转移，其中庄子岭上就有位英雄母亲，她叫李才清。当八路军受到敌人的

庄子岭红叶

围困时，她曾安全掩护过 58 名八路军战士，有《新华日报》的董玉磬和丈夫韩秩伍以及他们的孩子力岩，有身怀有孕的总部指导大队的马平和爱人刘川诗等。她还把后勤部长兼兵站部长杨立三交代给她的三部电台、32 驮冀南银行钞票、八大箱银器，以及许多药品和军服，安然无恙地保护了下来，为保护我们党的有生力量做出了突出贡献。

然而，抗战胜利之后，李才清老人一直没有把这件事告诉任何人，从来就觉得这是当时一名中国人的本分，并且一瞒就是 40 多年。1986 年，当地政府偶然知道了事情的线索，在有关领导的苦口相劝下，她才最终透露事情的经过。同年，《人民日报》对其事迹进行了大篇幅报道，"八路军母亲"李才清才被广为人知，最终涉县县委、县政府授予其"八路军的母亲"光荣称号。

如今，斯人远去，她曾经掩护过抗日同志的院落仍伫立在山上，伴随着周围的树木绿了又红了，迎候着一拨又一拨前来拜谒的游客。我们在欣赏庄子岭这绝美的风景的时候，不忘记曾经为我们美好的生活而流血牺牲的英雄，或许才是旅行真正的含义。

长寿村
——世代长寿有"三宝"

—— 讲述人 ——
许延华
长寿村风景区华蓥山庄

精彩聆听，
请扫描二维码

图片来源：长寿村景区提供

大家好，我是长寿村风景区华蓥山庄总经理许延华，下面请跟我走进邯郸武安长寿村风景区了解这里发生的故事。

武安长寿村坐落于摩天岭脚下，自建村以来，这里的人就很少得病，世代长寿，人均寿命在 85 岁以上，所以久而久之就被称为长寿村。

长寿村村民长寿的秘密就是村里的三大宝。

第一宝，就是这里的山。山上物产丰富，有上千亩的野生连翘茶林，还有党参、丹参、黄芪、柴胡、当归、何首乌等 200 多种中草药材，是国家级保护的原始森林。

第二宝，就是这里的水，也就是"长寿泉"中的水。天上的降水，落到山上，经过层层岩石过滤，再经过长时间的积累而从山下流出，使得泉水中含有丰富的矿物质甚至中草药材成分，竟也起了延年益寿的

长寿泉亭外侧景

功效。

第三宝，就是这里的空气。这儿的空气质量特别高，原因是此地山高林茂、物种多样，远离城市、环境静幽，空气中的负氧离子极高，有利于净化肺尘、凝聚心神，有益于人的身体健康。

此外，此地一年四季皆宜居，冬季没有雾霾，晴空朗朗、万里无云，绝对是冬季享受日光浴的好地方。夏季则山清水秀、凉爽宜人，不需要空调，也没有蚊子，是炎炎夏日里能好好睡上一觉的好地方。春秋季节自不必说，春有万紫千红的百花，秋有五彩斑斓的霜叶，是赏山、赏花、赏叶的好去处。

长寿村，除了以上"三宝"及自然美景外，沿着景区道路还可以浏览以下景点：

先是通天峡，原名"一线天"。进入景区沿山道蜿蜒而上，就可以看到两旁石壁陡峭高矗、直上蓝天，如同鬼斧神工在大山中劈出来的一条窄缝，故名

"一线天"。相传当年八路军师长刘伯承曾率部路过此处翻越摩天岭，并戏称"从这里可以通天"。这里指的"天"其实就是指摩天岭。所以后来就将"一线天"改成了"通天峡"。

再是马跑泉。沿着通天峡往上，有一处泉眼，叫作"马跑泉"，它属于长寿泉水系，位于长寿村口。它的水质甘甜纯净，历经千年，流淌不息。相传当年宋太祖赵匡胤千里送京娘，路经此地的时候，人困马乏，筋疲力尽，只见御马走到山根下，连刨三下，地面立即涌出一股泉水，因此得名"马刨泉"，后人误传为现在的"马跑泉"。

继续前行，有一棵参天古树，名为"龙盘树"。得名也与前面的马跑泉一样，与宋太祖有关。当时，赵匡胤众人在前面喝得马跑泉的水之后，渴劲消解、困意顿生，便在此树下略作休息。正当睡时，从草丛中游出几条毒蛇来，意欲袭人，但是不知为何，几条毒蛇在赵匡胤身边来回游走数次，也不敢靠近，并最终放弃窜回草丛。这一幕被当地一位村

长寿村寿星像

民给看到了。等赵匡胤的人马走后，那位村民就将这件事情告诉了村里的一位长者，长者听后说："蛇本无惧怕，除非此人显现了'龙气'，料想此人将来或为天子，可看日后应验。"

果真一年多后，有消息传到了长寿村，称赵匡胤在汴梁登基，成了大宋开国皇帝。于是赵匡胤曾在其下睡觉的那棵树被称为了"龙盘树"。赵匡胤千里送京娘的故事，是明代冯梦龙《警世通言》的一则小说，或源于民间传说，至于其是否真有其事，却实难考证。但赵匡胤年轻时曾经在山西河北一带活动过确实是真的。

再往村子的深处走，就是长寿村著名的景点"摩天岭"，它海拔 1747.5 米，为武安五大山峰之一，山势巍峨、如接云天，站在摩天岭峰顶可以一览祖国的大好河山，也可以远眺山西的左权县，那是左权将军牺牲并以其命名的地方。

过了摩天岭，顺着玉皇顶另一侧下行就到了"峻极关"。历史记载，峻极关初建于明正统年间。关口居高临下，难攻易守，控扼邢台、左权、武安三地，邢台属河北，左权属山西，武安原属河南，所以此关原有"鸡鸣三省"之说。

峻极关左右延伸出去的便是古战壕长城遗址，当年，"李自成大败左良玉""樊老二打山西"等历史故事都发生在这里。

再往下，是号称十八弯的"十八盘古驮道"。这条山路是历史上贯穿太行山，连接山西、河北两省的主要驮道，又称"小茶道"。山道上还留有当年马队的马蹄印迹，已有 1000 多年的历史。

随着旅游业的发展，当地已经逐步发展民宿、餐饮等新型旅游业态，以满足观光度假的需求，欢迎大家到长寿村饮长寿泉、品农家饭、住农家民宿，体验山居乡野的生活！

朝阳沟
——豫剧《朝阳沟》创作原型地

—— 讲述人 ——
杨海涛
朝阳沟景区营销部
经理

精彩聆听，
请扫描二维码

图片来源：朝阳沟景
区提供

大家好！我是朝阳沟景区营销部经理杨海涛，请跟我一起走进戏剧《朝阳沟》创作原型地——朝阳沟景区！

河北朝阳沟景区是国家 4A 级旅游景区、国家地质森林公园、全国乡村游示范点，获河北最美 30 景称号，地处邯郸市武安管陶乡朝阳沟村，距邯郸市 80 千米，是著名戏剧作家及导演杨兰春先生的家乡，是戏剧《朝阳沟》故事的创作原型地。

1958 年，河南豫剧院三团为了响应毛主席提出的"农村是一个广阔的天地，在那里是可以大有作为的""知识青年到农村去，接受贫下中农再教育，很有必要"的号召，由杨兰春任编剧和导演，根据其回朝阳沟探亲时发生的知识青年下乡，接受贫下中农教育并改变农村落后面貌的故事，排演了《朝阳沟》这一戏剧。

朝阳沟民居

当年 5 月 19 日，首演于郑州，1963 年 12 月 31，到中南海怀仁堂演出，一经公演，赢得全国人民的喝彩，成为第一部在中南海演出的现代戏剧，深受当时国家领导人的喜爱，也成为我国现代戏剧里程碑式的代表，为我国戏剧的发展开了先河。

朝阳沟景区就是依据这一故事的原型地而开发的旅游景区。景区内保存了杨兰春旧居、李支书旧居、二大娘旧居、栓宝银环旧居、老平旧居、老小孩旧居、有良旧居、小牧童旧居等。

朝阳沟剧中的绳坡峧、野草湾、阳坡垴、跌水岩等大都成为观光的景点。现在可以参观的其他景点还有黑龙庙、九连溪、九连瀑、象山、华山洞、山顶草原、龙泉瀑、观日峰、玉峰塔、药王洞等。杨兰春先生曾指出，这里是真正的朝阳沟故事的发生地和创作原型地，并欣然为朝阳沟题词：朝阳沟——"人勤人诚人奋进，好山好水好地方"。

朝阳沟地处东太行山腹地，拥有独特的地质景观，到处悬崖绝壁，植被覆盖率高达 98%。春天的朝阳沟桃花满山，杏花满坡，盛夏时节纷飞蝶舞，流水潺潺。朝阳沟地处深山，海拔较高，主峰马峰岩海拔 1776 米，夏季气候凉爽，是一个集旅游、会议、休闲、度假、娱乐为一体的旅游胜地。秋天的朝阳沟，浓绿的松树、累累的果实、满山的红叶让人流连忘返。冬天冰封雪飘、银装素裹，树枝和野草上结满了冰挂，在阳光下晶莹剔透，顺沟而下的冰瀑更使人仿佛进入了童话世界。

景区内建有自然生态观光园、游客采摘园、游客服务中心、华北第一漂流、综合游乐场等，还建有四星级宾馆会议中心，同时可以容纳500人会议和住宿，2000人就餐。进入朝阳沟景区可以感受到纯正的乡土文化、淳朴的民风民俗，观赏各种剧种的文艺表演，体验远离城市喧嚣的宁静与安逸，找寻回归大自然的清新感觉。

戏曲文化的故乡、传统艺术的凝聚地，朝阳沟景区欢迎您来品味！

朝阳沟水瀑

铜雀三台遗址公园
——梦回"三国""六朝"

—— 讲述人 ——
张海林
邯郸市临漳县文保所
副所长、铜雀三台遗
址公园主任

精彩聆听，
请扫描二维码

图片来源：铜雀三台
遗址公园提供

大家好，我是临漳县文保所副所长、铜雀三台遗址公园主任张海林，现在我带您走进位于临漳县的铜雀三台遗址公园。

说起临漳，大家可能有点陌生，但谈到邺城，大家或许就会熟悉，因为它是"三国胜地、六朝古都"，因为它与一代枭雄曹操有着不解之缘，也因为它是建安文学的发祥地，是北朝时期的佛教中心。

临漳地处冀豫两省交界，古时称邺，春秋时期，齐桓公在此始筑邺城，此后先后成为曹魏、后赵、冉魏、前燕、东魏、北齐六朝古都，成为黄河流域政治、经济、军事、文化中心近 400 年之久，具有深厚的历史文化积淀，留下了鬼谷子文化、西门豹文化、都城建设文化、建安文化、成语典故文化、佛教文化等众多文化脉系。

战国时期，纵横鼻祖、兵家祖师鬼谷子诞生于我县邺城镇谷子村、盐食村一带；魏文侯时，西门豹为邺令，破"河伯娶妻"陋习，开渠灌田，造福为民；西楚霸王项羽攻秦时曾在漳河"破釜沉舟"，一战成名。

特别值得一提的是东汉末年官渡之战后，曹操击败袁绍，攻占邺城，邺城成为曹魏王都，曹操在这里开始了大规模的营建。曹操以邺为都，习文讲武，招贤屯田，筑铜雀、金凤、冰井三台，"三曹""七子"在此始创"建安文学"，留下无数辉煌诗篇。

邺城的城市布局中轴线整齐对称，结构严谨，区位分明，在中国古代都城规划史上具有开创性意义，对后来的长安城、洛阳城、北京城乃至日本的都城建筑都有着根本性的影响，被誉为"中国古代都城建筑的典范"。

东魏、北齐时期，佛教成为国教，邺城作为国都，成为佛教传播活动的中心。邺城佛教上承北魏传统、下启隋唐宗派，从佛经翻

碑廊

译传播到佛寺格局、佛像造型等方面均形成了独特的"邺城模式"，在中国佛教史中具有重要的地位。

今天，面积广大的邺城遗址上，仍保存着铜雀三台、地下潜伏城门、皇家佛寺塔基、曹魏古柏、朱明门、广德门、古城墙、千佛埋藏坑和鬼谷子故里等多处名扬中外的遗址和遗迹。

2002年，在我县习文乡考古发掘的一处东魏北齐大型佛寺遗址，被评为当年"全国十大考古新发现"。2012年在邺城遗址附近发掘了一处佛造像埋藏坑，一次出土佛造像2895件（块），其数量之多、品相之美、材质之高，震惊世人。

依托邺城丰厚的历史文化和遗存，我县积极发展文化旅游业，先后建设了铜雀三台遗址公园、邺城博物馆、佛造像博物馆、邺令公园、邺城公园、鬼谷子文化产业园、金凤公园、建安文学馆等一批旅游景区，每年吸引着大批海内外游客前来观光旅游，访古探幽。

铜雀三台遗址公园依托邺城遗址而建，位于遗址的西北部，公园占地230亩，是国家3A级旅游景区。公园内现有金凤台遗址、铜雀台遗址、文昌阁、碑廊、曹操转军洞、文物陈列馆、建安七子馆、点将台、三台复原展示、邺城西城墙复原展示及遗址现状展示馆等，生动直观地展示了邺城文化魅力。

文昌阁是公园内的一个重要景点，初建于清朝顺治八年（1651年），至今已有370年的历史。阁楼上供奉的是文昌帝君。

这里，有不得不登的金凤台，这是邺城遗址唯一的地上遗存。金凤台原名金虎台，为建安十八年（213年）曹操所建。据史书记载，当时台高8丈，有房屋135间。现存的金凤台夯土遗址比较完整，南北长122米，东西宽70米，高12米，登上台顶可观看文

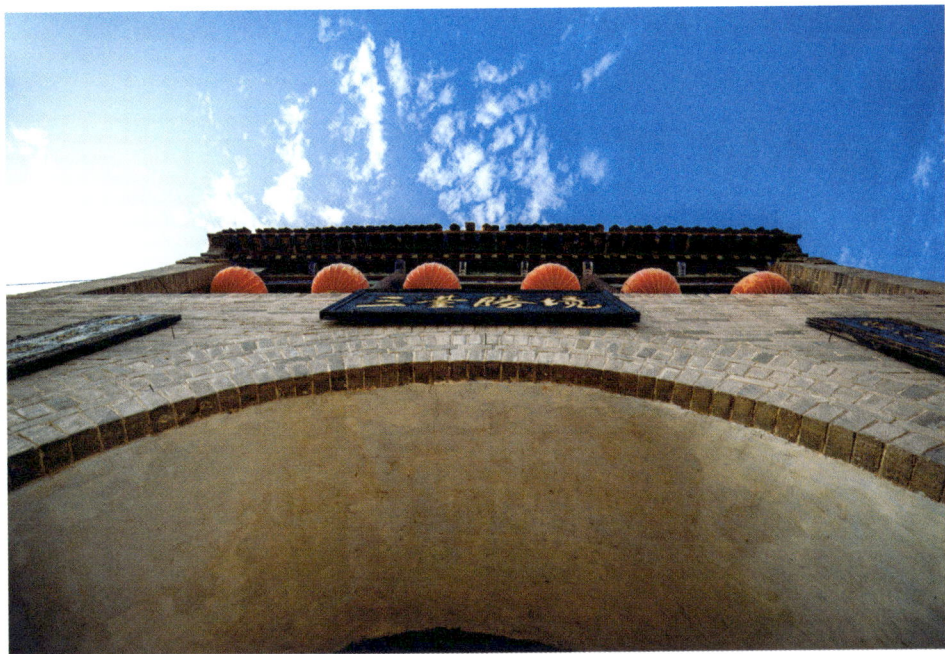

三台胜境文昌阁特写

物陈列、建安人物陈列及邺城沙盘。

金凤台西侧的一个地道就是曹操的"转军洞"。曹操建三台时，以一个军事家的眼光，在台下修了一条暗道，名曰"转军洞"，与台西6千米之外的讲武城兵营相通。邺城一旦被围困，即可从这条暗道迅速转运兵力，形成内外夹击之势。

铜雀三台遗址公园的其他景点，等待着大家前来细细品味。欢迎大家来临漳邺城旅游观光。

粮画小镇
——有颜有内涵，有米有艺术

——讲述人——
李静
粮画小镇工作人员

精彩聆听，
请扫描二维码

图片来源：粮画小镇
景区提供

大家好，我是粮画小镇工作人员李静，现在我带您走进故事里的粮画小镇，了解这里的艺术与风情。

粮画小镇是目前华北平原唯一以美丽乡村为载体的国家 4A 级旅游景区，开创了居民不迁、景村一体旅游景区的先河，该模式投资少、可复制、群众受益广，具有示范引领作用。粮画小镇位于馆陶县城以西3 千米，是民族英雄范筑先和一二九师筑先纵队司令员张维翰的故乡。

走进粮画世界，感受五谷神韵。我先跟您科普下什么是粮食画？粮食画是以各类植物种子和五谷杂粮为本体，利用粮食原色，吸取国画、浮雕、装饰等传统工艺的精髓，通过粘、贴、拼、雕等手段，利用其他附料粘贴而成的山水、人物、花鸟、卡通、抽象图画。既具有北方的粗犷、豪放，更具有南方的细腻、清雅，气势雄伟、精湛绝伦，是独具乡村风情的艺

粮画小镇街景

术品。

　　海增粮艺是第一家入驻粮画小镇的企业，也是目前规模最大的粮画企业，带动了粮画小镇及周边村 300 多名群众加入到粮画创作中。海增粮艺设有粮画生产线、粮画研发中心、产品展销厅。目前其粮画作品已销往世界各地，发展代理商家 18 家，年产值超过 2000 万元。海增粮艺代表作"清明上河图"在 2012 年被一位美国人以 6 万美金收购。这幅图总共融入了 35 种粮食，加起来 6 斤重。故而有人戏称"1 斤粮食卖了 1 万美金"。

　　当小镇的墙体遇到村民家的排水管、排烟管时，当地的艺术家会巧妙地画上装饰小画，如墙上的长颈鹿、向日葵等，实现完美嫁接，形成小镇景观小品。这也体现了小镇"无处不精致、无处不精细、无

海增粮艺

粮画小镇街道

处不文化"的理念。

小镇最大限度地保留了村庄原貌，留住了乡愁记忆。其中一座老房子始建于 1910 年，经历了近代战火的洗礼和 1963 年卫运河大洪水的摧残，不仅见证了时代的变迁，还从侧面反映了社会主义新农村的发展历程。旁边的辘轳井，从有这个村子起就有了，曾是村子里唯一的一口井，可以说是寿东村的生命源泉，养育了一代又一代的寿东人。

咖啡屋坐落于景区中段，简约的乡村风情，低调的城市品质，无不彰显着粮画小镇的精致文化。女主人来自山东威海，是外地青年在小镇创业的典范，她在 2018 年被授予馆陶县美丽乡村建设人才奖。咖啡屋主打花式咖啡、意式西餐、经典甜品、特色果饮等。休闲的午后，来小镇咖啡屋，可静享时光悠闲之美。

相传彭祖晚年曾在陶山也就是馆陶一带生活，他非常注重艾草的养生功效，也有传说彭祖长寿的秘密就是艾草，为了纪念彭祖，后来馆陶生产的艾草都叫作彭艾。

作为生态环湖景区，艾香谷的前身是一条东西长 700 多米的垃圾坑，用时 18 个月改建完成。艾香谷两侧种满了彭艾，内设彭艾汤泉、高山流水、艾缘、艾湖、艾艾湖、东湖、寿西湖、黑陶体验馆等 18 处景点。

从春花烂漫到夏荫葱郁，从秋色斑斓到冬雪皑皑，一年四季风景如画，一个胡同一种意蕴，一块砖瓦一段诉说，"醉"美粮画小镇，期待与您的相遇。

粮画小镇湖畔夜景

丛台公园

——从"胡服骑射"说起

——讲述人——
牛帆
文化和旅游部金牌导
游、河北十佳导游

精彩聆听，
请扫描二维码

图片来源：邯郸市丛
台区文化广电和旅游
局提供

大家好，我是文化和旅游部金牌导游、河北十佳导游牛帆。丛台位于邯郸市的丛台公园，又称武灵丛台，是邯郸市的象征。相传始建于战国赵武灵王时期，是赵王检阅军队与观赏歌舞之地。丛台因何得名，发生过什么故事，接下来由我带您走进"故事里的丛台"。

邯郸是一座历史文化悠久的古城，也是唯一一座历经 3000 多年而从未更名的城市。它作为战国七雄之一——赵国的都城长达 158 年之久，而古赵丛台便是这段历史最好的见证。

如果说邯郸是一本拥有着厚重历史的丛书，那么这座雄伟壮观的丛台便是这本书精美绝伦的封面了。穿过古色古香的公园门口，这座面积 1100 多平方米，高 26 米的三层青砖高台就是武灵丛台了。丛台始建于战国的赵武灵王时期，距今已经有 2300 多年的历

武灵丛台远景

史。古人曾用"天桥接汉若长虹，雪洞迷离如银海"的诗句，描绘丛台的壮观。唐代大诗人李白、杜甫、白居易等曾多次登台观赏赋诗。

朋友们如果来到邯郸，您会发现，邯郸有丛台区，丛台区有丛台路，招待亲朋好友有丛台酒，丛台已经成为邯郸的象征。

那为什么此台叫丛台呢？据唐代著名的文学家颜师古《汉书注》称，因楼榭台阁众多而"连聚非一"，故名"丛台"。意思是这里建有很多高台，相互连接在一起就是丛台了。赵武灵王在建造丛台之初，便表现出不凡的气魄，他在长达十余里的平地上修筑起了众多亭台，然后通过悬桥或者城墙连接在一起，各台首尾相接，蜿蜒向前，形成高台丛林，视之极为壮观。

史料记载，当时的丛台上有天桥、雪洞、花苑、妆阁诸景，诸台的建筑形式灵活多样、精巧别致，一台一景、高低错落，以规模宏大、结构奇特、精致典雅而名扬列国。当时的外人，都以来赵国一观丛台为快为荣。

而要修得起这么壮丽的丛台，想必必须有与之匹配的强大国力。而要说起赵国的强大，就不得不从赵武灵王的"胡服骑射"开始说起。战国中期以前，中原各国普遍采用战车步军作战，而赵国北接胡人，时常受到草原骑兵侵扰，而且屡战屡败。一代雄主赵武灵王赵雍为了实现强军强国的目标，果断摒弃了沿袭数千年的传统习俗，改汉服为胡服，改车战为骑战，史称"胡服骑射"。这一场变革，不仅仅是穿胡服练骑射那么简单的事情，其有着更深层的思想和政治含义，这场变革不但成就了赵国的强国目标，而且成为中国优秀传统文化中的"改革文化"与兼容并蓄文化的生动演绎，也为后来中国各民族文化的大融合提供了真实的样板。在赵国实行"胡服骑射"三年后，赵国的近邻中山、林胡、楼烦都被收服了，赵国的人口和版图一下子可以与秦楚两强匹敌起来，并超越齐国成为东方第一大国。

也就是在这样强大国力的基础上，丛台应运而生了，或许是为了与秦楚两强相较国力，丛台之建比起楚国章华台来更要奢华。我们可以想象，作为赵国盛世的缔造者——赵武灵王，登上丛台，看到台下军容严整、战旗飘飘、万马嘶鸣，其一定有并吞天下、统一宇内的雄心壮志。可惜的是，丛台的建造必然耗费巨大的国力，消耗民生民力，面对这样奢华的丛台而不可登不可享，再奋勇的将士也会萌生为谁而战、为何立功的疑惑，再强大的军队也会在不断的奢靡中颓废下去。历史的发展也证实了这样的规律，最终建有华美楼台的赵楚两国终被没有建台的秦国所灭，而一统天下的秦国却也在建起阿房宫后，迅速二世而亡。这不得不说是历史的一个玩笑。

然而，当今的丛台已不是曾经的模样。在历史的演变过程中，丛台和很多建筑一样，遭受了不同的苦难，既有天灾，也有人祸。丛台已经经历过多次改修重建，改变了原来的规模和布局，甚至失去了原有的建筑风格。我们现在所见的丛台，是清同治年间修建的，之后又进行过重修。1949 年以后，以武灵丛台为中心，修建了丛台公园。如今园中林木茂盛、花草茵茵、湖水

丛台公园廊桥

荡漾、禽鸟成群，与丛台古建筑相映成趣，是休闲娱乐的绝佳场所。

　　各位朋友们，丛台的故事就说到这里，但邯郸这座千年古城，有更多的故事传说等着您来细细探索，欢迎大家有时间来到邯郸旅游，并祝大家身体健康，万事如意！

定州是华北地区重要的交通枢纽，镶嵌在京石之间、雄安之侧，自古就有"九州咽喉地，神京扼要区"之称。

定州是河北省十大历史文化名城之一，丰厚的文化底蕴留下了数不尽的历史财富，国家级文保单位9处，省级文保单位15处。定州博物馆的5万件文物，其中100多件为国家一级文物，诠释了"中山多美物"的历史记载。定州是旅游休闲乐园，汉代的中山王墓群、唐代的文庙、宋代的开元寺塔、元代的清真寺、明代的南城门、清代的贡院、民国时期的晏阳初旧居，见证了定州的千年沧桑和曾经的辉煌。黄家葡萄酒庄、东胜生态园、中山百姓园等特色景区，是休闲度假的天然氧吧。依托历史文化资源，定州将打造集古城文化游、生态休闲游、研学教育游于一体的京南旅游目的地。

定州篇

DINGZHOU PIAN

定州塔
——"中华第一塔"由来一个梦

——— 讲述人 ———
耀阳
定州交通音乐广播主持人

精彩聆听，
请扫描二维码

图片来源：由景区
提供

　　我是耀阳，定州交通音乐广播主持人，由我带您了解在定州无人不知、无人不晓的"定州塔"！

　　定州塔因建于开元寺中，所以定州塔也叫开元寺塔。现寺已无存，唯有此塔高高耸立。定州塔是中国现存最高的一座砖木结构古塔，塔高83.7米，有"中华第一塔"之称。它比现存应县木塔、西安大雁塔、大理三塔之千寻塔都要高出十多米。至于当时为何要将其建造得如此之高，已无法考证，我们推测或因定州位于宋朝北境，宋朝为了向北方辽国展示国力而如此建造的。但此塔的修建却是一个艰难的过程，于北宋真宗咸平四年（1001年）受诏修建，至北宋至和二年（1055年）建成（也有一说是1022年建成），其间历时50多年，在这50多年的修建过程中，具体经历了什么样的波折，后人已无从知晓，但流传下来的让人泪目的建造故事，却能给我们一些提示。

定州开元寺塔

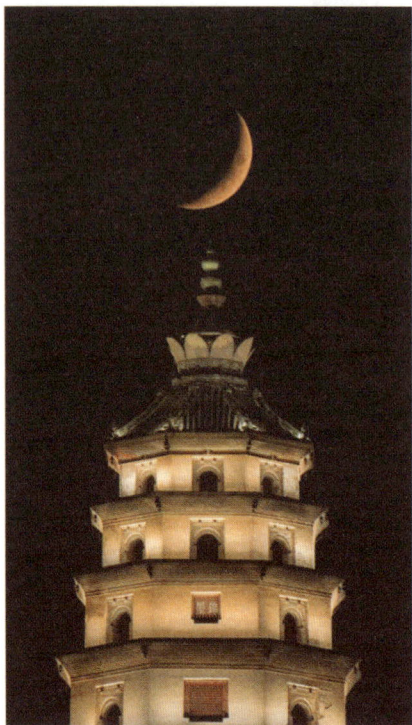

定州塔（摄影：墨锦）

相传在宋朝初年，定州开元寺僧会能往西天竺（印度）取经，得到佛教中传说的舍利子回来复命。咸平四年（1001年），宋真宗下诏，命在开元寺内修建高塔以纪念，定州知州接到旨意后，根据会能的游历见闻，议定了定州塔八角形楼阁这别具一格的建筑形式，又历经数月绘制了建造图，并获得了真宗皇帝的认可。然而，图纸虽然有了，但这么高的塔，所需要的材料从哪里来，又该用什么样办法修建，这两道难题又摆在了定州知州的案头。

为了解决建筑材料来源的问题，定州知州命令衙役遍寻境内的山川，终于在曲阳县嘉山，发现了适合用于高层建筑的木料，也或许是在高塔的修建过程中存在过多次倾覆而不得不重新建造的情况，使得这座高塔的修建耗费了难以计量的木料，以至于当地千百年来一直流传着"砍尽嘉山木，修成定县塔"的说法。

物料的问题解决之后，如何修建则成了更为严重的问题。因为传统的建筑方案总是导致高塔在修建过程中发生倾覆，给人以大厦将倾的不祥感觉，故而宋朝皇帝最后下了一道严旨，明令了最后的建造完成时间，如完不成必将严惩。定州知州看着最后的期限即将到来，一时束手无策，只能对召集起来的建塔工匠发泄怒火，每日问讯工匠建塔方案，凡不知道者，皆被推出斩首，数日下来，建塔方案没有着落，工匠却被杀了一大批，近邻州县的工匠闻讯，也无人敢来定州境内谋生，生怕被抓来建塔，有来无回。眼看着事无转机，最后有一文官建议道："何不放所有工匠归家，与家人做一告别，三日后归来一同受刑，也算是尽了父母官的仁义之情。这样做或许能感动天地神灵，使得某个工匠灵机一现，获得建塔良策。"知府闻言有理，便令工匠归家，并令："三日之后再无良策，则余众人一同就刑"。

其中一位工匠回到家后，看着心爱的妻子儿女，想着三日后就要被斩首问罪，一时愁闷起来，思到伤心处，不觉得痛哭起来，这样越哭越愁，越愁越哭，哭到极致居然晕睡了过去。或许是之前被召集关押的时候，心情太过压抑，这一睡居然睡了两天两夜。睡梦当中，这位工匠的游魂，飘飘荡荡去到了自家的祖坟，见到了埋葬的祖宗，想着自己技艺不精，害了自己、连累家人，不免在梦中又痛哭起来。哭着哭着，他突然发现身后站着一位鹤发童颜的老者，这名工匠深以为奇，便病急乱投医般地将自己的遭遇及苦衷向老者进行了述说，并央求老者能够施以援手。可是老者听后叹道："我本来有心帮助你，但我已是土埋脖子的人了，力不从心啊！"说完便拂袖要去。工匠一看急忙拉住老者细问，怎奈一拉，竟从梦中醒来。工匠觉得蹊跷，便仔细回味梦中老者的话，想啊想，终于从老者的"土埋脖子"，悟出了"土屯塔"的办法来。最后，这名工匠向知州进献了土屯建塔之策，从而建造了如今的定州塔，使得不少工匠免遭了就戮之刑。

历史的真相，或许很难查证了，但是传说中的故事，却能告诉我们一些线索，留存了千年的文化古迹，虽不能说就是一部血泪史，但其间也一定有血泪的成分，定州塔是壮美的，但它的壮美也一定是无数工匠用生命和鲜血化成的。

欢迎读者的您，有时间能够来到定州，感受塔的雄伟，感受建塔工匠的伟大，感受中华传统工艺的生命力，感受中华民族坚韧勇敢的精神！

定州贡院
——见证科举考试下的百态人生

—— 讲述人 ——
孙静
定州贡院讲解员

精彩聆听，
请扫描二维码

图片来源：由景区
提供
责任编辑：张竟博

　　大家好，我是定州贡院讲解员孙静，下面我将带大家走进定州贡院。

　　定州贡院，是我国北方唯一保存较为完整的古代社会举行科举考试的考场，2001 年被列为全国重点文物保护单位。

　　科举制度自隋朝创立，到清光绪三十一年（1905 年）停废，持续了约 1300 年。在这 1300 年中，莘莘学子都梦想通过科举考试一跃过龙门，步入仕途，功成名就。但要实现这样的梦想，实属不易。古代科举制度在不同的朝代有着不同的演化历史，在唐代为二级考试，到了宋代增加了殿试一级，由皇帝亲自考察生员，而到了明代之后，科举制度增加到了四级，包括院试→乡试→会试→殿试，其中院试出秀才，乡试出举人，会试出贡士，殿试出进士。由于会试之后的殿试并不黜落参试人员，最低能获得"同进士"身

定州贡院

份，所以会试通过者，也就意味着"中了进士"。在封建时代，中得了举人，也就获得了入场做官的资格，小说《儒林外史》中的"范进中举"，说的即是科举跃龙门的故事。而高中进士，则是每个考生甚至每个官员都梦寐以求的事情，最为有名的即是清末名臣，一直为举人身份的左宗棠，其62岁主政新疆事务时，曾向皇帝奏请辞职回京参加会试，以遂三次不中进士的心愿，限于时局，当时的皇帝只好特例恩赐了他"同进士"身份，使得他能够生前入阁、死后谥"文"，实现了榜上有名的夙愿。

全国举办乡试和会试的地方，一般是在贡院，因而贡院也成了官员选拔的场所。实际上，在明代因为中央政府直辖的省级地方单位为两京一十三省，所以全国建有15座贡院，即每省建有一座贡院，而到了清代，内地增加了甘肃省，并实现了湖南、湖北分治，所以对应的贡院增加到了17座。明代迁都北

定州贡院

京以后，除了顺天贡院（北京贡院）也作为全国会试的考场以外，其他省级贡院一般是进行本省乡试的地方，即选拔举人的地方。而选拔秀才进行院试的考场，通常称为"考棚"或"试院"。在西学东渐之后，传统科举制度遭到了废除，随之进行科举考试的场所也尽皆失去了使用价值，不是被作为新学的校址，就是被改为其他机构的办公场所，贡院试院大多没有被保存下来。至今，保存较为完整的已为数不多，最著名的当数"北定州南阆中"了。

定州贡院始建于清乾隆三年（1738年），虽名为"贡院"，实为"试院"，主要承担原清直隶定州境内的童试、岁试和科试。科试为生员参加乡试前必须进行的考核考试，通过后方能参加乡试。定州贡院设有文武两个考场，这种设置在全国极为少见，后因战火或历史变迁，现仅存文场的影壁、大门、魁阁号舍、大堂、后楼五座主体建筑，以及二门、二堂两座基址。

重点要给大家介绍的是最不起眼，但在读书人心目中却意义非凡的建筑——影壁。

影壁矗立在定州贡院建筑中轴线的最前方，青砖为基，石灰抹白。虽然它只是用于遮挡视线的一堵墙，但由于它的另一个用处——张榜，而使它存在的意义极为重大！一朝上榜，则十年寒苦尽，荣华富贵来；若名落孙山，则寒窗苦读皆白费，冷眼恶语扑面来。一座影壁，见证了数百年来，在它面前驻足，或欢喜，或癫狂，或疾首，或惆怅的代代学子们，虽然有着很多的无奈，但却曾经是读书人希望升起的地方。

汉白玉盘龙柱

在定州贡院，还有一处古代读书人都梦想跨越的地方——"龙门"。龙门位于号舍的北端，由两根汉白玉盘龙柱组成。盘龙柱高四米，柱身各雕刻一条腾云驾雾的祥龙，气势张扬，栩栩如生，为清代石雕之精品。古代读书人在游览贡院和拜祭魁星时，会争相到此跨越龙门，以求功成名就，飞黄腾达。"龙门"因此而成为读书人心中无可替代的目的地，跨越龙门，也成为读书人图个好彩头的表达方式。

曾经的科举虽然已经远去，但重视文脉、尊重人才、追求进步的民族精神却在继续传承，历史的长河中，或许有很多像范进一样的外传故事，但也有很多像韩愈、王安石、张居正、刘墉、曾国藩等为代表的传奇人物。或许通过考试、追求当官不应该成为所有读书人的唯一抱负，但学习知识、学以致用却应该是每一个学生应秉持的基本态度。这也是定州贡院保存并展示的意义所在。

我们期待，春暖花开时，各位朋友来到定州贡院，与古代读书人作心灵的沟通，与身边人共积进取的心力，体验读书与文化的魅力。

辛集市位于石家庄市东65千米处，距首都北京220千米，总面积960平方千米，常住人口82万。先后被评为"中国皮革皮衣之都""国家级园林城市""中国最佳运动休闲旅游城市""全国文化工作先进市""中国民间文化艺术之乡""2020旅游发展潜力百佳县"等称号。

辛集市现有2家A级景区，其中辛集国际皮革城为3A级旅游景区，皮都工匠坊为2A级旅游景区，也是辛集市第一家工业旅游示范点。旅行社2家（奇飞旅行社、物发旅行社），三星级酒店1家（东明大酒店）；五星级酒店1家（皮都国际酒店）。

辛集篇

XINJI PIAN

"辛集"
——"皮毛甲天下""河北第一集"

——讲述人——
田园
辛集市文化广电体育
和旅游局

精彩聆听，
请扫描二维码

图片来源：由辛集市
文化广电体育和旅游
局提供

大家好，我是辛集市文化广电体育和旅游局的田园，下面请跟我一起，了解辛集的故事。

近些年来，随着河北省省会石家庄市的跨越式发展，人们赋予其一个"国际庄"的别称，从此石家庄市便享有了"天下第一庄"的美誉，而说起辛集市，则有着与石家庄市一样的"传奇"，因其从明代开始便繁荣至今的皮毛贸易，使其获得了"直隶一集"的美称。集市皮革业历史悠久，始于明，盛于清，素有"辛集皮毛甲天下"之美称，是中国历史上最大的皮毛集散地和商埠重镇，现被授予"国家外贸转型升级专业型示范基地""中国皮革皮衣之都"。

"集"，自古以来便与商业贸易有关，及至现在仍然在大量农村地区存在，"赶大集"成为不少人童年时期热切盼望的事情。说起"集"，就不得不提起"商人"。相传，4000年前起源于河南商丘地区的商部

辛集国际皮革城

落最早发明了马车和牛车，打造了商品运输所必需的交通工具，解决了商品贸易的运输难题，使得当时不同地区的物产能够进行远距离运输，进而实现商品的贸易和交换，从而催生了中国最早的商业形态。或许是由于商业贸易的巨大利润，在商代，大型的商业贸易始终被掌握在以商王族为代表的商部落手中。周灭商之后，大量商部落遗民在失去统治权的同时也失去了土地，他们只好被迫过着漂泊无定的游商生活，随着诸侯国的不断壮大，散布在各国的商部落"商人"，逐渐转化成了专门从事商业活动的"商人"，商人不再是一股有部落特征的政治势力，而成了泛社会的一个阶层，与农人、牧人等同。

因市成集。最初，中华大地上，人们都以部落为单位聚集而居，商人们总会在适当的时候到各个部落进行买卖贸易，随着社会的发展，部落变得越来越多，甚至大部落中又分散着各种规模的小部落，这就使得商人们很难在恰当的时间到达各个部落，原来的贸易方式不但效率低下，也很难满足双方的贸易需求。为此，商人们往往会在部落相对集中的中心地区选定一个地点，并与周围部落约定好交易的时间，当各地的商人和各部落的人们都来到这里进行货品交易时，"集"就形成了，买的、卖的都在这一天赶来进行交易，时间久了，周期性的甚至固定的集市也就形成了。

辛集市，原称束鹿县，后因市中心位于辛集镇而于1986年撤县变市为辛集市。作为行政区划，历史上辛集市除了从唐中期之后改称束鹿县外，在此之前也有过鹿城县、安定县、安民县等县名，最早可追溯到西汉初年。而对于辛集这个名称，则有不同的记载和传说。辛集在明朝时期，称作新集。明朝统一之后，社会稳定，社会贸易需求扩大，长城内外盛产的皮货需要南销，而辛集因其位于华北中部，向北临近皮货原料产地，向南接近皮货市场，故而在交通并不发达的时代，占据着折中的地理位置优势，所以在皮货供应商与皮货购买者的共同选择下形成了皮货集中贸易的地点，久而久之形成了稳定的皮货大

辛集国际皮革城

集——新集。

后来，商人们在记账时，为了便于书写就把相对复杂的"新"字，用"辛"来代替，这样"新集"也就变成了"辛集"，而辛集这个著名的皮货贸易中心，在明清两代兴盛不衰，造就了皮货之都的美名。1986年，束鹿县升级更名为辛集市，虽然舍弃了与唐玄宗、安禄山等人物与历史的联系，但实是为几百年来辛集的皮货贸易正了名。现如今，辛集市依然是中国的"皮革之都"，辛集国际皮革城也成了中国皮革的世界名片，正在带领中国的皮革业走出中国、走向世界。

辛集及辛集国际皮革城，欢迎喜欢皮革的您，能够亲临考察，了解中国皮革的历史，一睹中国皮业大观。

辛集国际皮革城皮具卖场

雄安新区，涉及河北省雄县、容城、安新3县及周边部分区域，地处北京、天津、保定三地之间。2017年4月1日，中共中央、国务院决定在此设立国家级新区。这是继深圳经济特区和上海浦东新区之后又一具有全国意义的新区，是千年大计、国家大事。

雄县境内有宋辽古地道、古石碑、隆兴寺碑，容城县境内有磁山文化遗址、宋八王衣冠冢、杨六郎晾马台、明月禅寺、革命烈士纪念馆，安新县境内有国家级5A旅游景区白洋淀、孙犁纪念馆、元妃荷园等名胜古迹。未来，雄安新区将打造全域旅游智慧平台，依托雄安云，建设智慧旅游管理、服务平台，为全区旅游应用建设及资源整合提供数据支撑，构建"景城共荣"的全域旅游创新发展模式，打造绿色智慧的"国家客厅"，建成世界著名旅游城市。

雄安新区篇

XIONGANXINQU PIAN

白洋淀

——热血铸就"雁翎队"传奇

——— 讲述人 ———
陈红
安新白洋淀大观园国
际旅行社导游员

精彩聆听，
请扫描二维码

图片来源：由白洋淀
景区提供

　　大家好，我是白洋淀大观园国际旅行社导游员陈红。雄安新区未成立之前，白洋淀就作为"华北明珠"广受各地游客的喜爱，以前白洋淀的各淀泊分属于河北保定、沧州两市的安新、雄县、任丘、容城及高阳五个县市管辖，雄安新区成立后，白洋淀的大部分已划入雄安新区管辖，随着雄安新区向着新型智慧化、生态化城市目标迈进，白洋淀也成了雄安新区，乃至北方地区著名的生态旅游目的地。

　　提起白洋淀，就会让人想起纵横无际、层层叠叠的芦苇荡，想起芦苇荡，也会让人想起曾经在这里战斗过的水上游击队——雁翎队，他们借助白洋淀芦苇荡复杂多变的水势和地形，积极与日本侵略者展开了艰苦的斗争，为抗击日寇、赢得抗战胜利做出了突出贡献，书写了传奇。其中最出名的英雄人物，就是后来电影电视剧里的"小兵张嘎"。这个"小兵张

白洋淀

嘎"的原型是谁？雁翎队的名称到底是怎么来的？下面就由我来给您讲述一段"白洋淀的故事"，听英雄的白洋淀儿女如何在这片热土上保卫家园。

日军没有侵略之前，曾经的白洋淀是千顷万亩芦苇塘，放鹰捉鱼采莲忙，人民安居乐业、生活富足，可是随着日本侵略者的到来，这里的人们饱受奴役和压迫。特别是，1938年秋，日本侵略者以"献铜、献铁"为由，强迫白洋淀水区猎户交出土枪土炮。这对以渔猎为生的猎户来说，等于抢夺了他们的生产生活工具，掐断了他们的生命线，猎户们被压迫至深，十分愤怒。

针对这种情况，中共安新县委委派三区区委书记徐建、区长李刚义赶到猎户集中的大张庄村，向猎户揭露日军收缴猎枪的阴谋，号召组织抗日武装。当场就有22名猎户报名，出船出枪，参加抗日。

猎户们自带的武器中，有一种俗称"大抬杆"的土枪，是当地猎人发明的一种专门打水禽的武器，枪身有2.5～3米长，比普通的猎枪要大要重，

荷花大观园水面风光

一个人抬不动，所以多固定在特殊的专用船——"排子船"上。"大抬杆"不但打得远，而且火力足，威力很大。

猎户们在使用"大抬杆"的过程中，为了防止枪膛内的火药受潮，常在点火前，在枪体的引信口插上一根雁翎，加上猎户们的排子船在淀面行驶时往往呈现"人"字形的大雁队形，进退自如，因而基于这两个原因，时任安新县县委书记的侯卓夫将猎户们组成的水上游击队命名为雁翎队。

雁翎队队员时而成为渔民，巧端敌人的岗楼；时而出没在敌人运送物资的航线上，截获敌人的军火物资；时而深入敌人的心脏，为民除掉通敌的汉奸；时而头顶荷叶，嘴衔苇管，隐蔽在芦苇丛中，伏击敌人的包运船。

这支骁勇的水上游击队，与侵略者进行了长期的不屈不挠的斗争。从1939年成立，到1945年配合主力部队解放新安城，雁翎队从最初的20多人发展到100多人，利用水上优势，与敌人交战70余次，仅牺牲8人，却击毙、俘获了日伪军近千人，缴获大量军火和物资。特别是从1939年到1943年的四年中，雁翎队在35次战斗中，有16次是一枪未发而制胜。因此，当地流传起歌颂他们机智神勇的歌谣：

燕翎队（影视截图）

雁翎队，是神兵，来无影，去无踪。千顷苇塘摆战场，抬杆专打鬼子兵。

雁翎队，是奇兵，端岗楼，像拔葱。淀头、刘庄、十方院，眨眼端个干干净净。

雁翎队，是天兵，打了伏击打包运。水路切断运输线，旱路击毙杨文凤。

雁翎队，子弟兵，白洋淀百姓最欢迎。群众是水他是鱼，鱼水相连骨肉情。

故事讲到这里，大家可能会问，怎么不讲小兵张嘎呢？其实小兵张嘎是以老雁翎队队员赵波以及其他众多人物为原型而刻画出来的影视人物。这个小英雄形象所反映的正是水上雁翎队队员机智勇敢的飒爽英姿。

过去的白洋淀有着英勇的雁翎队，他们驱船为马、投苇当枪，谱写了一曲抗日救国的英雄赞歌。现在的白洋淀大部划进了雄安新区，天更蓝、水更清，白洋淀人民正以不屈不挠的雁翎精神谱就着新区的辉煌新乐章！

2020 年，新冠肺炎疫情深深地折磨了我们，我们疲惫的身心需要美丽生态与自然的抚慰，这里我们欢迎您蒲红苇绿时，游览波光粼粼的淀泊，尽情放松疲惫的身心！

记者手记

JIZHE SHOUJI

微笑向阳　无惧风霜

文 / 梁寒冰

破壳

2020 年将是会被载入史册，令全世界难以忘怀的一年。新冠肺炎疫情改变了我们生活的方方面面，从最初的害怕、恐慌，到中期的彷徨、迷茫，再到后来的坚定信念、激情奋斗。我想，这恐怕是各行各业老百姓面对疫情最真实的心理写照。

作为媒体人，作为深耕旅游行业的媒体人，在疫情刚来临时，我们同样也在焦急地想着对策，也曾迷茫过不知前路。2020 年 1 月，我受台领导嘱托，原本负责全国交广大联播的录制与制作，精选几十地市的联播内容，计划在过年期间播放，邀约大家前往全国各地游玩。谁知，疫情的突然到来打乱了所有的工作计划和前期准备。作为一档旅游节目，在疫情如此严峻的时刻，在国人都不出家门的时刻，节目该如何做？既顺应当下形势，又满足人民群众对精神文化生活的需要，可以说那几天在节目策划上，我们绞尽脑汁。

河北的旅游资源很丰富，是全国唯一一个兼具海滨、湖泊、平原、丘陵、山地、高原等不同地貌的省份，我们有那么多的名山大川，有那么多悠久的历史文化故事，更需要创新推广方式、加大宣传力度。如何把优质资源推介出去？如何在旅游业的寒冬期肩负起主流媒体的责任，与景区同呼吸、共命运？如何让本地老百姓对自己家乡的资源充满自豪感？基于这样的疑问，《动听河北》方案应运而生。

足不出户云旅游成了疫情防控期最时髦、最可行的旅游方式。无法邀约大家当下去旅游，但是可以让大家听听河北景区的历史文化故事，走进故事里的河北，展开美好想象与期许，不听不知道，河北原来这么奇妙。

成长

《动听河北》开办之初，目标设定为100期，河北14地重点景区全囊括，100个旅游人献声讲述故事里的河北。

初听时觉得简直天方夜谭，根本不可能完成吧！疫情期间，如何迅速对接100家景区？如何让景区通力配合？如何调动嘉宾情绪，既保证稿件质量好、吸引人，又能用动听的声音打动人？每一期节目播出后，又需要做成新媒体图文传播，如何保证速度和质量？这一连串问号亟待我们去变成叹号。

基于台领导的信任，我抓紧设计节目片花，并迅速开展了100期节目的时间排表制定，联络各地文旅局确定景区，但前期一边做也一边在犯嘀咕，真的可以做完这100期吗？100这个数字在开办之初，仿佛一个天文数字摆在我眼前。

千里之行始于足下，先做好第一期吧，打个基调和样本，后期也就会轻松一些，有了方向一切困难都是可以迎刃而解的。就像新冠肺炎疫情，随着研究的深入，公众认知的加深，疫情也就没那么令人恐惧了。所以第一期节目《走进荣国府景区，重温"宝黛初相会"》，就为《动听河北》这个栏目开了头，定了基调。以《红楼梦》中的故事引人入胜，让受众从故事中了解正定荣国府的历史文化，或许是个不错的选择。

有了广播节目还不够，在动听悦耳的基础上，还需要让传播的内容实现可视化。于是，每一期节目后，衍生出了新媒体图文传播。而在每一期节目的之后，都获得了受众不少的留言，这让我们觉得非常有成就感，原来激励人心也可以让温暖沁润自己。

《动听河北》最后的完整呈现，让我明白一个道理：众人拾柴火焰高，只要敢想敢做，没有什么不可以！

蜕变

为了保证节目内容好听、好看，已经忘了有多少个夜晚伏坐案头，梳理修改嘉宾的稿件。当每次成稿一篇可听性强的文章，就仿佛自己的孩子出落得风度翩翩，内心的喜悦无以言表。在每一次与嘉宾的采访与互动中，他们作为旅游人的责任感，也在影响着我，让我看到了大疫无情，人有大爱。

让我感动的是，白鹿温泉市场营销中心经理朱慧涛，曾自费带着突发疾病的游客孩子四处看病。五岳寨的工作人员，自发组成救援小组，不畏天寒地冻救助迷路爬野山的驴友。某年暴雨冲垮了驼梁景区部分设施，景区工作人员们不计报酬奋力抢修。这些看似普通却又不寻常的事情，让我看到了旅游人的责任、担当与勇气。我相信，有这样信念和力量的他们，很快会走出新冠肺炎疫情的寒冬，无惧风霜的他们，很快可以微笑向阳。

作为一个媒体人，很庆幸，能够做这个时代的见证者和记录者。可以用真实的故事感染人，用动听的声音抚慰人，用励志的语言激励人，用美好的词语温暖人。记者，记录着，用微笑，温暖着。

一期期带有温度的节目，就这样，成了疫情期间很多人每天的守候，在寒冷的冬天，让我们看到了丝丝希望，在这个过程中每个人都在蜕变。

圆满

就这样，100 期节目穿越冬春，迎来了夏日的繁华。采访认真打磨，团队倾注全力，焚膏继晷，只为每一篇报道都能让人身临其境。这 100 期节目之后，我们和河北 14 地市文旅局取得了密切联系，从 100 名旅游人身上看到了未来的希望，从 100 篇报道中升华了自己，传播了 100 家河北优质景区资源，与 30 余家主流媒体密切互动，收获超高关注，赢得 1 亿 + 点击量。

很庆幸，在疫情来临之际，我们勇于担当，最终完成了之前看似不可能的任务。你只需相信：只要微笑向阳，无惧风霜，我们一定能收获繁花，抵达繁华。

心里有光，哪儿都美！

文 / 刘倩

2020 年年初，突如其来的新冠肺炎疫情打乱了所有人的生活和工作秩序，做好疫情防控，尽量减少不必要的外出成了那段时间的"第一要务"。本该喜气洋洋的春节没有了往昔的热闹，和亲朋好友定好的出游计划也被按下了暂停键。

疫情快速影响着各行各业的正常运转，尤为讲究人气和客流的旅游业更是首当其冲遭受重创。从景区、旅行社到文旅衍生品，每一个环节的工作几乎都陷入停摆状态。作为一档专业旅游节目的《992 乐行天下》也面临着同样的困局，我们应该做些什么？

"宅"在家也要有"诗和远方"

"世界那么大，我想去看看"，穿梭于陌生的目的地，和美丽的风景、美味的食物、有趣的事物相遇，这大概是我们热衷于旅行的原因。但是面对"宅家抗疫"

的现实，出游只得变成"云游"。"云游"就是通过网络在线上"云端"游山玩水、遍赏世界，避免聚集带来的风险，又能获得旅游的乐趣。

"倾听河北，让心灵在故事中旅行；云游四方，足不出户与美好邂逅"。于是我们河北广播电视台交通广播《992乐行天下》节目的"动听河北"栏目也应时而生。漫长的"禁足期"里如果不能出去走走看看，我们就带您在电波中去"听河北"！在图文并茂的微信文章中去"游河北"！解锁河北旅游的"新"玩法，带给不能出游的大家一丝慰藉。

100个景区100天接力"打卡"

"动听河北"栏目策划一经敲定，我们的旅游团队就开始马不停蹄地联络沟通河北各地景区参与到我们的"动听河北"中来，其中我负责的是廊坊、承德、张家口三个市的工作。从对接景区负责人、确定讲述人、撰写修改讲述稿件、录制故事、制作音频、节目播出再到编辑成一篇有图片、有文字、有视频、有音频的成品微信文章，这中间倾注了旅游团队大量的心血和精力，但是更要感谢的是廊坊、承德、张家口三地文旅部门和每一个参与景区对"动听河北"栏目的大力支持与认可，才能让这100天不间断"打卡"的接力赛跑完全程，直至今日得以汇编成书。

旅游业停摆，旅游人还在忙碌

"动听河北"栏目每一期都会让一位景区讲述人带领听众聆听一段故事，走进一个景区。这些讲述人中有景区讲解员、景区营销总监，还有景区总经理……而每次沟通稿件都像一次小型的个人专访，和他们聊生活、聊工作、聊旅游、聊景区，可以说把每个人的过往经历都要聊个"底儿掉"，为的就是更好地打磨"动听河北"每一期故事的内容。而这一次次的交流与碰撞也让我更深刻地体会到了河北旅游人对旅游事业的热情。即便面临景区停摆的情况，他们也依然不抛弃不放弃，对景区的宣传推广工作充满努力与执着，他们并未停止脚步，而是坚守岗位为景区"重启"的那天做足了充分的准备。记得在采访飞狐峪空中草原景区的副总经理李振山的时候，他说他在景区工作已经15年了，感觉自己已经和空中草原融为了一体，无法分离，言谈之中对景区充满亲昵和怜爱，对景区仿佛他的"孩子"一般珍爱。我明白对他们来说旅游不仅仅是一份工作，更是他们终生的事业。

2020年4月份后，随着我国疫情防控进入"常态化"，"寒冬"中的文旅业开始逐步回暖，景区也开始有序限流开放，在经过了当年"五一"、中秋国庆两个假期的省内游、省外游的"考验"后，国内旅游业开始步入正轨，渐入佳境。我们心心念念的出游计划又可以安排上了！那么下一站，你要去哪？我们"动听河北"在特殊时期"云游"为你种的"草"，是不是也该实地打卡"拔草"啦？欢迎你走进我们《动听河北》这本书里的100个景区，去探访故事里的河北！

最后，借用我喜欢的B站美食区up主"盗月社食遇记"的一句口号"心里有光，哪儿都美"作为这篇手记的题目。希望这本书不仅仅是在与你分享河北的美景和故事，因为我们更想通那个特殊时期的真实记录留给大家一些温暖与感动。旅行中的美景与风物固然重要，但是一次旅行对心灵的洗涤与治愈更为宝贵。愿你无论是在旅行的路上还是未出发，心里都装满对眼下的热爱和对下一站的向往，因为"心里有光，哪儿都美"！

每一种采访，都是一段旅程

文 / 牛清茂

媒体人之间可能都有一个共识，那就是每一次采访都是一场快乐的旅行和宝贵的历练，因为疫情关系，当正常的面对面采访变成不见面的电话采访的时候，我觉得这场旅行更像是和采访嘉宾之间心与心之间的真诚交流。

这次《动听河北》系列节目，我负责的是邢台、邯郸和承德地区。几个月的时间里，我一共采访了21位讲述人，每一次采访对我来说都是一次成长，在疫情期间的采访更是如此。

"专家型"的河北旅游人

在采访中，和不同身份、不同年龄、不同性格的人打交道，你会发现从他们那里得到了很多之前不曾知道或者是想要得到的知识。比如，朝阳沟景区的戏曲文化、东太行景区的地质地貌知识或者崆山白云洞景区溶洞中的亿万年的演变历程，等等。

每个景区各具特色，涉及的新鲜内容也是涵盖各个方面，每一次的采访中，我的疑问都可以快速地被解答，这得益于河北旅游从业者对自己景区的熟悉和对工作的认真。这一点在采访的每个环节都体现得淋漓尽致。

如在第八十八期节目中，我采访的是馆陶粮画小镇的工作人员李梦楠，因为她是选调生的身份，所以在与她取得联系的时候，她刚好离开了粮画小镇调到了县城工作。按理来说，她完全可以将这个工作交给其他工作人员来进行，但是她没有推脱，而是还按着之前的约定进行相关节目的采访和音频录制。

在那段时间，她白天忙碌自己的日常工作，晚上配合《动听河北》的音频录制，可以说是同时干着两份工作。她说，虽然辛苦，但是作为一名文旅人，认真负责是她放在第一位的。答应的事情，就要做好，不能半途而废。

因为她的认真负责，不仅没有让我们节目的原定计划打乱，而且还保质保量地完成了这次合作。

我知道了她的"文旅梦"

在采访中，其实我也会发现，每一位景区工作者都有着自己的文旅梦。

让我印象深刻的是采访邯郸临漳县文保所副所长、铜雀三台遗址公园主任张海林。在采访他之前，我专门拜读了他在早年间写的几篇关于临漳旅游发展，关于发掘邺城历史文化的主题文章，在阅读时，我能够从字里行间中感觉到张海林先生对家乡这份历史遗迹的喜爱和关心。在采访中聊到早年间，他跟同事一起在一线和盗墓贼斗智斗勇故事的时候，他坚定的声音让我印象深刻。而在聊到他们在一次巡逻中无意中发现当时震惊世界的"东魏北齐时期佛造像埋葬坑"遗址时，他又变得无比自豪。

在采访的最后，他说，虽然自己已经快年近花甲了，但是邺城三台就是国宝，自己的工作就是要保护好它们，这是他这辈子最大的人生追求，希望一直做下去。

在此次《动听河北》系列节目的采访中，文旅人所表现出的专业性和敬业精神也让我印象深刻。

有些嘉宾会对自己的普通话不是特别有信心，他们会反复地跟我沟通稿件的细节和内容，力求能够用最好的一面为听众去讲述。也有嘉宾会为了推广效果，因为一张照片而反复拍摄不厌其烦。

在采访中他们说，在这个特殊时期很感谢河北省文旅厅和河北交通广播对他们的扶持和推广，也希望等到春暖花开的时候，能够与我们面对面交流，一起领略河北的美景。

如同张海林一样的文旅人还有很多，能够记录下他们的付出和收获，我觉得是这是我作为记者最大的成就感和满足感。

百期节目，千种滋味

3 个月时间，100 期节目，我和听众一样，一起跟随着百位讲述人走进 100 家河北景区，虽然当时不能亲眼所见，但是那刻却能身临其境。

如今中国大地已是一片祥和，越来越多的游客通过我们的节目走进河北的各家景区，感受着从听景到看景的无缝转换，当他们留言感谢我们的时候，我越发觉得，我们在那个特殊时期所做的事情是多么的有意义。

河北旅游资源丰富，景色宜人，河北旅游人吃苦耐劳，认真勤奋。

作为一名旅游行业资深的媒体人，我愿意在以后的日子里，继续深耕河北旅游这片热土，为家乡的美丽景色，为河北的文旅事业尽自己的一份力。我也相信，在未来的道路上，我们河北的旅游业只会越来越好！

愿以后的日子里，我们一起乐享河北，乐行天下！

同舟共济扬帆起　乘风破浪万里航

文 / 张竟博

时代洪流

"最初，没有人在意这场灾难，这不过是一场灾火，一次旱灾，一个物种的灭绝，一座城市的消失。直到这场灾难和每个人息息相关。"2020 年伊始，这句电影中的经典台词，从大荧幕上赫然走进了生活里，真真切切，疫情来临时，没有人能独善其身。

疫情突袭，对我国各行各业都产生了巨大的影响，而旅游业又首当其冲——新冠肺炎疫情的特点是"人传人"，而旅游业的特点是"人聚人"，两相背道而驰，必然会对旅游业产生史无前例的影响。在新冠肺炎疫情的防控举措下，减少外出使得"吃、住、行、游、购、娱"成为一种奢望，海陆空各种交通工具濒临停运，一时间，全国几乎所有的景区及旅游相关行业都被按下暂停键，旅游行业的各个环节都承受了巨大的压力。

很多旅游人在疫情暴发初期便乱了阵脚，作为一名旅游节目的主持人、记者，我感同身受。我们也同样面临这样的问题：节庆活动取消，景区关门谢客，游客宅家养生，没有内容支撑，节目将何去何从？！疫情暴发，有如时代洪流，没有人能独自抵挡，旅游人只能在风雨飘摇中摸索前行。

顺势而为

疫情肆虐，我们不能坐以待毙，要积极行动起来，充分利用之前积累的资源。众多导游领队自发从世界各地筹集大批医护急需物资，不少旅游企业积极协助滞留在外的游客克服困难转机回国，还有的旅游企业捐款捐物用于支持湖北省等疫情严重地区的疫情防控工作。同时，全国众多景区纷纷推出"自恢复运营之日起对全国医务人员免费开放"的优惠政策，各地上千家旅游民宿为全国各地所有驰援湖北的医护人员献上免费住的邀请，武汉不少酒店全力投入疫情防控保卫战，保障医护人员住宿。旅游人以自有的方式向白衣天使致敬。

在这种情况下，我们节目除了重点宣传报道他们的事迹，还能做什么！于是一档全新的节目《动听河北》应运而生。这档节目就是要讲好旅游人的故事，展现旅游人的风貌，为旅游景区和旅游人积蓄能量加油助力。同时，也为广大听众的居家生活提供更多的精神文化选择。疫情改变了我们的生活和工作，但时代的洪流滚滚，我们只能顺势而为。

同舟共济

团结互助、抱团取暖，一起挺过艰难期。人民对美好生活的向往，是每一个旅游人的信心所在。每一个旅游环节都在积蓄能量，等待疫情过去的那一天，期待迎来一个繁花似锦的春天。于是，各景区一边积极做好防疫工作，一边苦练内功、积极宣传，为疫情后恢复振兴积蓄力量。

当我们节目向各个景区发出录制《动听河北》栏目的邀请时，所有景区和旅游人都积极配合。为了高质量高水准并满怀热情地将优质的内容汇总整理呈现出来，节目组成员克服诸多不便，在不能现场采访的现实情况下，联系采访对象、组织节目内容都要通过电话、短信、微信等方式沟通。而也就是在这样的背景环境和采访条件下，一百期节目应运而生。我们时常感叹：这就是一群旅游人鼓足了百分百的勇气，付出了百分百的努力，才为大家呈现了这百分百的精彩。

一起走过的这一百天，对于我们每个人来讲都是难忘而有意义的。百期节目跨越冬春夏三个季节，百篇报道呈现了旅游人的精神风貌，百名旅游人精彩呈现了河北文化旅游的盛宴。同时也为听众下一次出发选好了目的地。

乘风破浪

疫情面前，旅游人充分发挥担当奉献精神，共同打好打赢防控阻击战。如今众多景区迎来复工复产,《动听河北》栏目中介绍的所有景区也已开门迎客。

当各个城市、各个景区可以敞开大门拥抱游客时，所有坚守的旅游人和努力都不会白费。正如河北省文化和旅游厅副厅长王荣丽在 2020 年 5 月 12 日参加《动听河北》百天特别节目时所说："相信有河北旅游人的不懈努力，有像 FM99.2 这样媒体人的持续助力，有广大民众的大力支持和喜爱，河北旅游一定会再次振兴。"疫情终将被战胜，旅游行业为人民而战、与疫情对决的担当精神、奉献精神、奋斗精神，将成为旅游人闪耀在新时代的勋章。

努力的样子是最美的风景

文 / 赵玉

2020 年，突如其来的疫情深刻地改变了我们的生活。作为采编播合一的初代广播直播节目主持人出身的老记者，几十年的职业生涯，采访过众多各行各业的嘉宾，但像这种因疫情影响怀着复杂心情闷在家里只通过一部手机完成沟通采访的情形，还是第一次，每每想起心中便有百般滋味。

回忆那段难忘的采访经历，与其说是采访，不如说是一次和老朋友袒露心声的谈话，一次和新朋友彼此熟知的过程，像是好朋友之间的诉说。每一次采访都是心与心的交流和碰撞，虽然这样的采访经历是因突如其来的疫情迫不得已而为之的选择，但这是一次终生难忘的采访经历，值得我好好回味思索，也让我对采编业务有了新的认知。

由于采访全部都是通过电话完成的，极其考验记者敏锐捕捉细节的能力，为有效抓取提炼嘉宾的闪光之处，记者需要在短时间内，准确捕捉嘉宾叙述的每一句话，以及每句话的语气，这些都直接决定着采访最后的呈现。在直播节目中，以记者连线方式引入嘉宾时，重点推介主讲嘉宾的一句平实却感人至深的话语，或是嘉宾讲述的一件难忘的事情，都可能成为触动人心的关键所在，带来"四两拨千斤"的传播效果。

这组采访除了表现手法上的推陈出新之外，还有一些其他方面的创新也使得我们每个参与其中的同仁受益匪浅。旅游节目原本都是以"看景"为基础，但特殊情况下推出的《动听河北》栏目，却极大地考验着大家"说景"和"听景"的能力，在省市各级文旅部门和主讲嘉宾们的大力支持下，让广大听友不出家门即可享受文化生活、欣赏自然风光，很大程度上缓解了人们的焦虑失落情绪。其间，我负责三个市的景区、几十位嘉宾的采访，每天都处在联系采访嘉宾、正式采访、亮点剪辑和直播连线的全流程忙碌状态中，听着嘉宾们饱含深情的讲述，看着听友们热情的互动，我深深地为文旅人和我们并肩战斗的勇敢与担当而欣慰、而自豪。

主讲嘉宾们有一个共通之处就是爱岗敬业，把责任感当成一种工作习惯。采访中许多嘉宾身上所体现出的那份责任心，那股子拼劲儿，都是我们学习的榜样。比如，负责云花溪谷景区规划建设在施工过程中不畏艰难、开拓进取的副总经理田玉明；比如，把同样一篇讲解词面对天南海北、不同性格的游客讲出不同味道的青山关景区讲解员金小红和直隶总督署讲解员李丹；比如，一年四季为了景区市场开拓、渠道搭建默默奉献十年的滦州古城景区营销经理宣强；比如，在综合服务中心一天上千次为游客排忧解难的唐山国际旅游岛——菩提岛景区菅素洁……还有大学一毕业就一头扎进旅游一线在营销策划岗位工作的山叶口景区副总经理申翠敏，以及工科毕业后来到文旅行业的跨界才女景忠山景区市场部经理高鹏越，等等。

他们辛苦工作并快乐着，是能够把兴趣爱好和职业匹配在一起的幸福的文旅人，他们是用脚步丈量景区每一寸土地从不感到厌倦的人，他们在工作中秉承着游客至上、一切为了游客的精神，这些都给我留下了极为深刻的印象。

还记得白石山景区营销部李华超曾讲述过游客在景区突发心脏病大家圆满完成应急救助的故事，他说"随时随地为游客提供周到给力的服务"就是白石山人的责任。在不同岗位均做出不俗业绩的易水湖景区的马晨瑾，她曾说"敢为人先就是自己努力坚守的信念，征服所有的挑战就是最好的成长"。有着 15 年大型连锁超市管理工作经验的恋乡·太行水镇的杨菊，在招商中严把质量关，坚持品质第一，决不让一家有问题的商户、一件有问题的商品进入景区。2016 年 7 月 21 日，天生桥景区突遇大暴雨使得交通受阻，生活区发生山体滑坡，干练沉稳的办公室主任张伟紧急组织了一支抢险队，带领大家安然处置突发紧急情况……他们用勇于坚守、敢于担当的奉献精神，每天都在讲述着"美丽河北"、景美人更美的暖心故事。

2020 这一年，对每一位国人来说，可能都是百味杂陈，而对于文旅人来说更是如此，有辛酸，有苦涩，有欣慰，更有希望。虽处在不同岗位，也有各自的忙碌辛苦，但他们都在用同一种姿态向着美好生活努力奔跑，作为主流媒体旅游专题节目的采编人员，我们见证了努力的样子铸就的最美风景，我们也更有理由相信，只要我们坚定信心，坚守初心，众志成城，携手共进，就能迎来更加辉煌灿烂的明天！

慢慢走　欣赏啊

文 / 张宇轩

2020 年伊始，一场突如其来的新冠肺炎疫情开始滋生，并以极快的速度蔓延。不仅影响着每一个人的日常生活，也在冲击着社会经济发展。新冠病毒是一种极易在人与人之间通过呼吸道进行传播的病毒，而旅游作为一种人群聚集在同一空间上进行游览观光的娱乐活动，本身具有极强的聚集性兼流动性，最容易助长病毒的传播。因此，在党和政府果断采取全面斩断病毒传播链的措施中，旅游被全面按下了暂停键，旅游业受到了最直接的冲击。面对这样的境况，河北交通广播《992 乐行天下》节目在逆境中逆势而上，主动求变，《动听河北》栏目在河北省文化和旅游厅的大力支持下应运而生。

明者因时而变，智者随事而制

在疫情的影响下，人们纷纷响应号召居家抗疫。与此同时在线办公、云端上课、线上聚会等"宅生活"迅速崛起。而《992 乐行天下》节目敏锐地捕捉到这一信号，推出《动听河北》栏目，邀请河北十四地市的重点景区，在电波中介绍景区的风景与历史，在微信文章的文字和图片中展现更加形象具体的景色。全方位，多层次，带大家不仅领略各个景区的秀丽风光，更能熟知在这动人景色背后鲜有耳闻的故事。真正做到了"倾听河北，让心灵在故事中旅行；云游四方，足不出户与美好邂逅"。足足 100 期节目，不仅满足了旅友达人们云端观景的心愿，更使得每一位小伙伴的宅家"慢生活"真正"乐起来"。

旅游人的内心同样别是一番风景

《动听河北》每一期的讲述人都可以说是各个景区的骨干力量，在接到邀请之后，积极地配合节目录制，用尽浑身解数，尽己所能，将所在景区的动人景色用自己的声音全力展现出来。几乎每一位嘉宾都会用各种语气和状态录制不同的版本，生怕自己无法将自家的景色淋漓尽致地展现出来，每一位嘉宾都是敬业的旅游人。

节目期间我负责的是秦皇岛、沧州、定州三个市，通过我对每一位嘉宾的线下采访，我发现嘉宾大都是景区的导游员，对于自家的景色了然于胸，而且每个人的内心都有非凡的从业感受，在我看来同样别是一番风景。我在采访沧州南大港湿地和鸟类自然保护区管理处科员刘洪睿时，发现她平日里不仅要负责景区的接待，而且在候鸟迁徙的时候还要负责在保护区内巡视照顾迁徙来的候鸟。保护区面积大、看护任务重，而她从小就梦想着能每天和动物为伴，正是其从小对动物的热爱支撑着她，能够完成每年的看护任务。还有秦皇岛山海关景区的讲解员吴丹，她自己就是土生土长的山海关人，毕业后回到家乡担任一名讲解员。正是基于对家乡的热爱，在每一次的讲解任务前，吴丹一定会提前沿着讲解线路走上几圈，配上自己准备好的讲解词，在路上讲给自己听，如果中间出现错误她都会返回再走一遍，直到一路的讲解都能顺利完成！在她看来，对于一个土生土长的山海关人来说，将家乡真正的美介绍给远来观光的客人，这是基本的责任和义务。

还有很多《动听河北》栏目嘉宾，他们心中藏着属于自己的故事，他们热爱自己的景区，他们热爱自己的职业，他们自身也都展现出独特的风景，他们每一位都是值得称赞的旅游人！

半亩方塘一鉴开，天光云影共徘徊

如果您聆听或者读过了《动听河北》而没有动身去看看这 100 家景区的话，不妨在周末或者假期带着故事去游览一番，一定能够发现属于自己内心的景色。

最后，我想借用朱光潜先生的一段话作为结束，与君共勉："阿尔卑斯山谷中有一条大汽车路，两旁景物极美，路上插着一个标语牌劝告游人说：'慢慢走，欣赏啊！'许多人在这车如流水马如龙的世界过活，恰如在阿尔卑斯山谷中乘汽车兜风，匆匆忙忙地急驰而过，无暇一回首流连风景，于是这丰富华丽的世界便成为一个了无趣的囚牢。这是一件多么惋惜的事啊！"

至此，我借用阿尔卑斯山路上的标语，与您做河北旅游的建言："慢慢走，欣赏啊！"

云端"空中电台" 动听河北故事

文 / 李江月

"亲爱的旅客朋友们：云端俯瞰广袤的河北大地，雄伟的，是长城与太行；逶迤的，是不绝的风景；连绵的，是不朽的历史；屹立的，是璀璨的文化。河北，古老深沉，包罗万象。《动听河北》空中电台，让我们穿越云层，一起云游河北、品味河北。"这是来自天空的声音。

每每听到飞机上的广播时，激动、自豪、欣慰便涌上心头，因为这是我们的家乡河北，我们的故事，我们的全心倾注。从 2020 年 5 月到今天，空中电台《动听河北》在河北航空的飞机上每天和乘客准时相约，从未打烊，为无数游客的飞行生活带去新鲜与生动。

我们的《动听河北》

第一次见到《动听河北》的所有稿件、所有制作时，我惊叹于它的数量、它的优质、它的用心、它的不凡。当 2020 年突来的疫情使得一切都停摆，大家都陷入慌张和迷茫之中时，河北交通广播毅然挺身而出，联合河北省文化和旅游厅策划完成融媒体节目《动听河北》，提振信心，共克时艰。在疫情中诞生，我深知如此规模浩大、内容精良的节目在制作中的不易。100 个景区，100 篇采访报道，100 期节目，只能线上完成采访。呈现出来的，每一句都是真心铸成，每一篇都由汗水浇灌，每一次都是全力以赴。我想，这就是媒体人、旅游人从未改变的责任和担当吧。

在《动听河北》节目的采访中，我听到了风景背后的故事。对于景区、风光的介绍我们看过了太多太多，却总是不能从这些或优美、或华丽的文字中真切地感受它们。客观的描绘只有在主观情感的抒发中才能更加立体，更加生动，这便是讲述的魅力。景区讲述人述说着那里的历史文化故事，讲述着自己的感受，有所感悟时，也会让我们联想到自己的故事。

在《动听河北》中，我感受到了融媒体的力量。电台广播、新媒体图文创作、多平台发布……文字可以书写情感，声音可以传递力量，也许是娓娓的讲述让人沉浸，也许是熟悉的乡音让人回忆，也许是感人的话语让心振奋，形式的创新让优质的内容得以广播，也让《动听河北》收获不凡。

我们的空中电台

为进一步扩大节目传播力和影响力，助力疫情后旅游业复苏，宣传家乡河北，我们与河北航空携手打造空中电台《动听河北》。在云端与河北相遇，在声音里云游河北。

作为《动听河北》空中电台的节目编辑，我是站在"巨人"的肩膀上，看到了更广阔的天空。优质的稿件，动人的文字为空中电台奠基。在稿件编写的过程中，形象有趣的文字、引人入胜的故事，让其成为更适合旅客朋友聆听的内容。而片花的创作，每一个词的反复斟酌，准确而生动，将旅客拉进河北的故事，沉浸其中。空中宣传使者的播读，则让书面变为声音，让文字能够更加立体地呈现在听众脑海中。编写稿件、创作片花、录制成片，最终形成一期完整的空中电台节目，旅客们漫长的飞行因此增添了一些快意，空中之旅也因此成了行程中值得回忆的一部分。

对于河北人来说，家乡的故事总能唤起自身的回忆，勾起心中的牵绊。对于其他旅客来说，空中电台更是一种生动的推介，激起对河北的幻想与期待。

倾注真心的制作自然会收获不错的反响，听众的赞扬也会是我们坚持的理由。终于，我们的节目从苍茫大地飞向了更加辽阔的天空，河北也在几千米的高空中乘着河北航空的航班，飞向世界更多的角落，走进更多人的心中。

而这一切的创作，一切的收获，都源于我们的家乡——河北。

我们的家乡河北

每每整理一家景区，都是一次脑海中的旅行，更是一次与家乡的再相识再相知。原来河北还有这么多我不知道的风景，不了解的故事。我为之而震撼，为之而自豪。

在创作片花时，我曾写下这样一句话，"河北，希冀之地，古老而年轻。"她安静地盛放在美丽中国的版图上，从古至今，经过世事变迁，沧海桑田，有着历史的韵味，也有着现代的活力。

古老深沉，包罗万象。几千年的历史文化赋予河北深厚的底蕴、深邃的气质，几千年的发展变迁给予河北丰富的资源、丰厚的气象。巍然挺立的赵州桥见证着悠悠岁月，璀璨夺目的打树花传承着民间技艺，外酥里嫩的肉饼述说着香河文化。与时俱进，生生不息。古老的河北从未停下向前的脚步，焕发着新的生机。在夜晚的正定古城感受亦古亦新，在多元的北戴河寻找诗和远方，在周窝的音乐小镇创造无限可能。

历史文化、民俗风情、风光美景……家乡丰富的旅游资源是我们的底气。

在空中电台《动听河北》中，深耕旅游行业的媒体人发掘河北旅游资源，探寻河北故事，将其一步步整合，以各种类型，各种方式，为大家带去更加优质的景区、向往中的目的地，也为河北旅游带来机遇与发展。

"只有身处其中，才知其与众不同。"我是《动听河北》节目创作团队中的一员，因为真心付出而知其优秀且无可替代；我是河北人，因为家乡是河北而无比自豪。

未来，带着责任与热爱，空中电台《动听河北》还会继续远航，而河北也将飞向更加广阔的天空。我期待着，也坚信着。

后 记

　　《动听河北》所记录的 100 个故事，虽然只是千千万万个故事中的小一部分，但它们却让人们对河北的历史文化有了新的、深深的认知和赞赏。《动听河北》怎么能不动听呢？

　　本书是由河北省文化和旅游厅、河北广播电视台特别策划，河北交通广播采访制作的系列节目《动听河北》的衍生书籍。《动听河北》节目在采访、编辑、播出的过程中，有着显著的特点：采访涵盖广，编播方法新。节目的创作内容不再是单一的景区风景介绍，而是抓取一个历史典故展开讲述，再结合景区风景亮点进行描述。同时不仅介绍"景"，而加重关注"人"，从被采访嘉宾的工作经历入手，反映旅游从业者的精神面貌。节目用悠久的历史感悟人，用动听的故事吸引人，用美妙的声音感染人，用家乡的美景鼓舞人。采取"云游"方式，让受众心灵在故事中旅行，足不出户就能与美好邂逅。除了广播中声情并茂的故事呈现外，在节目播出后的第二天，再结合图文创作出新媒体作品发布，充分发挥融媒体优势，将传播效果扩大化，实现深层次的传播。

　　新冠肺炎疫情，给旅游业带来了前所未有的冲击，我们没有退缩，而是涉险排难，敢于承担、敢于创新。疫情期间节目组只能通过视频、电话、微信等方式在"云端"与嘉宾沟通，往往一期节目的内容需要多日才能完成，大家不怕时间长，难度大，参与节目的所有嘉宾、文旅人与我们一道共赴战场，共克时艰，无私奉献。终于，大家的辛勤劳动换来了 100 期节目的圆满播发，可谓是 100 个故事百听不厌，100 个讲述人百讲不烦，100 个景区活灵活现，期期堪称精品。

节目在媒体业内引发强烈共振,《人民日报》、《中国旅游报》、《学习强国》平台在内的 30 余家国家级、省级主流媒体及今日头条、百度等网络媒体共计转发 2062 篇稿件,阅读量超 2000 万次。网友留言:"想跟着讲解一起去旅行""振奋心灵,提振士气";河北省文化和旅游厅副厅长王荣丽称赞"这个节目办得非常好,把河北旅游以喜闻乐见的故事形式讲给大家听,既给大众提供了好听的内容,丰富了大家的精神文化生活,化解了大众的焦虑,也对河北旅游做了很好的宣传……"随后,《动听河北》节目又通过河北航空机舱里的"空中电台"御风飞翔,将河北故事传播到五湖四海,滋养大众心田。

"守得云开见月明",这正是大家积极乐观、坚持到底、硕果累累的真实写照。

作为主创团队的我们,不仅收获了丰富的节目资源,还收获了心灵的成长与感动。河北省文化和旅游厅的支持和认可,让我们能够有底气乘风破浪;所有响应我们的媒体的转发,让我们感受到了媒体人齐心协力办大事的团结精神;河北各地旅游人的配合,让我们的作品更加丰富生动;每一个收听观看过节目的朋友,《动听河北》感谢有你,更因你们而精彩。

面对疫情,我们以创新的内容和形式陪伴大家度过了艰难时刻。《动听河北》百期融媒体节目圆满呈现是一次新的开始,我们已经做好准备迎接新的挑战。以过往为鉴,以明日为向,带着初心和热情,继续创新,踏浪前行!

《动听河北》编辑部